倾听生命的低语

鲁先圣 著

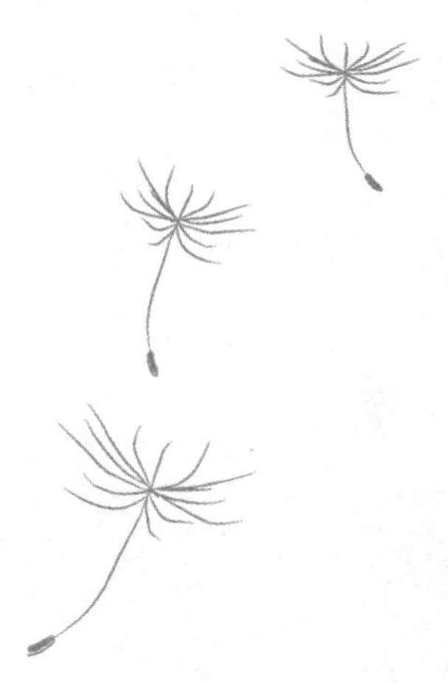

上海文化出版社

1

我一直坚信，对我而言，活着就是为了享受生命的恩赐。有时候我发现，很多难堪的甚至悔恨和伤痛的记忆，总是难以从自己的生命中剔除，总是难以释怀和放下。我就劝说自己不要刻意地去抹杀它们，而是努力找到一种合理的理由。

很多东西是不能删除的，找到了合理的理由，那些记忆反而变得轻松简单起来，你能感觉到的是生命的如释重负。

无论贫富贵贱，人生都可以如诗如梦，生活都可以如歌如画。

即使是一朵已经枯萎凋零的花，它依然有很多美丽的理由。它有过绚烂开放的美艳，它有过被众人欣赏的风光，它依然可以“化作春泥更护花”。而且，它即将变成一粒种子，开始对下一个季节的美丽憧憬了。

人们对于善良已经感到陌生了，甚至开始惧怕善良，那些因为救助跌倒在路上的老人而被诬陷的善良之举，一次次无情地践踏着残存的善良记忆。

可我们的生命中不能没有善良，如果连善良都被大家拒绝了，我们的生活会是什么样子呢？大家都形同陌路吗？大家都见危不救吗？大家都变得冷酷无情吗？

贝多芬说：“没有一个善良的灵魂，就没有美德可言。”善良其实是很简单的事，我们不要说日行一善，只要常常想不要做亏心事；不要做损人利己的事；力所能及尽量去帮助别人就可以了。如果这样做，我们自己也会得到别人的帮助，别人眼中的别人正是自己。

善良是人类一切德行中最伟大的品格，没有这种品格的人无异于禽兽。但善行应该量力而行，如果因为行善而倾家荡产，就失去了善的意义。

其实善良是人的天性，善良的人常常能够化险为夷。

2

很多人都深信沉默是金。但沉默应该是分场合分对象的。如果处在一个人多繁杂的场合，滔滔不绝的人肯定是会丢丑的，因为听众三教九流，你的演说不会满足所有人的听觉。

如果与你的上司在一起，你更不能无所顾忌地说话，这个时候你应该安静地倾听。但当只有两个人在一起的时候，当你接待一个远方来客的时候，你的过分沉默就会让对方认为你是故意怠慢。

如果是在一个宽阔的房子里，或者是在安静的黄昏后，在稀疏的丛林中，在淙淙的溪水旁，你就应该选择沉默和倾听，因为此刻你会领略到优雅的无言之美。

土地失去了水分就会变得干涸，人生最可悲的就是暮气沉沉。

人们的说笑声是生活的点缀。任何一个人都喜欢看到笑容，因为笑容不仅会给自己带来愉悦的心情，也会把欢快带给别人。

有很多人的脸上总是阴云密布，人们很难见到他的笑容。我们难以想象一个满脸悲苦的人生活中会充满快乐的诗意。

其实一个身心健康的人，一定常常是笑容可掬的。

笑容是伪装不来的，强装的欢笑下一定是一颗虚伪悲苦的灵魂。

3

我们有多少人一生中所追求的方向是始终如一的？很多人是半途而废的，也有很多人是浅尝辄止的，甚至很多人一生中都在原地踏步。原因很简单，这些人始终没有找到自己人生的正确方向。所以不论付出了多少努力，最后都是枉然。

比如你迷失在了广大的森林里，你只有一个方法可以走出森林，就是循着一条小溪走，沿着小溪必然能够找到河流，沿着河流就必然能够看到大海。

比如你在大山里遇到了山洪暴发，你只有向山顶攀登才能求生，因为任何一座山顶都没有洪水。

只有方向对了，我们的人生才会有光明的前程。

培根的很多话都是精辟至极的，比如那句“没有爱人是寂寞的，没有仇人也是寂寞的”。

前半句我们都很容易理解，爱人是人生路上的知音和亲人，是漫漫长夜的陪伴和守护，是同舟共济的人生伴侣，是相互欣赏的良辰佳偶。

可是仇人呢？培根所指的一定是古今中外的英雄敌手，如同诸葛亮和周瑜那样惺惺相惜。这样的仇人必定会促使着你不断淬炼自己的意志和技艺，不断增长自己的才学和本领，不断驱除自己身上的自满和骄傲。

在这里，仇人是自己的一面镜子，是自己不断前进的动力。

4

任何一个学习书画的人必然要经过临摹临帖的阶段，选择自己喜欢的前辈大家的作品，刻苦揣摩练习，以使自己心怀开阔，掌握书画艺术的精髓。

这其实也就是我们通常所说的"近朱者赤，近墨者黑"。孔子说："见贤思齐焉"，如果选择一个伟大的人物为楷模目标，研究他的成功之路，学习他的人生经验，一直朝着他的方向努力，你也就必然渐渐向大师的目标靠近。

相反，如果你终日与一些小人为伍，与一些狗苟蝇营之辈纠缠在一起，你也不可能成为一个品格高尚有所作为的人。

中国的画家都喜欢画竹子，因为竹子刚直有节，代表的是一个人的刚正不阿和铮铮气节。竹子的心又是空的，代表的是一个人的虚心。唐代大诗人白居易就说：竹有三大美德，身直、心空、节贞。

可中国的画家同样又喜欢虬干怪枝的梅花。“数点梅花天地心”，因为梅花不畏风霜，在冰雪的腊月依然凌风盛开，在万物凋零的寒冬里，唯有它向人们传递着暖春的消息。

我们总想着能够让所有人都喜欢自己，这是不可能的，我们总是会让一部分人讨厌。其实这不要紧，要紧的是你不要让自己也讨厌自己。

我们一生当中在不停地为自己的理想而奋斗，梦想着能够实现自己想要的东西。可很多时候我们意外的收获比我们所预想的还要多。比如发现了青霉素的弗莱明。

世界上有很多发明都是这样意外的收获。因此，我们不论在什么时候也不要讨厌自己，要坚信自己的梦想。

5

世界上再没有这样自负的寓言了：“苍蝇坐在战车的轮轴上说道，我扬起了多少尘土啊！”

面对无穷丰富的世界来说，我们个人所知道的东西实在是太少太少了，我们的能力实在是太小太小了，我们的生命是多么微不足道。

可就是有很多无知的人总是摆出目空一切的姿态，总以为自己了解一切，总以为自己能够战胜一切，总以为自己无所畏惧。

其实如果我们能够把自己眼前的事情处理好了，我们就是一个了不起的人了。

我们的一生中能够有多少惊天动地的壮举？我们的一生中要做的又有多少是改天换地的大事？

没有，那些经历只有极少数的伟人和巨人才会遇到，大家都是普通而平常的人，我们的每一天就是油盐酱醋茶的芝麻小事，就是吃穿用度的杂乱无章，就是下棋聊天跑银行去超市的一些细节。

想想这些，我们会发现我们就是一个杂货店的店主，每天管理着这些乱七八糟的杂货摊子。

有的人把这个店铺管理得很好，井井有条，换来的是和谐的幸福和快乐。可有很多人却连这个杂货店也管理不好，总是错漏百出，丢三落四，甚至严重亏损，带来的是不尽的烦恼和痛苦。

我们每一个人都是人生舞台上的演员，不同的是我们主演的都是不尽相同的剧本。

大家最初都有过美好的愿望，都渴望自己的人生光鲜亮丽，可是，当走过了大半生之后，我们就会发现机缘、际遇等许多很偶然的因素有多么重要。

虽然我们通常说，机会是为有准备的人而准备的，但是这里有一个前提，是你要遇得到机会。事实上，很多人努力了一辈子，准备了一辈子，机会也没有光临。

这个时候，我们就要学会“跌倒了就咬牙站起来，流血了就微笑着擦干”。因为哭泣只会使你的痛苦更深；哀叹只会使你的悲哀继续。

到了中年以后，我们就要平静地看待自己的一生了，无论成了一个杰出的人还是只做了一个平常的人，都不能抱怨自己。

6

有一次我看央视频道的一个访谈节目，被访谈的主角是著名表演艺术家蓝天野和苏民。两人一生都在北京人民艺术剧院工作，而且住在一个楼上，结下了深厚的友谊。濮存昕是苏民的儿子，也被主持人邀请参加了节目。主持人借濮存昕的口说，两个人的友谊深厚到什么程度：两个家庭不论什么事情，都会商量。一个家庭有了矛盾，另一个必然是调解员。一个有了烦心事，另一个必然是分担忧愁的人；一个有了高兴的事，另一个也必然是来分享快乐的人；一个有了困难，另一个不用说自然会慷慨解囊。两人事无巨细，几乎融为一体。

濮存昕说着的时候，情不自禁地流泪。他向主持人解释流泪的原因时说，我为自己的父亲一生当中有这样一个相濡以沫的朋友而感动。

这才是真正的朋友的含义。我们现在常常听到身边的人说他有多少朋友，他与什么人是朋友。其实，这样的朋友的内涵，多半是熟人的意思。或者是为了某种利益，或者是为了做个伴而已。

真正的朋友就是蓝天野和苏民那样的，是因为心灵相通、志趣相投而没有任何功利的心灵融合。这里的融合，是两颗心灵的心心相印，是我中有你、你中有我的浑然一体。

像这样的友谊，也就是鲁迅所说的“人生得一知己足矣”了。

7

雅典人为了庆贺庞培进入雅典城，在城门上刻下这么一句寓意深邃的题名：“你自认是人，你才成为神。”

我们的生活中，与此相反的自命不凡的人实在是太多了。刚刚拥有了一点小小的权力，就以为自己可以经天纬地了。刚刚发了一点小财，就以为自己拥有天下、可以挥霍无度了。刚刚发表了几篇作品，就俨然以著名作家自居了。

踩着高跷走路，并不是你真的长高了。

站在山顶之上，并不是你真的高过了大山。

最让人敬重的人，是作风朴实、做好了每一件生活小事的人。那些自以为是、高高在上的人，最终的结局大多都是被摔得体无完肤。

当你坚信自己就是一个普通人，时刻想着把身边的一件件小事做好的时候，你距离完美和杰出也就不远了。

很多人天天梦想着自己突然交上好运：或者意外发现宝库发了大财；或者一日三迁做大官；或者心想事成圆了自己的夙愿梦想。

其实人世间最靠不住的就是突如其来的好运。这样的好运多半是水分，多半是陷阱，多半是让你上钩的鱼饵。

天天梦想交好运的人，其实就是开始对自己的能力表示怀疑了，就是自己的信心开始坍塌了，就是对自己的未来失去了把握和必胜的信念了。

如果把未来押在运气上，你最终必定会头破血流！

成功没有任何捷径，实现梦想的唯一道路，是踏踏实实的努力，是一步一个脚印的辛苦。只有汗水和智慧的结晶，才是实实在在的成功。

8

荷兰画家凡·高在弥留之际给他弟弟提奥写了一封信，他说：“伟人的历史，以我看就是悲剧。他们不但在生活中遭到种种磨难，而且通常在他们的作品得到公认时已经不在人世了。”

的确如此，在今天以自己的画作领衔世界艺术品拍卖市场的凡·高本身就是这样，他生前连一幅画也没有卖出，一生没有一个女子愿意嫁给他，一辈子都靠自己的弟弟接济度日。在人们的眼中，他是一个疯子。

这是一个真理，世界上有很多的哲学家、文学家和艺术家都是这样，他们在有生之年不仅备尝生活的艰辛与清贫，往往还要承受着人们的嘲讽和指责。

所以如果想风风光光地度过一生的人，最好不要选择做学问，因为这条道路是寂寞的。

上初中的孩子在学校里学到了“笔耕”这个词，回家之后他问我：农民种地用犁子耕地，被称为耕作很恰当，作家写作怎么也被称为耕作呢？

我说：孩子，你看爸爸一本本的书中那些文章是哪里来的呢？是不是从爸爸的心中而来呢？那不正是爸爸耕作心田的果实吗？

孩子说：我明白了，农人是耕地，爸爸是耕心。

朋友送给我一盒白茶，我用小巧的青瓷茶壶泡，淡淡的幽香瞬间就在房间里飘扬弥漫起来，仿佛置身于那翠绿的茶园，似乎是漫步在那青翠幽幽的山岗，心情无比舒畅和悠远。

品尝着这茶的清香，心中不免敬佩古人的高古意趣。就是那么娇嫩的几片茶叶，从山间荒坡上采摘来，放到清冽的开水之中，一个房间竟然就有了苍茫群山的万千气象，就有了山涧小溪的清幽芳香，就有了山水风物的灵性和境界。

如果能够像那一枚来自山间的茶叶，我们岂不就拥有了宽广而辽阔的心胸，可以超越世间的庸俗和琐碎，虽然身居闹市心灵却可以抵达昆仑，虽然身居陋室心灵却可以抵达庙堂。

9

总是有青年朋友问我：你每天都在写作当中，你怎么有那么多的写作灵感？我说，如果你把文学当作生命的唯一道路，你也一样会有源源不绝的文学灵感。

因为一个把文学当作生命中最重要的一种存在方式的人，思维方式与其他人是不同的。

文学家每天都在是与不是之间徘徊，在变与不变之间穿梭，总是在努力捕捉世间和天地之间的一个个动人的瞬间，这些瞬间里总是闪烁着美丽的灵光；而常人却不同，他们往往看重的是事情的开始和结果，看重的是大自然的阴晴圆缺，而这些都是静止没有生命的。

人世间最美丽的风景都是有生命的，人间的苍茫总是隐藏在最细微的地方。

我常常到乡间去，看农人耕作的情景，看果农剪枝的情景，看一群群的牛羊在山坡上漫步的情景。

我从来没有从他们的脸上看到过悲伤和忧愁。因此，很多时候，当我从一些诗人和作家的文字当中读到“粒粒皆辛苦”的表达的时候，心中不免会浮上一层轻蔑和不屑。

农人们精心照料着自己的田园，看到自己劳动的果实一天天成熟，脸上写满了幸福和欢喜。他们把自己的果实放在路边，卖给过路的人，也把自己的幸福和欢喜卖给了买他们果实的人。

当收获果实的时候，农人们会用各种各样的形式庆祝他们的收成。农人们从来没有悲苦，悲苦只是属于那些无病呻吟的看客的。

10

回乡间过年的时候，孩子问我：爸爸，你的文章中曾经描述过乡间的彩虹，可是我怎么没有看到彩虹？

我说：孩子，彩虹只出现在夏秋的雨天后，现在是冬天，自然没有彩虹。

孩子问：那你描述的是哪一个夏天的彩虹？

我说：孩子，爸爸记不起是哪一个夏天的彩虹了，彩虹的瑰丽永远定格在了我的记忆里，成为永远的美丽了。

孩子明白了，他告诉我：原来，彩虹在爸爸的心中。

我对孩子说，只要与美丽相遇，我们的生命里就永远拥有了美丽。我们的院子里栽种了梅花，你看梅花已经开放了，它会永远开放在你的心田里。

居住在乡间，每天晚上都可以安静地仰望星月。面对神秘浩瀚的星空，我的心中总是涌起无边的感动。没有人能够抵达星月，也没有人能够穿越生死，我们要做的，是把璀璨的美丽留在心中。

我知道自从我踏上了文学之路，我就一直在寻找一种东西。现在我明白了这种东西原来就隐藏在我经过的路上。

常常陷入沉思。沉思，让我的身心安静下来。这个时候，即使天空是大雨滂沱，室外是繁华闹市，心灵却是明镜一般澄澈的空灵，如万籁俱寂的深夜。

很多的生活烦恼在沉思之后烟消云散，很多的得失也被沉思清洗干净，沉思让我获得了宝贵的人生智慧。

我有一个日本朋友大竹，他不仅在文学和绘画方面有很高的成就，经营的一个茶楼会所在东京也很有名气。我们常常互通邮件，他在邮件中最常说的是，他这一天又去了郊外的别墅里沉思。他说，他在写每一部书之前，在做每一个重大决策之前，他都会让自己安静下来，让自己陷入沉思中。沉思之后，他的思路清晰起来，他的灵感也就绵绵而来了。

我深有同感，我的每一篇文章，也是我沉思之后的结晶。

11

最喜欢卞之琳先生的那首诗《断章》：你站在桥上看风景，看风景的人在楼上看你。明月装饰了你的窗子，你装饰了别人的梦。

我们每一个人都是大自然的一分子，谁也不可能置身事外。这几天媒体都在炒作数千人隐居在终南山的事，他们中间有媒体人，有学者。他们逃离城市，拒绝现代化的生活方式，模仿千年以前的古人，过一种素朴的生活。

他们这样就是回到古代了吗？一个当代的笑话而已，一种附庸风雅的装饰而已，一些标新立异的可笑的人而已。

生而为人，就必须对生命负责，就必须勇敢地担当。

12

2012 年初，人类世界失去了两位歌唱艺术家，她们两人被称为东西方世界的歌唱天后，一个是美国人惠特妮·休斯顿，一个是中国台湾歌后凤飞飞。

休斯顿名满天下，但是各种毁谤也一直伴随着她。所嫁非人、嗜毒无度。而凤飞飞则截然不同，她有着惊人的自律，从来没有一条负面新闻，更没有一条绯闻。她 24 岁时就右耳失聪，却凭着自己的努力成为华语歌坛无法取代的人物。

许多媒体在报道休斯顿离世的消息时，都用了“猝逝”这样的词，人们借以表达自己的叹惋和哀伤。但是，凤飞飞，她是 2012 年 1 月 3 日病逝的，临终之际却交代家属保密，一个多月后才开记者会宣布。因为这个时间正是全球华人过春节的时候，她不愿意让喜欢她的歌迷因为自己而平添哀伤，她想让关心自己的人能好好地过个年。

一个歌唱家能够在临终之际这样为人着想，她留给人们的是永远的怀念和凄美。

最喜欢听箫声，特别是在夜深人静的时候。箫的音量并不大，但是它深沉而悠远，能够穿透人的心灵，似波涛汹涌的排浪，似浩瀚林海的松涛，似千军万马的轰鸣。

箫不适合在音乐会上演奏，箫声只适合一个人独自倾听。

如果一个人没有深厚的内涵，如果一个人喜欢世间的浮艳和热闹，如果一个人注重的是外表的形式而不是内在的美丽，就不会在箫声里找到共鸣。

人们总说文学家容易感伤，我说不是，文学家看到一枚落叶，想到的是一个季节；看到一滴水，想到的是无边的海洋；看到一粒沙，想到的是浩瀚无垠的沙漠；看到一棵草，想到的是辽阔的草原。

在文学家的眼里，从来没有静止的事物，一个刹那预示着一个生命的历史，一棵小草宣告了春天的到来，一片荒凉的山岗昭示着自然的沧桑。

13

“有两种东西，我对它们的思考越是深沉和持久，它们在我心灵中唤起的惊奇和敬畏就会日新月异，不断增长，这就是我头上的星空和心中的道德定律。”这句话出自德国哲学家康德的《实践理性批判》最后一章，被刻在康德的墓碑上。

叔本华说:“任何人在哲学上如果还未了解康德，就只不过是一个孩子。”多少年以来，无数的哲学家和政治家从这句话中吸取着无穷的智慧。面对浩瀚的宇宙星空，我们是多么的渺小！面对人间社会中的道德法则，我们又是多么的无知！

我们要做的，是时时刻刻的自省和自律。

我很庆幸自己从很年轻的时候就义无反顾地选择了文学之路，一生一直从事写作的事业。

经常有人问我：你写作是为了什么？是为了金钱吗？是为了名声吗？

我说:不是，我写作不是为了金钱富贵，更不是为了博取虚名。我写作是为了抵达繁花似锦的生命彼岸，是为了抵达自己的心灵，是为了洞察人世的秘密，是希望借助自己的眼睛帮助人们分清善恶。

每天的清晨，当我坐在书桌的前面，我仿佛是领到了一张人间喜剧的请柬，自己就走到了舞台的中间，担当起重要的角色。

对于我来说，没有什么比让我自由地写作更大的人生安慰。当一个个美丽的文字从键盘上流出，我感受到的是生命的快乐和从容。那一个个玲珑活现的文字，每天都为我拨开世间的迷雾叠嶂，引领我走进辽阔的生命原野。

最近，中国的足球界一个个曾经风光无限的人物沦为了阶下之囚，很多权倾一时的政界人物也纷纷落马。我想，这些人如果在人生风光的时候每天拿出一定的时间选择阅读，读孔子、老子和庄子，或者读康德和叔本华，他们也许就不会跌倒在自己的领地上。

如果选择了阅读，他们就会明白：凡事要留有空间，更要留有余地，个人在人世间是无比渺小的，权力和财富都是浮云。

他们跌倒的原因很简单，他们以为自己的能力可以左右这个世界，他们以为自己能够做成想做的任何事情。

14

有一位中学老师，一再问我一个问题，希望我告诉他写好文章的秘诀。他说，他也写了很多年了，可是写的文章总难以满意，他发现我的很多文章的人物不过都是些生活中的小人物，都是些普通的生活故事，可是却总是能够打动人心，他为什么做不到呢？

我说，你以为人生的境界遥不可及吗？你以为生活的真谛神秘莫测吗？不是，人生的境界就在我们目之所及的地方，生命的智慧就隐藏在普通人的言行之中，大自然的神韵就凝结在一草一木里，关键是你自己是否有一颗悲悯之心，是否有一双点燃心烛的慧眼，手中的笔是否饱蘸了生命的激情。

当你把自己那颗普通的心灵锤炼成一颗有情之心的时候，你的诗情和文采就绵绵而来了。

回故乡的时候，开车经过我小时候常常玩耍的原野。原野当中，那条乡村土路依然横亘在那里，那条蜿蜒的小河依然在默默流淌。我告诉孩子，我年少的时候，曾经无数次走过这条小路，拉庄稼，背青草，放羊，几乎每天都会走这条小路。那条小河，我也游过无数次，夏天的时候在河里洗澡嬉戏，冬天的时候在结冰的河上滑冰。

孩子说，我知道了，爸爸就是从这里到达了都市。

我说，是的孩子，爸爸就是沿着这条乡间小路一路跋涉，寻找到了生命的出路；爸爸就是顺着这条河流，寻找到了人生的海洋。

我告诉孩子：不论多么普通渺小的河流，不论它遇到多少重峦叠嶂，最终一定会汇入大洋；不论多么普通的小路，不论经过多少曲折险阻，最终一定会通向辽阔平坦的通衢大道！

15

在济南，大家都知道辛弃疾和李清照，济南人把这两人视为城市的光荣和骄傲，而且在城市最著名的风景区大明湖和趵突泉公园专门为两人建了纪念馆，供游人纪念和观赏。

可济南建城已经有数千年之久，历朝历代中那些曾经在这里主政一方的城主，不论是留下了丰功伟绩的还是平庸无为的，统统都默默无闻了，消失在了历史的长河之中，无人问津。

其他城市也是如此，比如说到杭州，人们立刻想到的是留下了千古名句“欲把西湖比西子，淡妆浓抹总相宜”的苏轼，至于曾经在这里权倾一时的城主，恐怕也是无人知道的。

我想，这正是千百年以来，为什么那么多深刻而智慧的人放弃仕途而追求文学，也许这正是文学的魅力所在罢，正所谓“文章千古事，仕途一时荣”。

居住在乡间的时候，很多儿时的伙伴去家里看望我，我们总是聊起一些往事，也会聊一些大家目前的生活状况。这些伙伴中，有的现在很发达，孩子也学有所成；有的混得很一般，基本是平庸无为；也有几位混得很落魄，不仅自己的生活很糟糕，孩子也不成器。

我对大家说，人的一生总是有很多不同，有的要靠不懈的坚持，有的要靠机会的青睐，有的要靠幸运的眷顾，有很多时候个人的力量是很渺小的，结果也是自己难以左右的。

大家都很赞成我的观点，而更令我特别欣慰的是，那些混得很落魄的伙伴，与我聊天以后，脸上都有了笑容，对自己的生活多了一分淡泊和从容。

16

我的故乡有一处重点文物保护单位“武氏墓群石刻”，是东汉末年几代人均在朝中担任高官的武氏家族修建的，墓群的壮观在中国首屈一指，可以想象当年武氏家族地位的显赫。可是现在，墓群所在的依然叫武翟山的村子里，再也没有一个武氏的后人了。面对这个曾经在历史上辉煌无比的家族，我想起那句“三十年河东，三十年河西”的谚语，也想起孟子说的“君子之泽，五世而斩；小人之泽，五世而斩”的断语。

圣人的话和百姓的谚语，其实说的是一个意思。不论多么有本事的人，不论到达了多么高的权位，不论挣下了多么大的家业，也不论拥有了多么显赫的名声，想千秋万代的持续下去都是枉然，因为历史过不了多久就会重新洗牌，重新安排生活的次序。

想到了这些，就不免为今天生活中那些千方百计贪污受贿，千方百计买房置地，想着让家业永远延续下去的人感到悲哀。也因此想提醒那些因为暂时的穷困和逆境而丧失斗志、心灰意冷的人，不要屈服于暂时的困境，也不要怀疑历史的公正，因为下一个机会，也许就是你的了。

济南城的北面，就是滚滚而来的黄河。黄河经过数千公里的九曲回转，到了这里，河面变得非常宽阔而平坦，全然没有晋陕河段的惊涛骇浪和惊险曲折。

我常常在周末或者假期的时候，带孩子去看黄河。

面对一直流淌不息的黄河，我总有很多的感悟。河流两岸的树木过不了多少年就砍伐更新了，一代代不论是曾经叱咤风云还是独领风骚的人物也都消失在了历史的洪流里。可黄河依旧，涛声依旧。

听说济南正在筹划在黄河岸边建设一座巍峨的黄河楼，争取能够像岳阳楼和黄鹤楼一样有名气。我不禁莞尔一笑，现在建了黄河楼，会诞生范仲淹的《岳阳楼记》，崔颢的《黄鹤楼》和李白的《黄鹤楼送孟浩然之广陵》那样伟大的千古诗文吗？而岳阳楼和黄鹤楼正是因为这三位文学家的诗文而名传千古。

17

有一些人尽管生活在普通民众中间，也一日三餐，但是心灵却被掩盖在苍凉的虚假里。

比如，为了显示自己的不俗和高雅，在书斋里闭门不出或者遁迹山林，与世隔绝，或者仿效古人峨冠博带，常常做隐逸出世状。

这样的方式我不喜欢，我最欣赏陶渊明。他有很大的学问，却过着耕田的生活。他得到朋友的提携做了彭泽令，可是当县吏告诉他应该束带去见督邮的时候，他又感觉自己的人格受到了侮辱，就写下那句著名的诗句“吾不能为五斗米折腰”，选择辞官，回到自己的田园。也正因此，中国文学史上诞生了那首伟大的名赋《归去来兮辞》。

中国历史上的文学家中，很少有人像陶渊明那样活得真实。他喜欢喝酒，就去找朋友痛饮，常常连饮三日而不归。他与朋友一起喝酒，喝醉了要睡觉，就对朋友说：“我醉欲眠，卿可去。”他去朋友的家里拜访，朋友看到他的鞋子破了，就让人给他做一双新鞋。量脚的尺寸的时候，他很自然地把脚丫子伸给人家，没有丝毫的不好意思。有一次朋友聚会饮酒，在煮酒的时候找不到过滤的纱布了，看到他头上戴的头巾正合适，就拿下来当滤布。酒过滤完了，他毫不介意地再戴在头上。

他生活在普通百姓之间，因而对生活艰难的人家充满同情和恻隐。他看到一个邻居家生活难以为继，就写信推荐他去自己儿子做官的地方谋一份小差事，他写信给儿子说："此亦人子也，可善遇之。"

他就是这样一个真实的人，他不做官，是为了逃避政治，而不是为了逃避生活。他生活在浓郁真实的人世间，生活在浓郁的友情之中，生活在自己的情趣性情当中，与淳朴的自然和谐交融，心地坦荡，表里如一，无忧无虑，智慧而快活。

18

很小的时候，跟随父亲去赶集。看着川流不息的往一个方向走的人流，我就想，这些人急匆匆地都干什么去呢？那里有迷人的风景和秘密吗？

后来我终于明白，在岁月的河流里，大家都是一样的，都在急匆匆地向前赶，都急着想知道生命前方等待着自己的秘密，盼望着到达一个目的地得到自己想要得到的东西。

可是，当经过千辛万苦到了一个新的高点之后，我又发现，我们得到了自己想要的东西的同时也失去了很多珍贵的东西。而且，我们得到了的东西，并没有当初我们追求它的时候所想象的那样神奇。它并没有改变我什么，我还是我。

所以，真正的智者，是这样一些人，他们到了一定的境界之后，就让自己放慢了脚步，从容平淡地看待身边的一切，发现很多事情变得没有那么重要了，没有了大喜，也没有了大悲。

我见到过这样的一些人，他们对于自己做过的错事不敢承认，对于自己的过错总是追悔莫及，当被问起的时候，就闪烁其词，顾左右而言他。这样的人注定成不了大事。一个人，最重要的品质是为自己的行为负责，对于自己的所作所为勇敢担当，而且从不沉迷在自己的过往中不能自拔。

有些错误，也许是那个年龄段里必须要付出的学费。

有些错误，也许当初有必需的理由。

有些错误，也许当时是你唯一的选择。

有些错误，在今天看来是错误的；可是，在当初，它可能是正确的。

到了中年之后，应该明白，我们就生活在当下，就生活在这一刻；只要这一刻是对的，就足够了；过去了的和未来要面对的，此时都与你无关。

19

到故乡的县城闲住。我住的房子所在的小区叫盛世花园，是县城新建小区中最高档也是价值最昂贵的社区。原因很简单，它与县里新建的一中为邻，而且小区的前面，就是县里新建成的人工湖。人工湖的水面很宽阔，湖边修建了环湖公路，湖的岸边建有回廊凉亭，栽种着无数的花草。

我熟悉故乡的县城，20 年前我在县城工作的时候，这里是一片荒无人烟的沼泽河滩，并不很宽阔的小河像一条臭水沟。那个时候，感觉这里距离城市很遥远，是乡村和大地的一部分。我清晰地记得，一个同事的家就在河边的村子，村子十分贫穷，每一户人家都希望搬离这里到交通方便的地方。

可是，20 年的光阴，一切都改变了。县里把小河拓宽治理变成了明净的湖泊，在河边建了县里最大的中学，沿着人工湖建的小区，自然就是风景最好的社区了。

傍晚的时候，我站在湖边遐想。我想，任何一条河流都有它存在的价值和理由，它价值低廉的时候你不要小瞧它，那是它还没有到昂贵的时候。

我们每一个人也是这样的，你今天是普通人中的一个，那是因为你还没有到发光的时候。说不定哪一天，你就会像我故乡的这条小河，成为美丽的风景。

20

我曾经在故乡的县城工作过 7 年，那时我刚大学毕业，20 多岁的年龄，风华正茂。

也许是出身农民家庭，也许是读中文系身上有那种士大夫的悲悯情怀吧，我在那些年里，只要遇到能够帮助的人，都是尽心尽力。有的是村里的人来县城买东西钱不够了来借钱的，有的是来县城的医院治病想找知名专家的，有的是办一些工作上的事情的。我那时做县长的秘书，认识的人多，办一些小事情，帮一些小忙，大家还是都给面子的。在县里工作的 7 年中，办了多少类似的事情，我也记不清了，尤其是后来我离开了县里到省城发展，那些事情那些人，尤其是一些当年的细节，早就忘得一干二净了。

可是，20 年后的今天，当我最近常常回县城来居住，又不断见到当年的那些同学、同乡、同事和朋友的时候，我却被他们说起的很多很多细节感动了。

比如，有一个韩姓同学，见到我的时候他就立即同他在老家的父亲通电话，说是与我在一起吃饭。他在把电话给我让我接他父亲电话的时候，他的父亲竟然一再称呼我为恩人。我搞不明白，不知道什么时候成了人家的恩人。韩姓同学说，当年他陪同父亲来民政局上访，争取解决父亲作为残疾退伍军人的补助问题。那个问题他们已经上访了很多年都没有解决。他说当时他找到了我，我当即就拿着上访信让县长签了意见给民政局，他们的问题不久后就解决了。

这么多年以来，他父亲一直正常领着政府的补助金。他告诉我，他的父亲常常挂在嘴边，说我是他们家的恩人。因为是我帮了他的大忙。他说，特别是当他常常告诉他父亲，我现在事业发展顺利的时候，他的父亲总是会说，人家干好才正常，好人就会有好报。

这件事情，我已经没有任何印象了。但是，我知道，以我当年的工作条件，这样的事情，实在是举手之劳。

在故乡的那些天里，我还听到了很多类似的故事。这些故事尽管我的印象早已十分淡漠，但我的内心却充满欣慰。你的举手之劳帮助了应该帮助的人，这是多么大的人生幸福。

其实，不论我们处于什么位置，也不论我们从事什么职业，如果你有能力帮助别人，就应该伸出援助之手。赠人玫瑰，手有余香，你帮助了别人，你得到的，一定是你想象不到的。

21

我们常常说到“瞬间”这个词，其实，我们的一生正是由无数的瞬间组成的。自幼年到成年，一个个的瞬间，填满了我们的人生旅途。

在印度的新德里，我拜谒过一座佛教寺院，那座寺院里的墙壁上，用生动的画面再现了佛祖一个个生活的瞬间。我从来没有瞻仰过这样生动而让我震撼的图画。他们把由王子变成佛祖的过程，用一个个瞬间连接起来。站在一幅幅图画之下，我仿佛醍醐灌顶。

有一幅图表述的是这样一个瞬间：王子即将离开自己的宫殿时，回望熟睡的妻儿，眼神中充满无限眷恋与不舍。

这是多么生动而感人的瞬间！这一刻，所有的瞻仰者，不论是皈依佛门的弟子还是我们这样的俗人，我相信，大家的心灵都得到了感染和净化。佛祖也是我们众生中的一个，他一样有自己的感情和不舍。

我们的一生中有多少这样的瞬间？我们告别父母远行的回望，我们深夜别离妻儿的眼神，我们失意悲伤、痛苦无助的凄凉，我们志得意满大功告成的欢欣。如果把这些瞬间一个个捡拾起来放在眼前，你一定会发现，你一样是一个生动的人，你的一生中同样充满了震撼人心的时刻。

22

公交车上发生了歹徒抢劫乘客的事件，可是，令人气愤的是，除了一个乘车的军人挺身而出与歹徒搏斗之外，所有的人都成了旁观者，不仅没有人像军人一样与歹徒搏斗，反而大家都把脸扭向了窗外，对于车内正在发生着的搏斗麻木不仁、熟视无睹。

这样的漠然和冷酷无情，我们几乎每一天都能够从媒体上看到。大街上有老人摔倒了，很少有人走上前把老人扶起来。一个家庭发生了不幸，也很少有人慷慨解囊。

我们应该让自己变成一个有血有肉的人，一个有着丰富情感的人。我们不要说社会公德，也不要说见义勇为。我们应该这样想，说不定哪一天被抢劫的是我们自己，说不定哪一天摔倒在路上的是我们的父母，说不定哪一天不幸会降临到我们的头上。

真到了那个时候，我们难道不渴望人们关怀的眼神吗？我们难道不盼望人们的解囊相助吗？我们难道不希望得到无私的救助吗？

任何一个人，都需要困境中的安慰，都盼望不幸时的帮助，都渴望成功时的赞美。

因此，当我们每一个人都抛弃了漠然和冷酷，都充满感情地生活在社会中时，我们的身边就充满了生动和美好。

23

青少年时代的很多记忆总是深深雕刻在心灵深处，不论经历多少岁月风雨，也不会淡漠或者消失，甚至是历久而弥新，不时跳跃着从陈年往事中跑到你的眼前来。

故乡这些年的变化很大，很多我青少年时代的道路和房屋都不存在了。从我们村子到镇上初中的那条道路，现在已经变成繁华的商业街了。可是，在30年前，我读初中的时候，这条道路还是窄窄的田间小路，小路的两侧有好几个很大的墓地，墓地上生长着很粗壮的松柏。那些墓地都是我们村里的，我十分熟悉，白天从小路走，也说不上什么害怕，周末的时候我们还常常去那些地方玩耍割草呢。

常常听村里的大人们说，只要太阳落山了，墓地上就会闹鬼，鬼魂到了晚上就出来了。所以，只要没有太阳了，我们玩耍也不到那些地方去，担心真的被野鬼抓了去。

可是，有一天，我真的在夜晚独自一人经过了那几个墓地。那时我在镇上读初中，早晨六点半起床去学校。家里没有钟表，平时六点之后自然就醒了，立即起床去学校，虽然离开家的时候天还很黑，等到了那几片坟地的时候，正好天也就亮了，小路上就有很多早起做生意的人了。可是这一次，我却越走越黑，到了那几片坟地的时候，天更黑了。我明白，我是起得太早了。但是，已经没有办法，往回走也不近了，这片坟地恰好在我家到学校的中间位置。

小路上没有一个人，两边的坟地里阴森森的悄无声息，所有那些平时听到的故事接连跳到我的眼前，我终于明白了什么是毛骨悚然，我感觉自己的头发全部都竖立起来了。

我硬着头皮往前走。为了尽快离开那几处坟地，甚至跑了起来。不久，就看到了学校的大门，我的神经一下子松弛下来。等同学们都来到的时候，我和他们讲了自己的经历，我说，哪里有什么鬼魂呢。

也就是从那次经历之后，我成了一个无所畏惧的人，一个一往无前的人。同时我还得到了一个更大的收获，让我一生受益无穷。

从此我明白了：在人世间，有很多道路是一定要自己走的，有很多问题是一定要自己独自面对的，只有这样，自己得到的人生经验，也才是最珍贵的。

24

一生中结交过多少朋友，实在没有认真去想过。但是，我却知道，有很多朋友让我刻骨铭心。

我有一个这样的朋友，当我陷入困境的时候，我一定会去找他，只要我与他有一次长谈，就会感觉顿时豁然开朗，就像突然走出了迷惘的丛林。

我也有一个这样的朋友，当我和他在一起的时候，我会感觉十分踏实而安全，世界也变得和谐而美好，甚至天气也是风和日丽的。

我还有一个这样的朋友，他总是用锐利的目光打量着我们的世界，只要与他在一起，我就自然而然地开始重新审视自己，总感觉自己在很多方面都有差距，都需要重新开始。

有的朋友，总是给我万丈豪情，总是激励着我去追赶什么，去争取什么，总是指引着我向一座山峰或者一个高地进发。

我一直欣慰自己有很多朋友。不论这些朋友，是希望在一起静静地品一杯茶，是在一起豪迈地痛饮一杯酒，还是在一起快乐地歌一首唱。

有朋友的人，你会感觉世界充满了爱和温情；没有朋友的人，其实他的世界无异于没有生命的荒漠和凶险密布的丛林。

去年，我在父母过世之后留给我的一片宅基地上盖了一处院落，我挑选了一块60厘米高30厘米宽的青石板，请石匠雕刻了“梅园”两个字，镶嵌在大门右侧的门垛上。

院子和房子都建好以后，我就常常从济南来这里写作，休息。从那以后，我突然感觉自己的心灵找到了家园，我悬了多年的漂泊的心灵，终于可以安放下来。

院子的后面，就是我小时候每天都会在那里玩耍的荷塘，夏天在这里游泳洗澡，冬天在上面滑冰。

已经有接近30年的时间没有在这片荷塘的周边漫步了，可是，今天当我漫步在熟悉的荷塘周边时，忽然之间，那些久远的陈年往事都排山倒海一般汹涌而来。那些已经在我的脑海里消失了几十年的记忆，依然带着当年的气息，带着当年的温馨，在我眼前复苏了。夏天里，我们那些脱得一丝不挂的孩子在荷叶的下面躲猫猫，采那种白嫩的鲜藕，看谁采的莲蓬多；冬天里，把厚厚的冰磕下来一块，打冰仗；秋天里，荷塘里的水少了，就会“翻坑”，也就是鱼儿都游到水面上来了，我们各自拿一只小网子，就能轻易地逮到很多鱼了。

正想着的时候，看到有乡亲们走过来了，我们自然就聊起过去的那些往事。

我突然间领悟到，原来那些尘封多年的往事并没有真正消失，它们只是暂时被搁置在你生命的某一个地方，库存起来。不定哪一天，遇到一个契机，它们就像赶赴一个盛宴一样从你生命的深处络绎而来。

荷塘的对面，就是我出生长大的村庄，我在这个村庄里生活了18 年。我的目光越过荷塘，眺望着村庄里的一个个房顶，那每一个房顶下面发生过的故事，我都曾经十分熟悉。

这些故事，现在都争先恐后地一个个来到我的眼前了。

在 19 岁那一年，我就是从这个荷塘边离开村庄，告别父母，开始了到外面的世界去奋斗的人生。那时候，村庄外面的一切，都是神秘的，都是充满诱惑的，我常常在日记中称之为“去追求外面的世界”。

离开这个村庄之后，我先后到三个城市读书、工作、生活。在那些城市里，如同在这个村庄一样，发生过无数的人生故事。我终于知道，那些故事，也像这个村庄里的故事一样被库存在一个地方，它们并没有消失，他们已经成为我们生命中珍贵的财富。也说不定，它们就会在某一个时机，也争先恐后地来到我的眼前，让我重温那一段段美好的时光。

25

我故乡的报纸《济宁日报》的记者对我做了一个专访，他们草拟了9个题目，请我书面回答。9个题目中有3个是请我回答读者关心的一些问题的，我为什么放弃仕途走上文学之路？我为什么在故乡建设了自己的“梅园”？几十年以来支撑着我坚持创作的理由是什么？还有几个问题，也是请我回答一些关于我工作生活状态的。

在他们这样向我提问之前，我还真的没有认真想过这些问题。

我走向文学创作的理由是什么呢？是为了名声？是为了金钱？是为了利益？我回答不上来。多年以来，我常常遇到这个问题，我也想找一个理由，来说明我为什么创作，可是我没有找到。有时候，当我找到了一个感觉合适的理由的时候，我又发现，这个理由后面还有更多的理由，如果一直追问下去，那么我创作的本意也许将不存在了。

我回答记者，文学创作是没有理由的，也不需要理由。文学创作是一个作家心路历程的再现，是一个作家内心思考的结晶，是一个作家对独特人生阅历的领悟，是一个作家思考世界与人生的果实，没有任何理由。

26

在我故乡的村子前有一个新建的化工企业，从河南郑州聘请来了一位女工程师。她今年 29 岁，毕业于国内一所名牌大学，自身条件也很不错。因为企业就在我们村子前，村里很多青年人都在企业工作。大家发现，这位河南来的女工程师，不仅学历很高，自身条件很好，而且性格人品还都很不错。可是，大家却发现她还没有男朋友。这让大家都很着急，我故乡一带，不要说 29 岁，就是超过 25 岁不结婚的人也很少了。这么好的一个人，不能这样拖下去啊。

我因为在梅园居住，也加入了热心人的行列。不久我就了解到，女工程师之所以这么多年没有找到合适的男朋友，是因为她对于男朋友的要求太高了。开始的时候，自己学历高，长相好，就设置了很多很高的条件，结果几年下来，几乎没有人符合她的要求。她自己感慨万千地告诉我：“我太追求完美了，把自己给害了。”

现在很多城市里的高学历女性都存在这个问题，由于太过追求完美，结果把自己遗忘在了时间的河流里。

生活中没有完美的人，不论是对方还是我们自己，都有很多的不足和缺点。恰恰正是因为有这些缺点，我们才对完美充满渴求和向往。

两个素不相识的人走到一起，需要的是双方的包容和谅解，然后是无私的支持和体贴，最后到达相濡以沫的亲情。这个过程，事实上正是不断追求完美的过程。在追求完美的道路上，你甚至会不断发现对方更多的缺点和不足，所以才能体会到不断到达新目标的幸福和快乐。

梦想着一开始就遇见完美的人，不是幼稚的儿童，就是天真的幻想家，因此注定会被生活遗弃。

人生的征程就在脚下，你的目标就从脚下开始，一切美好都在路上。

27

在故乡过年的时候，我参加了一个宴会，是中学同学刘殿龙举办的。刘殿龙的长子在国内拿了硕士学位之后，国家公派赴德国攻读博士学位，找了一个同样攻读博士学位的同学为妻，春节前喜得贵子。因为孩子是在德国出生的，根据德国法律，孩子自然取得德国国籍，并享受作为一个德国公民的教育、医疗、生活保障等各种福利。殿龙非常高兴，不仅儿子已经学有所成，而且生了一个拥有德国国籍的孙子，一定要邀请当年的同学，设宴庆贺。

殿龙上初中与高中时与我都是同班，他当时高考落榜之后回乡务农，在我们这些人考上大学继续深造的几年，他在故乡找了一个当地的农家女结了婚，不久后接连生了两个儿子和一个女儿。

我的故乡一带是牛羊的养殖繁育基地，他回乡之后学习养殖技术，后来就成了牛羊养殖大户，家庭富裕起来了。也许是接受自己没有考学出来的教训吧，他下决心让自己的孩子读书。也许是孩子天生聪明，也许是殿龙教子有方，他的几个孩子学习成绩都很优秀，长子和女儿都考上了国内的名牌大学。

20 多年的时间，在我们这些当年考上学的同学还在城市里打拼，孩子才刚刚到了高考年龄的时候，当年没有考上学的殿龙的孩子早已经捷足先登了。更重要的是，殿龙不仅把自己的孩子培养成功，个人事业也发展很好，已经成为我们那一带有名的千万富翁企业家了。

同学们见面，大家在为殿龙高兴庆贺的同时，也不免唏嘘再三，都感叹“三十年河东，三十年河西”，“失之东隅，收之桑榆”。

我在想，在这个快速变化的人世间，一时的得意和成功是很脆弱的。

28

妻子小我几岁，她的同学大多都是 40 岁左右。年前的时候，我也被邀请参加了一次她在故乡县城工作的同学聚会。参加聚会的几个同学鲁守强、黄云生、鲁三英、刘爱民、王甚华、魏红燕都干得很不错，守强在人事局担任工资科科长，云生是邮政局局长，红燕是经理，爱民是银行的一个支行长，甚华是公安派出所所长，三英也担任一个银行的领导职务。

大家都很高兴，谈起自己的现在和过往，都有很多的感慨。说着的时候，突然有一个同学有了重大发现，他说，他们几个人除了王甚华是警校毕业之外，其他没有一个考上学的，当年几乎都是初中肄业！

话题就来了，当年家庭贫困读不起书，守强就先辍学做药品生意。云生找了一个送报纸接电话的临时工。其他几位也都是从社会上最低的职位做起的。

但是后来，他们都很努力，在自己的岗位上自学成才，渐渐都担任了一定的职务。他们又回忆起班上那些考上学的同学，有几个干得很不错，也有一些没有了消息。

看着比我小几岁的他们，我也生出一些感悟来。他们与我那位刘殿龙同学是一样的，都没有听从命运的安排，而是通过另一种奋斗，同样到达了新的高地。

我想，任何一个人的生命中自然都潜伏着尊严和价值，如果你怀着一颗不屈不挠的心，就一定会在生命的前方找到开阔的世界。

29

为文讲究要有丹田之气，无病呻吟、装腔作势的文章不会有感人的力量。为人也是一样，要有丹田之气，要有一往无前、不屈不挠的气势，才能够愈挫愈奋，走出鲜亮昂扬的人生。

古人论文，讲气贯长虹、力透纸背。唐朝韩愈搞古文运动，就是要恢复汉朝文章的质朴之气。他每为文前要先读一些司马迁的文章，为的是借一口气。以后，人们又推崇韩文，再后又推崇苏东坡文，认为韩文苏文都有雄浑、汪洋之势。苏东坡说："吾文如万斛泉涌，不择地皆可出。在平地，滔滔汩汩，虽一日千里无难。"

今天我们能够读到的像司马迁、苏东坡、韩愈、李白、康梁那样气贯长虹的汪洋之文已经十分困难了，花拳绣腿、故弄玄虚、无病呻吟的文章充斥着我们的阅读。

在我们的身边，活得有气势，总是充满一股豪情的人也是少之又少了。更多的人是畏缩在既得利益的小圈子之中，安于现状，亦步亦趋，渐渐沦落为芸芸众生中的狗苟蝇营之辈。

一个没有气势的人，一个没有豪情的人，一个没有性格的人，是不会有什么出息的，更不会有什么建树，不过是大千世界里的一具行尸走肉罢了。

我一直努力培养自己的豪情与气势，我发现，当一个人心中具有了一种豪情的时候，生命中就具有了一种大无畏的气势，就具有了一种努力争取的力量，所谓的那些困难和挫折自然就烟消云散了。

我在济南生活多年，在这里我有很多朋友，常常有朋友这样说，与我在一起聊天，会感觉到我身上散发着一种气势，会有一种感动人心的力量。我信然，我相信朋友们的这种感觉。因为即使是自己，我也时刻被自己感动着，被我的万丈豪情、被我的远大抱负，还有被我对生命和自然的热爱感动着。

30

对于一个已到中年的人来说，一定已经经历了很多人生的苦悲与欢喜。我近来写了很多回忆性的文字，我从来没有想到，我可以从已经过去的岁月里捡拾到那么多的美好。

我很多儿时的伙伴和青少年时代的同学，在报刊上读到我的那些文章之后告诉我，没有想到我们共同经历的时光里隐藏着那么多值得珍藏的记忆。他们说，读到那些文字，又找回了自己天真烂漫的童年时代，找回了自己意气风发的青年时代，找回了很多丢失的珍珠一般珍贵的经历。

是的，我们的经历就是一笔巨大而珍贵的财富，我们也可以从那些记忆中学习到很多东西。

这几天，山东的媒体一直在报道一个故事《53年前新泰行乞，幸得恩人救助》：

53年前，15岁的德州人高延德带着妹妹讨饭走到新泰行宫村，16岁的王悦举和母亲常常救助他们，两人在此生活了大半年，度过了人生中最困难的一段时间。如今，已儿孙满堂的高延德想寻找当年的恩人，向他们说声谢谢。高延德老人后来曾到新泰找恩人，但没有找到。高延德说，他岁数大了身体也不好，5 年前凭着原来的记忆来到新泰，但已找不到那时的村子。高延德说：自己能活下来多亏了恩人，一定要在有生之年找到他们，以表达自己的感激之情。

现在，经过媒体的介入，恩人找到了，他带着自己的儿子和精心挑选的家乡土特产，前往恩人所在的东营拜见恩人，圆了自己感恩的梦。

这是一个感动人心的故事，也是一个让人充满回忆的故事，在这个故事里，老人生命中那一段苦难的经历都化作了生命的美好。

其实，我们每一个人的生命中也一定隐藏着这样的故事。我们难道没有遇到过对我们殷殷教诲的老师？我们难道没有遇到过热心的帮助？我们难道没有过知遇的感激？

一定有。

时光不会等待我们，记忆不会等待我们，我们应该让自己从回忆中走出来，把一个个记忆变成生命的感动。

31

这是一个月明星稀的晚上，我接到了一通来自广州的电话。来电话的人是广州的作家许锋。他为自己一个难以决断的问题征询我的意见。

他现今在广州的一所大学里工作，各方面发展都很不错。可是，最近，他接到了他的原籍甘肃省的任职邀请。他很踌躇，难以定夺。我们谈了很久，我详细向他说了我的看法和观点。最后，在我们反复几次探讨利弊之后，他果断做出了决定。他说："好吧，大哥，我决定了。"

我们认识多少年了？大约是 1995 年，当时我在《山东青年报》做编辑，许锋在《甘肃青年报》做编辑，同属于共青团系统的媒体，都是副刊的编辑，而且都在写作的道路上，我们就这样结缘了，已有 18 年之久。

也就是从那时开始，无论是编辑工作，我们挚爱的文学创作，还是我们的生活，彼此都引为知己，成了好兄弟。

就在我们通话的第二天吧，我接到了一条来自云南怒江州的短信。来短信的人是我多年的朋友和贵群。和贵群在短信中告诉我，他已经任新职务了，感谢我这些年以来对他的帮助。

我很高兴，立即回短信给他，祝贺他高升的同时，也希望他在新的职务上多为百姓做实事。

和贵群是云南很有影响力的作家，他在遥远的怒江担任重要职务的同时还在坚持写作，很有成就。我们大约是在 1996 年前后开始交往的。那一年我的第一本散文集出版，他在媒体上看到出版消息之后从遥远的怒江邮购我的书。那时他还没有什么职务。我感动于在那样遥远的地方还有这样一颗火热的文学之心，就在给他邮寄书的同时写了一封信。就这样我们开始了将近 20 年的友谊。

后来，不论他的职务发生什么变化，不论他又调到哪里任职，他都会及时告诉我。

2006年的夏天，我带妻儿去云南旅游，旅游的路线是昆明、大理、丽江，我告诉他以后他很高兴，坚决要到昆明去接我。我说，我是跟随山东的旅游团，不能离团，如果有机会见面再联系。他说，那就等到了丽江的时候，他让在当地宣传部门工作的朋友请我吃饭。

果然，我们一到丽江，我就接到了在当地工作的和贵群朋友的电话，他们就在丽江古城入口处的酒店给我接风。介绍的时候我很感动，原来接待我的是丽江古城的区委书记和宣传部长。他们也为我与和贵群的友谊而感动。他们说，和贵群告诉他们，我是他最好的朋友，一定代表他接待我。他们同时又为我们这样没有见过面，却这样真挚的情感而惊异。

我还有很多这样的朋友，沈阳的作家娄玉振，大连的诗人黑岛，南阳的作家李雪峰，江苏作家马国福，安徽作家李丹崖，等等。我们有的见过面，有的没有见过面，但是相互牵挂，有事情的时候一定通报相商。

在我生活的济南，在我的故乡，这样的朋友就更多了，我们就像手足兄弟一样，一起走过了无数有悲有喜的岁月。

我想，人生不过短短的几十年光景而已，在这短短的时光中，因为有了这些朋友，人生增添了多少令人感动、难以忘怀的美好与回忆啊。朋友有了难以决断的事情请你帮助决断，朋友有了快乐请你分享，这是多么温暖的信任与幸福。

在我们经过的时间里，在我们那些人生转弯的地方，朋友们多么像闪闪发光的星光，照亮我们生命的夜空。

32

我去山东大学文学院举办的一个文学讲座，在讲座临近结束的时候，有一个女学生站起来对我说："老师，我认真研究了你的人生道路，发现你的人生道路上几乎没有挫折，你大学毕业分配到了政府机关，你喜欢新闻又去了报社做记者，写作是你的爱好和追求，你又成了作家，命运和成功总是那么眷顾你。可是我们却不同，我们在学校里就开始为毕业以后的职位而疲于奔命，我们不知道自己的未来在哪里，我们的人生中总是充满了挫折和忧伤。"

我说："我不知道你所说的挫折具体是指什么。是一件事情做得很糟糕，还是总与机遇擦肩而过，还是选择人生道路的犹豫不决，还是其他什么。我想告诉你的是，我的人生词典里，真的没有挫折这个词汇，有的只是事情做完之后的总结，有的只是对自己人生道路的不断调整与选择，有的只是对未来美好的期待和向往，有的只是对理想一往无前的坚定不移。"

在我看来，人生中是没有什么挫折的，所谓挫折，是你个人对自己处境的主观判断罢了。如果一个机会来了，你没有抓住，你以为就是挫折吗？不是，是你在机会到来之前准备不够，机会是为有准备的人而准备的。一件事情你没有做好，没有达到预期的目标或者损失惨重，这也不是什么挫折，原因是你在做事之前没有周到的设想，做的过程中没有调动全部的能量，或者你没有把握好做事的时机而仓促上阵。

任何一个人的一生都会处于不断的选择过程中，因为世界在变，环境在变，我们个人也在变，因此必须顺势而为，不断调整自己的人生方向，才能确保自己待在成功之路上。做完了一件事情之后，我们就应该学会忘记和放下，重新选择，重新开始。

无论成功还是失败，都是自己的过往，都不能再留恋或者感伤，对那些过往洋洋得意或者耿耿于怀，都没有什么益处了，唯一可取的，是面向未来。过去了的，都是自己的一段经历，一种尝试，如果你认真总结了得失，有了深刻的领悟，找到了失败或者成功的经验与教训，你就拥有了难得的财富，而这种财富就成了你未来的力量。

我告诉年轻的学生们，任何一个成功者的心中，是没有挫折这个词汇的，有的只是百折不挠的一往无前。

有一个人，以他自己的经历，给我们提供了有力的证明。

22 岁，他做生意失败。23 岁，他竞选州议员失败。24 岁，他重操旧业继续做生意，又赔得一无所有。26 岁，他的情人不幸死去。27 岁，他的精神完全崩溃，几乎住进疯人院。29 岁，他再次竞选州议员失败。31 岁，他竞选国会议员失败。39 岁，他再次竞选国会议员失败。46 岁，他竞选参议员失败。47 岁，他竞选副总统失败。49 岁，他再次竞选参议员失败。

这个人在 51 岁那一年竞选总统成功，成为美国历史上与华盛顿齐名的最伟大的总统。这个人，就是亚伯拉罕·林肯。

林肯给我们的启示是：失败了，跌倒了，重新再来。事实上，这是对百折不挠最完美的注脚，是无数次失败之后的那一次最伟大的成功。这也是成功的唯一秘诀。

我们许多人之所以总是与成功无缘，原因就是失败了一次甚至几次，就对自己的能力产生了怀疑，丧失了自信心，就回到原路上去了，失败在人生中便只有失败这一个定义了。

而相反的是，失败是成功的基石，所谓失败是成功之母便是这个意思。成功，正是无数次的失败联结起来的。成功在人生最遥远的地方，虽然在人生的近处站满了失败，但所有的努力必然都从失败开始。一个人如果认识不到这一点，便是一个平庸的人。

人生的哲学就是这样，你失败了一次，它便告诉你这个地方你走过了，不要再重蹈覆辙，你应该换一条路。当你换过无数次之后，成功的坦途就已经铺到你的面前了。

33

我喜欢去没有开辟出道路来的山坡上攀登，更喜欢去没有疏浚的山谷里漫游。那里没有开凿的道路，没有各种避开危险的指示，没有人为的景观，自然也少有人迹。

但是，那些地方，总是会有意外的惊喜，总是会有珍稀的奇观，总是会有许多的意料之外。比如，常常会发现清澈的山泉，常常会遇到叫不上名字的奇鸟异兽，至于那些珍贵的树木和花草就更是常有的收获了。

在峡谷的纵深处，在深山的苍翠里，遇见一个飘着炊烟的石头屋或者小木屋，遇见几个采药或者狩猎的农人，就更加不足为奇了。

每当这样的时候，我就常常想，道路和规则是为了胆怯、懦弱、没有创见的人设立的，按照设立的规则前行，你不会发现真相，更不会有意外的收获。虽然你前行的道路上多了几分安全，多了几分保障。

在崇山峻岭和幽深的峡谷中摸索穿行，当激荡的山风呼啸而来，当清澈的水流滚滚而来，你不会有一个人冒险的畏惧和孤独，有的只是生命融入大自然壮美奇观的震撼与感动。

有一次去北戴河参加《思维与智慧》杂志的笔会，邂逅安徽作家王飚。笔会即将结束的时候杂志社统计返程车票，他拒绝了。他说他要一个人去内蒙古大草原。原来，王飚是一个喜欢旅行，四海为家的人，他每年都有两次单独一个人的外出旅行，没有明确的目的地，没有旅伴。他带着一顶帐篷，带着一架相机，背着一个简单的旅行包就开始旅行了。

他告诉我，如果去了内蒙古大草原，全国没有去过的地方，就剩一个西藏的墨脱了。

我真羡慕王飚。这样的朋友，在山东我也有好几个。只要到了夏天的假期，他们就从朋友和家人的视野里消失了，消失在不知名的地方。

我能够想象得出他们的超然和快乐。其实，我也喜欢一个人坐车去旅行，一站接着一站的前行，没有目的地。没有起点，也没有终点，我只是在路上。我不属于任何一个风景，也不属于任何一个组织，我只属于我自己。

这个时候，所有的责任和义务都消失了，所有的追逐和名利也都消失了，所有的身份和地位也不复存在，我只是一个普通的自己，没有了疲惫的仰望，也没有了倦怠的伪装。我只有一件事，就是安静地坐在窗口，欣赏不断迎面而来的风光。

心灵深处，任何一个人，都会有这样无拘无束的漫游，只是有的人变成了生命的现实，大多数人都只是想想而已的奢望。

34

有一个常年坚持旅行的朋友曾经这样喟叹：在中国，如果你没有到过柴达木和吐鲁番，没有到过西藏和塔克拉玛干，没有到过长江与黄河的源头，你就不能算有过真正有意义的旅行。

因为，内地几乎所有的风景都是经过精心的打磨和修饰的，都是人为的景观了，没有真实和本源了，它们原来的样子早已面目全非。

真正不会改变和消失的，恰恰是纯粹的本源和真实，而只有在这样的真实面前，你才会领略到发自内心的震撼，才能领略到真正的大美。

当我们遭受羞辱或者陷害的时候，我们通常会暴跳如雷或者迎头痛击。其实，这样只能使我们遭受的痛苦更深。我们完全可以用一种含蓄而优雅的方式，既挣得自己的尊严和体面，又使对方无地自容。

罗斯福下野后，曾作为威廉·塔夫脱总统的特使，参加英国国王爱德华七世的葬礼，并安排葬礼后与德国皇帝会晤。

德皇傲慢地对罗斯福说："2 点钟到我这里来，我只能给你 45 分钟时间。"

罗斯福回答说："我会 2 点钟到的，但很抱歉，陛下，我只能给你 20 分钟。"

我们的家里被盗了，我们应该怎么办？报警，清查丢失的物品，还是不停地抱怨家人丧失警惕？

罗斯福也被盗过，他在被盗后是这样处理的。罗斯福家失窃，被偷去了许多东西。一位朋友闻讯后，忙写信安慰他，劝他不必太在意。罗斯福给朋友写了一封回信：亲爱的朋友，谢谢你来信安慰我，我现在很平安。感谢上帝：因为第一，贼偷去的是我的东西，而没有伤害我的生命；第二，贼只偷去我部分东西，而不是全部；第三，最值得庆幸的是，做贼的是他，而不是我。对任何一个人来说，失窃绝对是件不幸的事，而罗斯福却找出了感恩的三个理由。

很多时候，尤其是对于那些掌握一定机密的人，面对涉及机密的询问时，往往拿不出礼貌的方法维持原则。罗斯福也遇到过这样的情境，但是，他用这样的方式，既没有得罪朋友，又维持了自己的原则。

罗斯福任美国总统以前，在海军部供职。某日，一位朋友问及海军在大西洋的一个小岛筹建基地的秘密计划。罗斯福特意向四周望了望，然后压低声音问："你能保守秘密吗？"

"当然能。"

"那么，"罗斯福微笑着说，"我也能。"

伏尔泰是法国启蒙时代的思想家、哲学家、文学家，启蒙运动公认的领袖和导师，被称为"法兰西思想之父"。一次在一个作家聚会的场合，他将一位并不在场的同时代作家赞扬了一番。一位朋友当场指出："听到你这样慷慨地赞扬这位先生，我感到非常遗憾。要知道，这位先生在背后经常说你的坏话，真的。"

伏尔泰耸耸肩膀说："这样看来，我们两个人都说错了。"

海涅是著名的德国诗人，他是犹太人。他在参加一个聚会的时候，一个旅行家对他讲述了自己在环球旅行中所发现的一个小岛。

他对海涅说："你猜猜看，在这个小岛上有什么现象最使我感到惊奇？"

“什么现象？”海涅问道。

旅行家冷冷地笑了笑，恶意讽刺地说：“在这个小岛上，竟没有犹太人和驴子！”

海涅不动声色地反击道：“如果真的是这样的话，那么我和你到小岛上去一趟，就可以弥补这个缺陷了！”

伟大的爱尔兰剧作家萧伯纳是一个非常幽默的人。有一天，萧伯纳应邀参加了一个丰盛的晚宴。席间有一个青年在大文豪面前滔滔不绝地吹嘘自己的天才，好像自己天南海北样样通晓，大有不可一世的气概。起初，萧伯纳缄口不言，洗耳恭听。后来，愈听愈觉得不是滋味。最后，他终于忍不住了，便开口说道：“年轻的朋友，只要我们两人联合起来，世界上的事情就无一不晓了。”那人惊愕地说：“未必如此吧！”萧伯纳说：“怎么不是，你是这样的精通世界万物，不过，尚有一点欠缺，就是不知夸夸其谈会使丰盛的佳肴也变得淡而无味，而我刚好明了这一点，咱俩合起来，岂不是无一不晓了吗？”

有一天，瘦削的萧伯纳碰到一位大腹便便的商人，商人讥讽道：“看见你，人们会以为英国发生了饥荒！”萧伯纳回击道：“看见你，人们就会明白饥荒的原因了。”

一次萧伯纳在街上行走，被一个冒失鬼骑车撞倒在地，幸好没有受伤，只是虚惊一场。骑车人急忙扶起他，连连道歉，可是萧伯纳却做出惋惜的样子说：“你的运气不好，先生，你如果把我撞死了，你就可以名扬四海了！”

35

我们习惯于听到这样的话：再等等看。说这话的，多半是那些人生阅历丰富的人。他们以自己的人生经验来告诉你，很多事情必须等待机会。

这样的忠告当然有道理。但是，我们怎么才能把握哪些事情应该等待，而哪些事情不能等待呢？

机会是不能等待的。人的一生中，重要而关键的机会是不多的，当一个机会来临，也许因为你的“等等看”这样的瞬间犹豫而坐失良机。在一个单位很多年找不到施展才能的机会，另外一个适合你的单位正在招聘人才，你就应该当机立断去应试。你所处的城市正在招贤纳士，你就应该做好充足的准备去展示自己的才能。勇敢地跨出一步，也许，你的人生之路就海阔天空了。机会是不会等你的，它只看重那些积极勇敢的人。

天下最不能等待的是孝顺。因为，等到你认为你有足够的财力和能力来孝顺的时候，老人已经来日不多或者已经不在了，你有了能力却没有了机会。我看到很多对成功人士的访谈，说到“遗憾”这个话题的时候，很多人都谈到了孝顺的问题。他们都说，自己想着等奋斗到一定程度，有了足够的能力，让老人好好享几年清福。但遗憾的是，等到自己成功了，老人已经去世了。孝顺不一定非是物质上的不可，在你力所能及的范围内，时时想着就足够了。饭后端上一杯热茶；阳光好的日子里，扶老人到外面走走；常给老人谈谈外面的事；去外地的时候，想着给老人带来一包可口的点心。关键的是不要等待，就从今天开始。当你这样做的时候，你会发现，孝顺的意义已经与你原来想象的截然不同了。

时间更是不能等待的。我们从一来到这个世界的那一刻起，我们一生的时间就不可改变了。我们就这些可以支配的时间，多等待一分钟，就少了一分钟，所以，那些成功人士最大的秘诀是利用可以利用的一切时间，抓紧行动。台湾作家刘墉年龄并不大，但是其著作早已等身。他精致典雅的散文随笔畅销全球华人圈，成为全世界华人中创作数量最大的作家。

达到这样的成就，其才情自然是重要的因素，但是，还有一个因素同样重要，那就是刘墉管理利用时间的精细。刘墉身边的人都知道，他是把自己的时间精确到分钟的人。所有接待过刘墉的单位都清楚，伺候好刘墉不是一件容易的事情，因为我们的时间观念实在难以达到刘墉那样的精细。任何一次活动，他都会要求提供一份详细的日程表，表中要列明所有他能够想到的具体条目：几点几分从酒店门口出发；从一个城市到另一个城市有几趟航班，哪一趟航班最节省时间，怎么衔接，如何接送；中午 12 点以前不要安排活动，以保证下午和晚上的活动精神饱满；不和不相干的人一起吃饭，如果非吃不可，要确定好时间，时间一到立刻走人；某个活动几点几分开始，几点几分到达休息室，从休息室到达会场需要几分钟。每次活动前，即使你已经提前告诉了他你几点几分在大厅接他，但是他仍然会咨询楼层服务员，他从房间到大厅需要几分钟，然后他会准时从房间出来，一分钟也不浪费地准时到达。

刘墉常说，最大的罪过就是无端的浪费时间，为了节约时间，得罪人也值得。无端的应酬不仅浪费了自己宝贵的时间，还毁坏了自己的身体和精神。他认为自己是自己时间的主人，别人没有权力要求他。他常说的话是，人的一生没有多少时间可以支用，自己有更重要的事情要做，他的每一分钟都要用到刀刃上。

有很多年轻人在什么时候要孩子的问题上多半选择的是等待几年，我不认为这是明智之举。26 岁要孩子与 36 岁要孩子，等到你 60 岁就要退出生活核心的时候，你也许就会后悔自己当初的决定了。

不能等待的事情很多，具体到每一个人身上更是千差万别。但有一点是肯定的：等待是一切成功的杀手，无数平庸一生的人，大多是因为充当了等待的俘虏。

36

周末的时候，我们几个朋友一起去济南南部山区游玩。几个家庭十几个人在一辆面包车上，大家尽情地欣赏着沿途的风光，开心地谈论着自己的见闻。当我们到了山涧公路最底部的大桥上时堵车了。

前面的车一眼望不到头，后面的车迅速跟上了，前进不能，后退也不能。我对大家说，大家下来吧，站在路边的桥上，正好可以欣赏山涧底部的潺潺流水，可以欣赏水中的游鱼和植物，也可以尽情眺望两侧山坡茂密的丛林，这恰恰是平时难得的机会。

正在大家走下车来，兴高采烈地议论着风景的时候，突然间，同行的朋友李君提醒大家，不要一味地高兴，要是这个时候山洪突然暴发，或者日本人的飞机突然来了，我们就完了，我们大家都没有命了。

我盯着他，他好像很奇怪地对我说："你不相信吗？你能够否定我说的情况吗？"

在这样一个风和日丽的周末，在这样美丽的风景区里，在大家兴高采烈的时候，他不和谐的悲观的情绪一下子感染了大家。

大家都很扫兴，高兴的情绪戛然而止。一直到堵车结束，车辆开始前行了，大家也没有再提起兴致来。

其实，我是了解李君的，他幼年丧父，前几年母亲又去世了。他的工作也一直不顺利，一直没有找到一个感兴趣的工作。尤其是前几年，他曾经因为轻信了一个同事的诱导去做生意，硬是损失了一大笔钱。

所有这些因素，使李君平时对生活充满了悲观。也正是因为这样的原因，我常常邀请他出来走走，与大家在一起，放松心情。

这样的尝试已经有很多次，李君总是会兴致勃勃地开始，又在悲观失望的情绪中结束。我想，一个经历过战争的人，要他忘记战争的恐怖是艰难的；一个在漆黑的夜晚走过小路的人，也难以让他忘记夜的阴森。

37

国学大师钱穆先生讲过一个故事。

他青年时代有一天路过山西的一座古庙，看到一位老道士正在清除庭院中一棵枯死的古柏。钱穆好奇地问："这古柏虽死，姿势还强健，为什么要挖掉呢？"老道士说："要补种别的树！"

"种一棵什么树呢？"

道士说："夹竹桃。"

钱穆大为惊异："为什么不种松柏，要种夹竹桃呢？"

老道说："松柏树长大，我看不到了，夹竹桃明年就开花，我还看得到。"

钱穆先生听了，大为感叹，他说："士不可不弘毅，任重而道远。丛林的开山祖师，有种夹竹桃的吗？"

钱穆常以此勉励门人，做学问的人，不要只种桃种李种春风，还应该种松种柏种永恒。

钱先生对学生说，这件事让他推想，这座庙的远景是要不妙的了，一个没有远见的人担任住持，这个庙哪里还有前程呢？

钱穆在很多场合提到这个经历。他还多次讲到开山祖师，用一二十年建成一座庙，没等松柏长成，就把庙交给徒弟们，自己又到别的名山白手起家，去造一座新的庙，庙宇越来越多，他的精神也越来越发扬光大，以致名垂千古。

钱穆先生的担忧，今天不仅没有改变，而是越来越严重了。现在的大学生中，大多数人都在为眼前短暂的一点小小利益而努力，很少有人有远大的抱负了。

38

《庄子》中有两段阐述有用和无用的哲学：

宋国荆氏那个地方，适宜种植楸、柏、桑。桑树一握两握粗的，想用作系猴子木栓的人就把它砍了去；三围四围粗的，想用作高大屋栋的人就把它砍了去，七围八围粗的，富贵人家想用作棺材的就把它砍了去。所以不能享尽天赋的寿命，而中途就被斧头砍死，这就是有用之才的祸患。

孔子到楚国，楚国隐士接舆有意来到孔子门前，唱道："凤啊，凤啊！你的德行为什么衰败！来世是不可期待的，往世是无法追回的。天下有道，圣人可以成就事业；天下无道，圣人也只能保全生命。当今这个时代，只求避免遭受刑害。幸福比羽毛还轻，而不知道怎么取得；祸患比大地还重，而不知道怎么回避。算了吧，算了吧！不要在人前宣扬你的德行！危险啊，危险啊！择地而蹈！遍地的荆棘啊，不要妨碍我的行走！曲曲弯弯的道路啊，不要伤害我的双脚！”

山上的树木皆因材质可用而招致砍伐，油脂燃起烛火皆因可以燃烧照明而自取熔煎。桂树皮芳香可以食用，因而遭到砍伐，树漆因为可以派上用场，所以遭受刀斧割裂。人们都知道有用的用处，却不懂得无用的更大用处。

庄子的哲学总是消极的，如果无用就是大有用，世界将不再有进步。当然，作为一种人生态度，暂时规避利害，无不可。

其实，人们常说的“木秀于林，风必摧之”也是这个道理。

有很多铁了心要当作家的人，多年下来，还是生活在贫寒甚至潦倒之中。

郁达夫的小说《春风沉醉的晚上》就曾经描写了一个居住在上海的贫困而潦倒的作家。

小说写的是一个默默无名的作家，租住在上海的贫民窟，黑沉沉的这层楼上，本来只有猫窝那样大，房主人却把它隔成了两间小房，外面一间是一个N烟公司的女工住在那里，作家所租的是梯子口头的那间小房，因为外间的住者要从作家的房里出入，所以作家每月的房租要比外间的便宜几角小洋。作家居住的条件还不如一个普通的女工，生活的窘境也就可想而知。

作家神经衰弱，昼伏夜出，每晚都出去散步，看着“深蓝天空里的群星”“作些漫无涯际的空想”。有一天，作家的一篇文章发表了，收到了 5 元钱的稿费，不得不在第二天白天到邮局领钱，发现一路上的行人都在看他，自己走不了几步，颈上、头上就像下雨似的冒汗，才知道春天已经来了，只好把所得的大部分稿费拿出买了一件单衣。

小说的结尾，作家依然在春风沉醉的晚上出门散步，“云层断层的地方也能看得出一点两点星来，但星的近处，黝黝看得出来的天色，好像有无限的哀愁蕴藏着的样子。”

这个人一直在冥想，自己当作家的希望在哪里呢？

其实，当下，这样的人也有很多。我就认识一个，他曾经居住在济南东郊一个战友的宿舍里，一个月写了很多，投出去，真正发表的也许就是一两篇，大约能够有两三百元的稿费进项，连吃饭也是不够的。如果不是战友把自己单位的简易宿舍免费借给他住，他连房租都付不起。

一个报社的编辑推荐他来拜访我，我请他吃饭。他很窘迫，写了文章，然后去网吧里打印发邮件，还要算计着上网的时间，因为网吧里的收费对他来说也是一个不小的开支，他不知道自己的前途在哪里。

他的年龄已经不小了，孩子在读高中，妻子一个人在家种地养孩子，他独自一人来济南寻求自己的文学梦想。听了他的情况后，我奉劝他回自己的故乡去，好好种地过活，不要再沉湎在作家的妄想中。当时我看出来他若有所思，不知道后来是否真的回去了。

其实，道理是很简单的，梦想是一回事，喜欢是一回事，能力和天赋又是另外一回事。一个人不能一直生活在梦想中，应当正确地认识自己的长处和优势，找到自己能够驾驭的道路。写了那么多年，还是一直默默无闻地潦倒着，生活就已经告诉你答案了，你就应该回头了。如果你真的回头了，再回过头来看自己，你一定会感觉自己曾经十分可笑，为什么自己曾经执迷不悟呢?

所有的人生都是这样，回头是岸，并不是你想成什么就能够成什么的。你到了另一条路上，也许你突然就发现，你早就该来啊，这条道路上竟然到处繁花似锦。

39

我一直庆幸自己成了一个自由写作的人。一个写作者的幸运，是用瑰丽的语言为自己构筑了一个诗意的世界，把哲学引入了世俗生活之中，而且有能力让自己生活在烦乱的现象之外。

写作者是能够静观世界的人，通过静观不断有所领悟，不断有所心得，不断获得生活的智慧和滋养。

写作者总与世界上的一切保持着亲近和相思，爱自然，爱人类，爱心使他拥有了无边的温暖。他又因为爱心，不断获取着创作的灵感，逐步成为一个超凡脱俗的人，成为一个伟大的人，成为一个富有诗意、富有情趣的人。

最难得的是，写作者总是精神富足的人。对于一般的人来说，清净，安心，星空，宇宙，都是那么遥远；但是，一个文学家，却时刻生活在这些不同的物象中，享受着常人难以企及的人生境界。

一个写作者，一生都在努力寻找着神奇的天籁，并渴望把这神奇的天籁化为自己的文字，让世界上所有的人都能够常常看到，感受自然的神奇与美丽。

每一次去海边，都能够遇到推销海螺的小商贩，他们总是这样说：你把海螺贴近耳朵，你仔细听，就能听到大海的声音。当海螺贴近了你的耳朵，那海浪拍打沙滩的有节奏的轰鸣，就果然排山倒海而来。

一个文学家的职责，就是要把生活中的海螺送给每一个人，让每一个人都能够听见人生的潮音。

每一个海螺，都有一个与大海息息相关的故事。每一个贝壳，都有过成为珍珠的梦想。每一个人，都有过曲折离奇的人生经历。

一场雨来了，在文学家的眼睛里，满世界流淌的都是甜美的甘霖，是农人的期盼，是土地的福祉。可是，有人的眼睛里，却到处是污浊的泥泞。世界从来没有隐藏过什么，它时刻向人们展示着自己的智慧和美德。但是，却总有一些人抱怨世界和生活。其实，那是他自己的愚笨，他却浑然不知。

一个达到了一定境界的写作者，就已经为自己建立了一个心灵的王国。在这个王国里，他统领着自己的世界，他驾驭着文学的千军万马，他构建着自己的宏伟殿堂。

人们大多都在追逐着流行，甚至很多人把自己的才情埋没在了流行的潮流之中。但是，一个写作者却不同，他总是在流行之外保持着自己的清醒。

在一个写作者的眼里，挫折是人生的财富，逆境是成功的阶梯，陷害是生命的历练，不幸与幸运只是一墙之隔的邻居。所以，不论什么样的人生困境，都不会让一个文学家屈服。很容易就被生活打垮的人，很容易就屈服的人，本来也不属于杰出的群体，今天不被别人打垮，明天他也会被自己打垮。

我们总是在取舍之间徘徊，总是在得失之间选择，每一天都有进与退的犹豫。其实，当我们懂得了放下，我们会发现拥有了更辽阔的世界；舍了之后却得到了更多；忘记之后，却有了全新的突破。

一个胸有诗书的人，十步之内，必有芳草。

40

英雄与懦夫的区别很简单。当面对未知的领域时，有的人无所畏惧一往无前地奋进，这样的人最后成了英雄。而有的人则不同，只要到了未知的边缘，他们就缩回来了，就畏葸不前了，这样的人最后必定成了懦夫。

河流是生命的隐喻。河流的中下游宽阔浩荡，一望无际，可是，当我们沿着河岸逆流而上，却发现很多河流的发源地是干涸的沙漠。

每一个片刻我们都在创造着自己。或者是让自己脱离罪恶，或者是让自己不断杰出，或者是让自己更加富有，或者是让自己摆脱贫穷，或者是让自己更加优雅。因此，不能有一刻放纵自己，因为哪怕暂时的放纵，就可能前功尽弃，就可能陷入深渊。

不论什么时候都不能撒谎，因为一时谎言得逞之后，接下来，你就要用另一个谎言来掩盖真实，一个谎言接着一个谎言，最后的结果必然是真相大白，那时就是你名誉扫地的时候了。

幼稚是孩子的标签，一个孩子是不会成熟的。当我们渐渐长大，不断经历的人生阅历，才能使我们不断积累对人生的感悟和体验，我们才会逐步成熟起来。因此，如果赞美一个孩子是成熟的，那一定是虚假的恭维。而一个成年人如果说自己幼稚，要么承认自己是白痴，要么就是故意的掩饰。

一个从事教育工作的人，给孩子传授的知识是已知的定论，灌输孩子什么是真理。

但是，一个科学工作者却要时刻用怀疑的目光打量一切。在科学界里，怀疑就是通往成功和发现之门的钥匙。在科学家的眼里，没有永恒的真理，没有绝对的正确，对于眼前的一切，都要产生怀疑。在怀疑的眼光带领下不断地探索下去，直到你感觉无法再怀疑了，你遇到了毋庸置疑的结论，科学的发现也就诞生了。

现在，最可怕的是人们都在追逐金钱。如果拥有金钱的渴望超越了简单的生活需要，就会扭曲一个人的品格和灵魂，使人丧失骨气和气节，变成金钱的奴隶和附庸，变成一只没有什么筋骨的虫子。

41

在古希腊的一个时期，他们坚持这样一个做法。如果一个人在民众的集会里提出一条新的法律，他就必须站在高高的讲台上面，而讲台的半空中悬着一条绳索，这个人必须用绳索套住自己的脖子宣读他倡议的法律，然后等待人们的通过。如果通过了，人们会为他拿掉套着脖子的绳索;如果没有通过，人们就会把讲台拿开，给那个人执行绞刑。

虽然有人因此而不断丧命，但古希腊每年都不断有人提出新的法律，不断有更加完善的法律诞生。那些因此而被判了绞刑的人，人们会为他举行隆重的国葬，因为人们敬重他的胆识和勇气。因为正是他们的前赴后继，才有了古希腊灿烂的文明。

事实上，不论是哪个民族，也不论是哪个时代，只有具有大无畏的勇气和胆识的人，才会走上成功的殿堂。一个瞻前顾后畏首畏尾的人，是不会有什么建树的。

成功者的行列里，永远都是一往无前的人，都是大无畏的人，都是敢于担当的人。

莫言获得了诺贝尔文学奖，成了中国文学的第一人，是当之无愧的文学大师了。但是，他获奖之后，当他在面对人们的掌声与鲜花的时候，有人给他的作品挑出了很多毛病。

这个时候，如果是一般人，也许他会报以鄙夷不屑的态度，我已经拿了诺贝尔文学奖，我的作品还会有毛病吗？是你孤陋寡闻和才疏学浅吧？

但是，莫言没有，他很谦逊地接受批评者的意见，并表示要改正那些文字的不足。

其实，在这里我们已经没有必要讨论批评者所挑毛病的对与错，重要的是莫言可贵的谦虚。

谦虚使人进步，骄傲使人落后，人们对这句话大都熟稔于心。谦虚是人的美德，是一个人成就伟业的基石。

孔子说：三人行，必有我师焉。择其善者而从之，其不善者而改之。以孔夫子的才学，尚能够意识到同行的三个人之中，必定有一个人在学问上有自己所不及的地方，况且我们一般人呢！

谦虚还是一个人赢得尊敬的前提。即使一个人成就再大，如果总是夸夸其谈，如果总是在人前卖弄，如果总是喜欢好为人师，人们也会避而远之。相反，你有了巨大的成就，却依然虚怀若谷，你的声誉必定会传扬得更加久远。

任何一个人的知识和才学都是有限的，即便你是某一个领域的专家权威，也仅仅是在你的那个领域里，出了专业的大门，你就一无所知。所以，当你以自己的专业特长作为炫耀的资本的时候，就是你无知的开始。

世界上的知识是无限的，而我们的生命却是短暂有限的，因而，任何一个人，不论你有怎样过人的才华，你所掌握的知识，都是微不足道的，在浩瀚的知识海洋面前，都没有什么值得骄傲的资本。我们唯一要做的，就是以谦卑的心态，向自然，向前人，虚心学习。

不要说虚怀若谷，即便是一般的谦虚，很多人都难以做到，所以说谦虚是一个人的美德和修养。

对于一个少年或者青年来说，骄傲是要不得的。骄傲的人，大多是有点才能的人，取得了一些成绩，骄傲的情绪就上来了。这恰恰是一个人是否真正杰出的分野。如果你真正有雄才大略，如果你真的要做一番伟大的事业，骄傲的情绪自然是不会有的，因为你的目标非常远大，你必须穷尽自己的毕生精力才有可能达到。你哪里有时间和机会来骄傲呢?

只是有些小聪明的人，就另当别论了，目光短浅，胸无大志，做了一些小成绩就沾沾自喜。我们在生活中看到的那些骄傲的人，大多是这一类人。

因而，我在生活中看到那些骄傲的人的时候，并没有什么不理解，因为我知道这个人是做不了什么大事情的。

对于那些取得了了不起的建树而依然兢兢业业、一往无前的人，我们必须由衷敬佩，因为这一定是一个不同凡响的人。

因为骄傲是人与生俱来的秉性，一个人如果能够克服骄傲的秉性，在内心深处树立起谦逊的品格，他就是一个超凡脱俗的人了。

42

黎巴嫩作家纪伯伦有一句诗："灵魂绽放它自己，像一朵有无数花瓣的莲花。"

是的，纪伯伦就像他的诗句，虽然生命只有短短的 48 年，但是，却像圣洁的莲花那样耀眼夺目地开放。

他的《先知》自从被冰心翻译到中国以后，就一直深刻地影响着一代代的中国人。

"你所拥有的一切，有一天都得给出。"

"悲伤在你心中切割得越深，你便能容纳更多的快乐。"

当我们读了这些诗句的时候，我们就不难理解他何以被称为"艺术天才""黎巴嫩文坛骄子"。他是阿拉伯现代小说、艺术和散文的主要奠基人，20 世纪阿拉伯新文学道路的开拓者之一。

1902 年后的一年多时间里，病魔先后夺去了他母亲等三位亲人的生命。他 14 岁的妹妹死于肺病。妹妹临死之前，哭喊着"希望见到哥哥，希望见到爸爸"，但是她没有实现这个愿望。

1903 年 6 月，母亲离他而去。纪伯伦曾经用一幅画描绘了母亲临终前的瞬间，题为《走向永恒》，画中母亲的面容没有一丝痛苦，显得十分从容和平静。纪伯伦日后回忆母亲对他文学创作的启迪时曾强调"我的母亲，过去，现在，仍在灵魂上属于我。我至今仍能感受到母亲对我的关怀，对我的影响和帮助。这种感觉比母亲在世的时候还要强烈，强烈得难以测度。”

在生命的最后岁月，他写下了传遍阿拉伯世界的诗篇《朦胧中的祖国》，爱与美是纪伯伦作品的主旋律。他曾说：“整个地球都是我的祖国，全部人类都是我的乡亲。”

在黎巴嫩，纪伯伦的名字是神圣的象征，不论你来自哪里，只要你说到了纪伯伦，你就是黎巴嫩的朋友。

我们总是以为，很多机会还会再来的。失去了的，还有机会再拿回来；很多今天错过的人，说不定哪一天还会重逢；今天做错的事情，明天还有机会弥补。甚至，很多人认为时间也是可以补救的，今天失去的时光，明天还会再来。

这样的想法实在是天真得可爱。明天的太阳，与今天已经完全不同；今天你错过的这个人，哪一天你再见到的时候，那人也已经绝不是今天的那个人了。至于人生的机会，就更加不同，再遇到的机会，因为环境、人事、个人能力的不同，与你今天错过的机会也早已经是天壤之别。

因此，那些失去了机会，失去了时光，错过了的人，总是还盼望着他们能够再来，让自己可以弥补过错的人，注定要重新陷入人生的懊恼和悔恨之中。

人生之路是条永不能回头的路，遇到的机会，遇到的生命中那个重要的人，就要紧紧地抓住，不要轻易地放手。

并不是所有的人都明白珍惜的意义，也不是所有的人都懂得一个瞬间的内涵，只有极少数的人不失时机地抓住了一个个良机。

我们总是说，机不可失，时不再来。善于抓住机会的人，成功地站立在时光深处。岁月的河流，永不衰老；时光，一刻不停地飞驰而去；成功者，一定也是下一个机会的主人。

所以，当我们踏入了这个世界，我们就要懂得紧紧抓住每一个机会，珍惜遇到的每一个人。

43

有多少人正在做着自己喜欢并感兴趣的事情？

当你获得了理想的考分，你填报的大学和专业的志愿是你一直渴望学习的专业吗？当你走出校门获得了一个职位，这个职位是你感兴趣并愿意做的职业吗？甚至，你现在喜欢你正在做的工作吗？

我很年轻的时候就看到过这样一句话，一生都做着自己喜欢并感兴趣的事情的人，一定会有大成就。

可是，我却总是看到，很多人每一天都是在硬着头皮做事，很不情愿地应酬，每一天都在违心地随波逐流，不过是为了那一点点薪水养家糊口。

我们能不能做到自己希望做的那个人物？我们能不能做自己喜欢而感兴趣的事情？或者说，我们能不能找到自己擅长的角色？

其实，这并不是一个多么艰难的抉择，只要你喜欢的，一定是你感兴趣的，就一定是你特别用心特别擅长的，那么，你就完全可以放下手中暂时拥有的蝇头小利，到你擅长的领域大显身手。你刚刚到一个新的领域，开始的时候举步维艰是很正常的，但是，只要你坚持下来，用不了多久，你就会发现，你已经拥有了光明的未来。

可是，我们却发现，很多人一直困扰在那个自己不喜欢不擅长的岗位上不能自拔，原因很简单，贪恋那一点点的利益，缺乏一往无前的勇气。

生而为人，该放下的时候就要放下，该抉择的时候就要抉择，只有做你自己才是人生的通途，亡羊补牢犹未为晚，而一条错路走到黑，就永远没有未来。

44

我常常出去游走，去过遥远的大理、丽江和香格里拉，去过蒙古大草原，去过东海之滨，也去过塔克拉玛干的沙漠腹地。可是，每一次，总是怀着无边的渴望与憧憬出发，而当离开故乡越来越远的时候，却会突然产生对前路的茫然和孤独，内心深处开始渐渐生出对故乡的依恋和想念。

多少次这样的体验之后，我开始明白，一个人不论你的内心多么强大，你的心中总有一根绳索牵挂着你；不论你多么渴望自由，你的心中永远有一个温暖的据点和港湾。我甚至想，一个人就是一只风筝，线永远不能断，断线的风筝就成了一片随风漂泊的树叶，就成了随波逐流的飘萍。

我有一个朋友，旅居海外多年，他拥有耶鲁的博士学位，他的事业做得也很成功，但是，当我与他谈这个话题的时候，他非常同意我的观点。他说，每一个旅居海外的人，都有这样的感受，感觉自己是一个没有家的孤儿，没有人疼，也没有人爱。所以，我们这些人，不论事业做得多么成功，只要听到祖国的新成就，就高兴万分，只要踏上故乡的土地就热泪盈眶。

我非常理解，我以为他们的感受与我去远方游走的心情是一样的，我们永远不能失去自己心灵的据点。

45

这几年，我结识了很多书画方面的艺术家朋友。我不仅常常参加他们举办的一些艺术活动，比如笔会与沙龙，也常常去一些艺术家朋友的家里拜访。在与这些艺术家的交往当中，我渐渐发现，当我与一位艺术家交流的时候，特别应该注意，不要涉及其他的艺术家。

因为我发现，艺术家都是一些善于嫉妒的人，我明明知道另一位艺术家的艺术水平已经为世所公认，但是，当我怀着敬佩的语气提起那位艺术家的时候，面前的这一位艺术家却顾左右而言他，甚至表现出一种不屑的表情。或者，有的干脆就直截了当地说：他的那些东西不过如此！然后，就是对自己东西的百般爱护，很有些敝帚自珍的滋味。

但是，我想，尽管善于嫉妒的人似乎是缺少一种胸怀，但是嫉妒并不是一个巨大的缺点。因为发现了别人的长处才会发现自己的不足，因为嫉妒别人的长处才会努力用功，因为自觉不如他人才会暗暗较劲。这个时候，嫉妒成了一种前行的动力，成了一种方向的指引。

其实，真正的艺术家是最了解自己的，不论他的口上怎么说，他的艺术造诣他自己是最清楚不过的。艺术欺骗不了任何一个懂得艺术的人。

有些人喜欢滔滔不绝，更多的人喜欢安静。我相信，任何一颗安静的心灵后面，都潜藏着一个思考的精灵。

所以，很多时候，与一个艺术家相对而坐，我们在淡淡的茶香中欣赏他的作品，我能够感觉到来自他内心深处的安详与平静。我知道，这一刻，艺术家真正走进了自己的内心。

其实，也正是这样的时刻，最接近伟大的艺术。

46

让我们在各自的灵田里辛勤地工作。这句话，我已经告诉过很多人，包括听过我讲座的朋友，听过我在大学里演讲的大学生，还有很多不相识和相识的读者朋友，也包括一些生活中的朋友。

为什么这样说？

这些年以来，我常常收到一些信件，QQ 空间里更是每天都有无数的朋友申请加为好友，也常常有同城的读者打听着地址到我的家里来，甚至最近有很多的媒体记者朋友也加入到了这样的群体中。这些朋友其实目的都是一样的，他们希望我能够告诉他们一个作家写作的秘诀，或者一个作家成功的密码。他们希望探听我的一些生活方式和工作方式，甚至想了解我常常读什么书，我写作的规律。

有时候，我本人在信箱里耐心地回复一些这样的问题，有时也让助手回复一些。我一直都很抱歉，总是充满愧意地面对这些朋友，因为我似乎没有满足大家的要求。

我想告诉大家的是，对于一个庄园主、一个证券操盘手或者一个企业家来说，也许是存在成功的密码的。但是，对于一个作家来说，这样的密码不存在。如果，有人说存在这样的一个密码，那这个人一定是别有用心。

我知道在一些叫作协会、学会、研究会等机构里，他们说是有这样的密码的，他们常常通过组织采风、笔会、改稿活动，甚至让作者花钱出书等旗号，把这些虔诚的文学青年组织在一起。但是，我想告诉大家的是，我不相信，也不想让那些纯粹的文学青年相信。这样的活动，只有一个目的，就是赚取利润。你参加这样的活动，不过是一次普通的外出旅游。

这样的话我说过很多次：一个写作者在文坛上立足，唯一的资格是作品；衡量一个作家的成功，唯一的尺度是作品。

读者朋友喜欢我的文字，那么，就让我们在文字里相遇吧，让我们在文字里一起分享我对生活的悲喜，让我们一起分享我对世界的领悟。如果说写作有什么密码，那么密码一定就隐藏在作品中。

我们的一生中可以支配的空间和时间是极其有限的，也是极其宝贵的，我们唯一应该做的，是充分利用宝贵的时光，辛勤地工作，创作更多的作品。

我唯一可以告诉大家的是，我应该算是一个勤奋的人，我走过的半生中，没有过一天的懈怠和荒废，我每天都在读书、写作和思考，我的习惯就是辛勤地工作。

让我们在各自的灵田里辛勤地工作，让我们在文字里相遇。

47

我常常听到这样的话：我多么想自己能够像梭罗一样抛弃了人世间的一切，跑到大山中的湖水边，亲手盖一个茅屋，然后每天生活在大自然的怀抱里。

中国的很多作家也都向往梭罗，希望自己能够像梭罗那样写出伟大的《瓦尔登湖》。

可是，我们都能够放下眼前的一切，跑到荒郊野岭中过日子吗？

就是古希腊的哲学家也曾经有过著名的发问：我是谁？我要到哪里去？看来，哲学家也发现，自己做的不是自己。

也许有极少数的人可以做心目中的那个自己，可以放下父母，放下孩子，放下社会中的担当，独自一个人远行。但是，我不能。我相信，大多数人都不能。

我们绝大多数的人，都不可能做到自己心中要做的那个人。我们大多都在扮演一个自己不喜欢，自己也不愿意，但是又必须要扮演的角色，在生活的河流中随波逐流。我以为，这就是我们说的担当，个人的担当，家庭的担当，社会责任的担当。

我一直都在努力担当的同时，小心翼翼地守护着心灵中的那个自己；我努力让自己把各种责任做好，又把心中的自己打扮成一个光鲜的客人。我很年轻的时候，就知道人有这样的双重性，因此从来也不回避这样的矛盾，而是努力驾驭这样两个角色。

其实，当我们到了中年以后，自然也就明白了，对于很多人来说，那个心中的自己，也许应该永远隐藏在那里，你走的是一条无法回头的路。你唯一的方向，是沿着原来的轨迹前行。

48

已经到了深秋，阳光变得明媚而懒散。人们也都变得清爽而自在了。其实，季节本身并没有什么改变，它们总是循着固有的节奏，周而复始地来临，改变的是我们的心境。

不论是谁，都沐浴在这季节之中，即使你深陷逆境，你也一样拥有如我一样的这深秋的阳光。

面对季节的变换，我想起古希腊神话中西西弗斯的故事。西西弗斯是科林斯的建立者和国王。他甚至一度绑架了死神，让世间没有了死亡。最后，西西弗斯触犯了众神，诸神为了惩罚西西弗斯，便要求他把一块巨石推上山顶，而由于那巨石太重了，每每在他将要到达山顶的时候石头就又滚下山去，前功尽弃。于是他就不断重复、永无止境地做这件事——诸神认为再也没有比进行这种无效无望的劳动更为严厉的惩罚了。西西弗斯的生命就在这样一件无效又无望的劳作当中慢慢消耗殆尽。

有人说西西弗斯是一个荒谬的英雄，他以全部的身心从事一种根本没有什么结果的事业，他的人生是一个巨大的悲剧。但是，如果让西西弗斯留在山下，让那块巨石留在山下，西西弗斯就是幸福的吗？

我们又有多少人每天像西西弗斯一样从事着枯燥无味的工作？

这个时候，思考和觉醒，就成了人生的尺度和杠杆。在有的人心目中，西西弗斯的人生是一个悲剧，没有结果的努力有什么意义？而在有人的心目中，他却是一个大无畏的英雄，他明知道这是自己的宿命，却依然毫不畏惧。

其实，我们每一个人每一天都面临着西西弗斯这样的拷问。

49

我一直都相信，人世间和自然界的很多安排，都有其深意。坐在宽大的窗子前，眺望着远山近树，一幕幕的往事总是络绎而来。我发现每一个发生了的故事，看起来是偶然的，其实都不是，它们的发生，自有它的必然。

年轻时的很多经历，甚至当时以为将要让自己万劫不复的错误，今天再看的时候，竟然发现都变成了美好的回忆。甚至，有时候还发现，如果没有当初的错误，就不会有后来的成功。

所以，当孩子从学校里打来电话，说他感觉自己有一个巨大问题没有办法克服的时候，我总是这样对孩子说：孩子，等明天太阳出来的时候，你的问题就不存在了，你试试看。

很多时候，我为青少年朋友题词：时间可以让桑叶变成绚丽的锦缎。

孩子暑假的时候，妻子说，我们去杭州吧，去看那里的“三潭印月”和“苏堤春晓”，去感受“断桥残雪”。

我笑了，我说，这三个景色，我们恐怕只能看到一个，因为“三潭印月”只能中秋才能看到，“苏堤春晓”是发生在春天的故事，而“断桥残雪”则是冬天里的风景。

想到这些的时候，我对生活和时间总是充满了庄严和肃穆的敬畏，对于大自然的一草一木充满了敬意，对于人世间的每一个生命，都丝毫不敢怠慢，而对于人生中的那些经历又充满了感动和神往。

对于我曾经的过失，我释然了，因为我明白了它们如同那些光鲜的经历一样是我生命中必然的份额；对于那些所谓的收获，我也没有那么在意了，我明白它们是我平日努力的必然结果，没有什么可骄傲的。

没有一朵花会错过季节，没有一棵小草不会发芽，每一个人都是大自然中的重要一员。

秋风起了，我要到郊外的山岗去。

50

到了中年以后，无论是对于自然界的万物，还是人世间的一切，我越来越充满敬畏之心了。

我有一个朋友，曾经担任很高的职务，主管一个省的经济部门多年，我们常常共同参加一些朋友之间的活动。我印象中，每次见面，他对我说得最多的一句话是：有什么事情说话，咱没有什么事情摆不平的。

那时候他在仕途上正顺风顺水，春风得意，主管一个大省的经济部门，到哪里都是前呼后拥。但是，每当听他对我说这句话的时候，我总在想，他的话语中少了一分最重要的元素：敬畏，对权力的敬畏。

两年前，我的这个朋友因为本省最著名的一个金融经济大案而锒铛入狱，我多年的担心，最终成为现实。毫无疑问，正是他的无所畏惧毁了他的大好前程。

一个人，在社会上，能什么事情都摆平吗？不可能，没有一个人有这样的可能。法律约束着每一个人，你身边的每一个人都有一双明亮的眼睛，所谓天网恢恢，疏而不漏。

因此，当一个人以为自己可以摆平一切的时候，当一个人以为个人的能力可以左右一切的时候，也就是他已经无所畏惧的时候，肯定也就是他万劫不复的开始。

居住在乡下的院子里，清晨和傍晚我都会修剪整理那些树木和花草。院子刚刚建成两年，树木都才两年的树龄。可是，让我惊奇的是，两棵枣树，四棵石榴树，今年都结果了，小小的枣树上结满了枣子，每一棵石榴树上都结了几十颗石榴。

面对这些树木，我内心深处对大自然充满了神圣的敬畏。一棵树苗栽种到土地里之后，它们就在阳光和风雨中茁壮成长，结出了丰硕的果实，这其中隐藏着多少我们并不知道的神奇密码？在神奇的大自然面前，我们的能力又有多少呢？

在乡间，常常遇见多年不见的人，小学同学，儿时玩伴，也有多年没有走动过的亲戚。几十年的光景，见面之后，看到大家都已经是两鬓斑白，最多的是对时光和岁月的喟叹。屈指算算，几十年了，很多人都是儿孙满堂了，岁月怎么这样快啊！

不论我们掌握了多少知识，我们也无法停住时间的脚步。在岁月面前，我们是这样的无能为力，是这样的渺小。对于匆匆的时光，我们除了充满敬畏，就是紧紧追赶它矫健的身影。

一个在时间面前放纵自己的人，必定是一事无成的人。对时光充满敬畏的人，才会在岁月的长河中收获希望与成功。

我越来越感觉到，身边的每一个人都有自己独到的长处，都有让我们敬畏的地方。

一个几年不见的同乡，突然间来造访，邀请我到他的公司喝茶。我去了，非常吃惊，公司有上百员工，在济南很有名的一个写字楼里买下来一层楼，办公设施也是一流的。我看得出来，他事业做得很大。

我很清楚，多年以前，在同乡圈子里大家都瞧不起他，认为他没有什么特长，不会做成什么事情的。

每一个人都有独到之处，如果他没有成功，要么是他没有努力，要么是他还不到时候。我们不要瞧不起任何一个人，而是要对每一个人都有敬畏之心。

很多年以前就听说过李嘉诚与员工一起吃便饭以及弯腰从地上捡硬币的故事，这里我们得到的启示，是他作为亿万富豪而对财富的敬畏之心。

每一分钱的财富都来之不易，《朱柏庐治家格言》中的经典名句“一粥一饭，当思来之不易。半丝半缕，恒念物力维艰。”说得是何等的好啊。

可是，我却越来越感觉当下国人中相当多的人忘记了对财富的敬畏，到了国外一掷千金，以致很多国家把建设购物城作为吸引中国游客的手段。刚刚发了财的小财主，不去想再发展的事情，而是赶紧购置豪车洋房摆阔气。为儿女办婚事排场越来越大，各种开支浪费让人痛心。

我常常想，当你对权力没有了敬畏之心的时候，你一定会受到权力的惩罚；而当你对财富没有了敬畏之心的时候，你同样一定会受到财富的惩罚。

敬畏之心，并不是要一个人面对困难时候的畏缩不前，并不是要一个人丧失人生的勇气和斗志，而是让你正确认识自己，清醒权衡自己的位置和重量，做一个清醒而理性的人。

当我们对世界、对生活总是具备敬畏之心的时候，我们才会成为一个大无畏的人，才会成为一个游刃有余的人，才会有宽阔明媚而从容的人生。

51

我常常去看画展。每一次欣赏那些美术作品的时候，我几乎都有那种发自内心深处的共鸣与感动。我总是隐隐感觉到，绘画作品中冲击着我心灵的那种美感，一直就埋藏在我的心灵深处，画家们只是把我的感觉用他们的技法表达出来了，等待着我前来寻找自己。

因此我坚信，艺术是相通的，我们每一个人的内心深处都隐藏着一个美丽的世界，我们原本可以成为艺术家，或者说，我们本来都具有艺术的天赋。只不过，大多数人还没有来得及挖掘那些艺术的土壤，就让尘世的生活把自己的艺术气质掩盖遮蔽了。

其实，我们大家在很多地方都是相通的，我们本来可以毫无芥蒂地交流和相处，比如，在我们的童年时代里，几乎与所有的同龄人都可以友好相处。但是，当我们成年以后，慢慢学会了掩盖自己的情感和好恶，掩盖自己的喜怒哀乐，学会了虚伪和作秀，人为地在自己与他人之间树立起无数的壁垒和屏障，将本来活生生的自己关进了冷酷的笼子里。

我们那么多人本来可以和和美美地在生活在一起，我们也都渴望那种发自内心的交流，我们盼望大家都能够直抒胸臆，可是，我们自己却将自己变成了一个个孤独的人。即使我们都心照不宣，我们也不愿意拆除阻挡在心口的顽石。

当看到孩子们无拘无束地玩耍的时候，我们会羡慕孩子之间的赤子之心，可是，我们却难以做到了。

52

每一次想起故乡，为什么我们会热泪盈眶？为什么那里的一座土丘，一方坑塘，一片树林，一段围子，一座陈旧的老房子，都让我们念念不忘？

每一次，不论在哪里，看到秋风乍起，看到夕阳西下，看到苍茫的暮霭，看到一抹袅袅的炊烟，遇到一个来自家乡的故人，都会在内心深处泛起浓浓的乡愁，那是因为唤起了我们记忆深处的美好情感，唤起了我们童年的天真烂漫啊。

因为不论走到哪里，也不论我们的事业有多么成功，我们的心灵都是孤独的，我们总是渴望回归到自己心灵的田园，回归到那无拘无束的时光里。

更何况，想到故乡，我们就想到了我们的母亲，想到了那些总是关心着我们的亲人，想到了那些一起玩耍一起嬉戏的伙伴，想到了自己童年的青葱岁月。而这些，恰是每一个人心底深处的温暖情怀。

每一个走出了故乡的人，最不能回避的是总在心灵深处徘徊的淡淡的乡愁，它让任何一个坚强的汉子也变得伤感而柔软。

当社会变得越来越浮躁的时候，更多的人渴望安静，希望在纷繁的环境中，找到一个可以让心灵安静下来的地方，修养身心。

可是，真正能够让自己安静下来的人是很少的，大家都在时间的大潮中随波逐流，一刻不停地追求着名声、财富和利益，追逐着可有可无的东西。

叔本华说：“生存的形式是不安。”这句话成为今天我们生存状态更加贴切的写照。我们每一个人都充满了不安的情绪，都在浮躁的生活中迷失了自己，都在寻找着属于自己的精神家园。

这就需要我们能够真正安静下来，安顿我们躁动的心灵。

53

不要让自己为那些无关紧要的琐事奔波。这句话说起来容易，其实，真正能够做到的人很少。

我们身边的每一个人，大家似乎都在忙。可是，忙什么呢？是那种让我们应该为之奋斗一生的事业吗？是那种对于我们的人生来说，可以改变命运的事情吗？是那种在我们的生命中具有建设性的工作吗？是那种我们感兴趣，我们十分热爱或者喜欢的事情吗？

当我们面对这样的质问，我相信有很多人会茫然无语。因为审视自己每一天为之忙碌的事，我们会发现，我们忙碌的事情没有多少实际的意义，这些事情与我们一生的事业无关，甚至，忙碌的事情与自己的前程背道而驰！

这样的思考，会让我们不寒而栗。因为，我们会发现，自己浪费了多少大好的时光呀，浪费了多少宝贵的机会啊，做了多少早就应该放弃的没有意义的蠢事啊。

我们的一生，没有多少时间可以任凭自己肆意挥霍。我们读书到 20 多岁，60 岁以后就进入了老年，中间用来建设事业大厦的时光不过就是 30 多年的光阴。如果 20 多岁到 30 岁在忙着找工作，忙着结婚，忙着生孩子，不觉间，算算时间，也就是20多年了。

20多年的时光，你会发现，转眼就过。其实，这样的例子很多。几年不见，当你遇到故旧，你会发现，原本起点差不多的，但是，人家已经成为所在领域的精英翘楚，已经是杰出的成功人士了。你身边的年轻人，你还没有在意，有一天你突然发现，自己在各个方面都落在人家后面了，人家在不觉间已经超越你了。原因很简单，你每天忙碌于那些没有什么意义的琐事，而人家一直在做大事。

必须学会管理自己，学会梳理自己的每一天，做最有意义的事。只要事情是与一生的目标一致，即便一点点微不足道的贡献，也是在事业的大厦上添砖加瓦。

也许有人会说，很多琐事是必须要做的。那你一定错了，如果你认真权衡一下，那件让你浪费一个小时或者半天的琐事，如果你不去做，你会损失什么？如果你不会有什么损失，那就是没有意义的。

也许有人会说，人的一生大多平庸无为，有多少大事可做？那你也错了，很多崇高的目标，分解到每一天中，都是微不足道的，不论是伟大的科学研究还是伟大的文学艺术作品创作，都是一个数字一个数字的累加，都是一个字一个字的积累完成的。如果你为自己订立一个看起来很遥远的目标，一天天坚持做下来，你会发现，成功已经水到渠成了。

如果我们这样冷静下来思考，我们每一个人，不论是有着很高学历的人还是没有什么学历专长的人，大家都会发现，自己完全可以放弃那些没有意义的琐事，自己完全可以找到一个伟大的人生目标，自己完全可以每一天都为那个伟大的目标而奋斗。

有很多次我与青年朋友在一起，我都这样说：如果一个人的一生中每一天都拿出一定的时间做着相同的事情，这个人一定有大成就。毫无疑问，所有的杰出人士都是这样，所有的成功者都是一往无前的人，都是为了实现自己的目标坚忍不拔的人。

事情并不复杂，只要大家去做。

54

发现了解自己的长处和自己的兴趣所在，并不是很简单的事情。有很多人一生都在做着自己并不喜欢、并不擅长的职业。

有的人具有艺术天分，但是，一生却在仕途道路上磕磕绊绊，最终一事无成，终老在一个小职员的位置上。有的人具有经营理财的长处，但却恰恰从事了艺术事业，结果，不仅没有积累下财富，艺术也没有获得什么成就；有的人酷爱研究历史，但是上大学却选择了一个建筑专业，一辈子在读历史和读建筑学之间徘徊，结果可想而知了；有的人擅长逻辑思维，却做了要发挥形象思维的工作；有的人擅长形象思维，却做了要发挥逻辑思维的职业。

我们每一个人都具有一种或者几种与生俱来的禀赋是毋庸置

疑的，这种禀赋，是你天生感兴趣的，是你天生就喜欢的，更是你擅长的。如果我们在青少年时代就发现了自己的这种禀赋，无论读书学习还是工作职业都与自己的禀赋一致，你自然就走上了成功的坦途，最终成为一个杰出的人，成为这个领域中的精英翘楚就是自然而然的了。比如，一个擅长理财的人从事了商业，一个喜欢艺术的人从事了艺术，一个爱好文学的人从事了写作，一个喜欢政治的人走上了仕途……

相反的是，如果一个喜欢艺术的人走上了仕途道路，他必然会一败涂地。因为，一个艺术家的气质是张扬个性，无拘无束，不断创新，充满灵性；而一个政治家则需要含蓄内敛，深藏不露，大智若愚。最终的结果是不难想象的了。

因此说，发现自己的长处，了解自己的秉性，就是人生第一位的课题。你只有选对了这个课题，你才会走上事业成功的康庄大道，而一旦选错了课题，你的人生道路必然是荆棘丛生。

我就曾经在 20 多岁的时候面临这样的抉择。22 岁的时候，我大学毕业被分配到故乡的县政府给县长做秘书。面对这样的锦绣前程，我确确实实是振奋了很久。我甚至给自己制定了一个连轴转的工作计划。我是学中文的，自幼就做着美丽的作家梦，成为一个作家是我一生的梦想，但我想自己既然走上了仕途，就应该试一试，虽然我不想因为走上了仕途而放弃创作，但我决定一切以工作为主。然而，机关里的工作是忙碌而凌乱的，突发性的工作随时都会发生，如果想找一段宁静的时间写作几乎是不可能的。

白天的时间几乎时刻都在县长的身边处理日常事务，夜晚也有很多时候是在会议室里或者酒宴上度过的。也从来没有星期天和节假日，想在家里休息一天几乎是不可能的。我所热爱的创作，只能在县长休息的时候，在县长到省市开会不允许带秘书的时候。我在那个位置上做了 7 年，在这 7 年中，虽然创作的心没有死，但创作却仅仅是内心深处的一泓清泉，它还鲜活地明亮着，却始终没有流淌。可是那个让我付出了几乎所有的青春、精力和岁月的仕途呢？它给了我什么呢？我所在的县政府机关曾经有三次人员提升，每一次都有三四个人被提升到领导岗位上去。每一次我都是因为自己年轻的理由而被领导做工作让给年龄大的同事。每一次领导都是说这些同志年龄大了，以后就没有机会了，我年轻，以后有的是机会，再耐心地等几年。第一次的时候，我还真的信以为真，按领导的要求依然没有任何情绪地投入工作。但几年以后，当那些原来排在我的后面，不学无术，只会投机钻营的人，那些和领导沾亲带故的人，已经成了我的领导，开始对我发号施令的时候，我才如梦方醒。我终于弄明白，机关中的规则是，一心想着工作的人就让你工作，一心想着做官的人才会做官。而且做官是有很多前提的。我发现，所有那些做官所需要的前提我都没有，我是农民的儿子，从父辈那里听来的人生告诫是如何踏踏实实做人，如何扎扎实实工作，如何正直善良。而这些，都与做官之学背道而驰。

县城里铁桶一样的空气和网络牵涉着每一个人，只要你不是网络中的成员，你就只能做看客。当我恍然大悟了以后，我开始认真地思考自己的未来。我在想，我不是曾经有过美丽的憧憬吗？我不是曾经有过远大的抱负吗？我不是曾经想着成为一个作家吗？是的，我还不到30岁，一切都可以重新开始。而且我坚定不移地相信，创作不像仕途，在创作的领域里，一分耕耘一分收获，只要付出了，就一定会有结果。

在一个夜深人静的夏日，我默默地走在县城里熟悉的街道，看着街旁我熟悉的一个个窗口，我决定远行。我是农民的儿子，这里的一切本来都不属于我，我甩掉的只是我人生的包袱，而不是其他。

1992年，我辞去了秘书的职务来到都市从事自己喜欢的写作事业，20多年的时间过去了，我沿着这条与自己的禀赋完全契合的道路一路走来，终于登上了文坛的一个个台阶，实现了自己的梦想。

夜静天高，我常常扪心自问，假如我在当年没有做出那个果断的决定，循着自己的禀赋重新选择自己的人生道路，任凭自己的心灵和理想在那个小县城里随波逐流，今天将不知是什么样子了。一定还是那个忙碌的，永远找不到自己位置的小干部。自己空有满腹理想，每一天都在那里怨天尤人。而今天，我却自信地站在属于自己的土地上，自信地将一个个思索积累起来，构建营造起自己美丽的文学殿堂。

55

很多事情是不需要弄清楚的。

人到中年了，很多朋友和同学都已经有了几十年的交往和友谊。每当大家相聚在一起的时候，总是会听到这样的议论：哪一位朋友混得怎么样，哪一位同学的人生道路本来可以有另一种走法，哪一位同窗如果不犯哪一种错误，也许就是一番大境界了。大家似乎总想弄明白一些事情，甚至弄明白一个人，弄明白我们所处的世界。

到了一定的年龄，有了丰富的人生阅历，因此对人生有了很多的感慨，这是正常的。但是，如果仔细想来，我们会发现，人世间的很多事情是没有答案的，很多事情是没有办法说清楚的，我们每一个人的人生道路都充满了不确定的因素，很多重要的人生关口也不是自己能左右的。面对人生，我们自己的力量是十分渺小的，我们的人生之路上，充满了自己的无可奈何与无能为力。

一个优秀的画家，也并不是依靠高超的画技就可以把自己对大自然的感悟画出来，很多风景，落到纸上，就减弱了它本来的恢宏与壮美。最美丽的风景，还是大自然的本来面目。大自然神奇的韵味，大自然的鬼斧神工，大自然最能够打动我们的内在力量，无论技艺多么高超，也是画不出来的。一旦画出来，其实本来的美就打了折扣。

一个作家也不是依靠自己丰富的阅历和渊博的学养就可以创作出名垂青史的鸿篇巨制。一部优秀的作品，往往是可遇不可求的。

一个普通的人也是这样。我们之间是非常要好的朋友，自己感觉对方是完全可以信赖的、非常相投的知己，两人之间相处也非常和谐，可是，如果一定要像公式一样把对方弄清楚，却不容易。而且，你还会发现，如果想弄清楚，你先前的感觉就荡然无存了，那些本来美好的情愫都打了折扣，你的朋友已经不是你感觉中的那个可爱的人了。

所以，很多时候，我们总是说到缘分。遇到一个知己，是人生的缘分。遇到一个一生相敬如宾的伴侣，我们往往说是前世的造化。遇到一块美玉，遇到一幅珍贵的画，遇到一个重要的机会，这些，你不能不感谢缘分，因为很多时候，这些东西不是可以求来的，不是依靠自己的努力就可以得到的。

无论人世间还是大自然中的很多事情，是不需要弄清楚的，弄清楚了，一切都变了，变得面目全非，甚至，可爱的东西也变得狰狞可恶。

我们认为一个人是可以信赖的，就真诚地信赖他；我们认为一件事情是美好的，就不要心存怀疑。你发现朋友犯了一个严重的错误，你首先要做的，是帮助朋友走出泥淖，而不是喋喋不休地责备。

郑板桥先生的“难得糊涂”，几百年以来都是很多人的人生宝典，其实也没有什么深奥的秘密，就是要求自己不要总想着弄清一切。以这样的心态处世，自然得到的是一分从容，一分悠闲，一分轻松。

56

一个精神救治中心邀请我去与一些病人座谈交流，希望我以一个作家的视角帮助病人找到心灵的出口。

参与座谈的病人中有高级知识分子，有普通工人市民，也有没有文化的文盲，但是他们都有着共同的疾病特征，他们似乎都认为自己已经被生活逼得没有活路了，他们认为自己已经被世界和生活抛弃了，他们已经被家庭所不容。

其中有一个大学的副教授，他的专业是考古，因为评正教授落选。他认为学院的领导们对他有不好的看法，评委们认为他是不学无术之徒，然后他就开始怀疑自己的处世能力和专业能力，甚至开始抱怨当初让自己选择了这个枯燥无味的专业的导师。因为这个专业的关系，他不会处理生活中的很多事情，生活的能力越来越差。这样想下来，他渐渐难以走出自己的思维，天天自言自语，最后以致连研究也进行不下去了，连起码的生活也不行了，进了这个精神医治中心。

座谈期间，我一直都在耐心地倾听他们的心灵之声，了解他们每一个人的心路历程。最后我告诉中心的医生，如果让他们这样就在病室中不断思考下去，病人的病情不仅不会减轻，而且肯定会加重，应该让他们到生活中去，到大自然中去。

因为，我也有很多与他们相同的遭遇。很多时候，当我遭受了生活的挫折的时候，我也有过与他们一样的情感起伏，有过与他们一样的思想状况。可是，我与他们不同的是，我总是能及时找到心灵的出口。

每当我遭受了陷害、怀疑、误会而带来不快乐的时候，我有一个方法，就是一个人开着车去郊外的旷野，去宁静的山坡，去安详的湖边。在这样的环境中，看到随风摇曳的稀疏的丛林，看到自由飞翔的快乐的小鸟，看到宁静中泛着微微波澜的湖水，我总是会突然间产生这样的想法：世界一切如旧，世界并没有我想象的那样糟糕，我自己的生活并不是不可救药，一切都还来得及啊。

或者，当我感觉自己在一件事情中束手无策、走投无路的时候，我就努力让自己忘掉这件事情，重新开始做另一件，重新开启新的生活。

我感觉我与那些病人之间的交流产生了一定的效果，因为我从他们的脸上看到了获得理解的宽慰。

我告诉他们，其实他们遇到的问题，不仅是我本人，我们生活中的大部分人都遇到过，这样的遭遇就如天空有晴空万里也有暴雨闪电一样正常。难道我们不相信晴天之后会有阴天，暴雨之后会有彩虹吗？

我单独与那位副教授进行了深入的交谈。我问了他几个问题：你们学院还有比你年长没有评上教授的吗？你的孩子现在学习怎么样？你的学生对你的讲座认可吗？你故乡的同龄人，你的伙伴们现在的生活怎么样你知道吗？

这些问题，立刻让副教授兴奋起来，他的眼睛中立刻闪现出晶莹的光亮。他说，他们学院还有几个比他大几岁的副教授没有评上教授，他的孩子正在读高三，是年级里的尖子生，他是故乡村子里唯一的大学生，他始终是故乡的骄傲和荣耀，是故乡父母教育孩子的样板。他在自己的学生中更是享有很高的威望，他是学院研究甲骨文的权威，只要他讲课的时候，台下常常是座无虚席。

一连串说完这些话，我发现他陷入了沉思。很久，他主动告诉我，是啊，我是很幸运的一个人啊，我也是很成功的一个人，怎么到了这步田地呢？

我告诉他，你是很幸运的一个人，只不过，你的更高的目标把你的幸运和光芒遮蔽了。

副教授豁然开朗。就在那天中午，我邀请他去一家咖啡馆聊天。后来，他重新回到了学院，重新开始了自己的生活和研究，我们成了无话不谈的朋友。

生活中的很多事情，其实你知道错了，就已经是新生活的开始了；只要你学会了忘记与舍弃，希望与成功就会光临你的身边。

57

我一直在路上。

最近的一些日子，我一直在行走中。

我有大段大段的时间居住在我故乡的梅园里。我曾经在那里生活了将近20年，幼年、小学、中学的时光都是在那里度过的。一直到将近20岁，考学出来才到了城市里。毕业后被分配到了故乡的县城里，不久又奋斗出来，到了大城市。

可是，到了中年，在城市里打拼了20多年以后，我突然间想念起我的故乡，想念那里的枣树林、荷塘，想念村子周围可以爬上去登高望远的海子墙，想念那里的沟沟壑壑，想念那里的很多人和故事，想念那里的一草一木。

3年前，我用一个春天的时间，回去建了一个很大的院子，我给它起了一个名字，叫梅园。我喜欢梅花，我爱人的名字中也有一个“梅”字。

有了梅园，我就常常回去居住了，有时一两天，有时三五天，有时甚至居住半个月之久。

间隔了20多年的岁月，一下子都消失了，我的记忆没有什么缝隙地衔接起来了。乡村里质朴的音乐，乡村里细腻的婚丧习俗，街巷里树梢上重重的月光，都回到了我的视野里。

白天的时候，我去乡亲们的家里串门，看看村里的老人和孩子，看看他们的生活，也到田野里看乡亲们劳作的情境；夜晚的时候，就邀请小时候的故旧到我的梅园里来喝茶，拉拉家常，听他们讲他们自己的故事。

乡村里的一切，都让我陶醉。

因为一篇作品获奖，要去深圳领奖，不久前我去了广州和深圳。到了广州自然要去珠江两岸，去看广州最高的建筑广州塔，去看最繁华的街道上下九商业步行街。可是，珠江两岸璀璨的夜色与广州塔的雄伟都没有留住我的脚步，我花费很多的时间去了中山大学。为什么要去那里？因为，那里是我崇敬的学者陈寅恪最后生活工作 20 年的地方，陈寅恪在那里著书立说，在那里享受国士的待遇，也在那里遭受了“文革”的摧残，最后又在那里度过了自己最后的时光。

我想的是去那所校园里感受陈寅恪的气息。当地的朋友说，可以与校方联系一下，给我的参观提供一些方便。我拒绝了，我说，我要用自己的眼睛去感受。

在校园里，我问了 6 个不同年龄段的人，6 个我看起来像学者、教授或者研究生的人。我向他们打听陈寅恪当年居住的小楼，打听陈寅恪的一些信息。遗憾的是，6 个人没有一个人知道陈寅恪。他们对于陈寅恪一无所知，他们不知道中国最有学问的一代大师曾经在这里工作和生活，他们不知道陈寅恪曾经是中大的骄傲和自豪。

我并没有为陈寅恪在中大人心目中消失而悲哀，我把我的遭遇归于岁月。40 多年了，已经接近半个世纪，能怪罪谁呢？

我带着在中大的遗憾，从广州越过虎门跨海大桥去了深圳。用任何词汇都难以形容虎门跨海大桥的雄伟。但是，看到虎门两个字的时候，我立刻想到的还是当年林则徐在这里掀起的焚烧鸦片的运动，那是近代以来我们民族不屈不挠的发端。

到了深圳，下榻在东部华侨城具有异域情调的茵特拉根小镇。徜徉在仙境一般的小桥流水之间，我想，不久之前，这里一定还是贫穷落后的沿海渔村，而如今，却已经可以与世界上任何美丽的风景相媲美了。

所以，深圳人在最醒目的广场上，为邓小平先生塑了巨幅画像。我去了那幅画像前留影，我钦佩这个改变了中国的巨人。

深圳的朋友又安排我住在了塑像附近的高楼上，这是我的要求，因为从住所的窗子里就可以望见香港。隔着那一道铁丝网，我看见了香港的稻田，看见了香港的楼群，还看见了公路上飞驰的汽车。

我想象着当年邓小平先生站在这附近某一座高楼里透过窗子眺望香港的情境。他的愿望最终成了现实。他用自己的智慧，改变了中国。

又回到了我生活的城市，我重新坐在了宽大的书房里，但是，我的心，依然在路上。

58

总有一个目标召唤着我。

回故乡参加一个同学母亲的寿宴，见到了很多多年未见的同学故旧。这些同学故旧大多一直没有离开过故乡。大半生了，无论读书还是工作和生活，他们一直没有离开过故土，所以，大家就对我这个在外漂泊了20多年的朋友多了一分关心，也多了一分好奇。很多人都在问我：还打算回故乡吗？在外面总是多了一些艰难和风雨，是一种什么力量一直支撑着你前行？还有人问：当初年轻的时候，在故乡的工作前程也是不错的，在故乡总是有这些同学故旧可以互相照应，为什么突然选择一个人离开故乡到外面打拼？

我这样回答朋友们：从很年轻的时候开始，我就一直感觉，有一个很遥远的目标一直召唤着我。而我也一直相信，在人世间，有很多路途，是一定要一个人单独去走的；有很多时候，是需要单独去面对的。

而支撑着我的力量，一直存在于我的内心深处。这是一种对未来、对远方的神圣渴望，我渴望自己能够到远方找到一个神秘宁静的世界，那里不仅水草丰美，而且人文繁盛，我可以充分发挥自己的聪明才干，那里还有很多我神交多年的志同道合的朋友。

朋友们说，大家都知道你取得了很多成绩，但是，也了解你付出了很多常人难以承受的辛苦。

我很感动于这些故乡朋友对我的理解，这种理解给予了我莫大的宽慰和温暖。多年了，我依然在我选定的文学之路上艰难跋涉着。这些年来，每当我经过一段时间的摸索，克服了难以逾越的困境和艰辛，到达一个平台的时候，我就会有很多暂时的荣誉与光环，但是，我几乎又都毫无停歇地选择了前行。因为，这个时候，我从一个更高的平台上，看到了远方更加美丽的世界的朝霞。

而一路上经过的那些艰难困苦，都变成了我新征程的经验和宝藏，使我变得更加坚韧和强壮。

我几乎没有犹豫过，也没有退缩和绝望过，更没有软弱过，因为，我总是向那个美好的目标眺望着，总是怀抱着美好的愿望和理想遥望着远方。

我说了这些以后，朋友们还是有很多的疑虑，大家问我，那个目标究竟在哪里呢？如果你一生都到不了那里呢？

我说，那个目标永远在我生命的远方，我已经若干次到达过它的身旁，但是，当我接近了它的时候，它又攀上了另一个山岗。

总有一个目标在远方，每一次的峰回路转，都是一片奇美的风景，我这样告诉朋友们。

59

我们每一个人的心灵深处，都有那一抹挥之不去的淡淡的乡愁。

乡愁从什么时候开始占据了我们的心田？它从我们离开母亲的怀抱，走进学堂的那一刻，就如一粒种子，在我们的灵魂深处开始生长了。

我们离开故园，离开故土，以致离开故国，乡愁就如一根绵长的线，越来越长，渐渐成为心灵深处的一坛陈年老酒。

其实，当我们渐渐年长以后，我们却发现，乡愁不仅是我们思念故园的情怀，它还是我们对已经消逝的难忘经历的眷恋，对于蒙昧孩提时代的记忆，还有一种隐隐的国家民族历史的远古向往。

这些情怀，当我们每一天沉浸在自己的生活节奏中的时候，它们隐藏在我们的心灵里暗暗发酵。当夕阳西下，当我们身处羁旅，孤独漫步，或者当我们孤立无援的时候，所有那些脚下的弯曲小路，天空的一片浮云或一对飞鸿，眼前的一丘山岗或一方荷塘，远处的一片树林或散漫的羊群，都变成了浓郁的乡愁情怀，瞬间就弥漫了我们的情绪。此刻，如果你是一个诗人，必然悲从中来，吟诵出一首充满乡愁的诗。如果你是一个普通的行人，也必然会顿生出万般的凄凉和哀愁，甚至会生出无边的惶恐。

说到乡愁，当代最有名的乡愁诗是台湾作家余光中的诗《乡愁》："小时候，乡愁是一枚小小的邮票，我在这头，母亲在那头。长大后，乡愁是一张窄窄的船票，我在这头，新娘在那头。后来呀，乡愁是一方矮矮的坟墓，我在外头，母亲在里头。而现在，乡愁是一湾浅浅的海峡，我在这头，大陆在那头。"

这首诗，以诗人一生的时间跨度为主线，先是以一个游子的情怀抒发自己对故乡家园，对母亲的绵绵思念；但是，随着时光的演进，最后诗人把思念故乡，思念亲人的情感升华为思念故国，怀念祖国的伟大民族情怀。诗就突破了一般平庸狭窄的思乡局限，具有了厚重沧桑的历史和民族感怀。

还有台湾作家席慕蓉的那一首《乡愁》，也写得情意绵绵，意绪阑珊："故乡的歌是一支清远的笛 ，总在有月亮的晚上响起 。故乡的面貌却是一种模糊的怅惘，仿佛雾里的挥手别离。离别后，乡愁是一棵没有年轮的树，永不老去。”

席慕蓉先写像笛子一样清新悠远的乡音，接着写乡情像迷雾一样的留恋和怅惘，最后用“永不老去”来表达乡愁在游子心中的永恒情怀。相比余光中的乡愁虽然看似单薄了一些，却依然写出了乡愁的深邃与悠远，写出了乡愁在每一个游子心中不灭的惆怅情怀。

历史上的诗人中，最著名的乡愁诗是崔颢的那首著名的《黄鹤楼》：“昔人已乘黄鹤去，此地空余黄鹤楼。黄鹤一去不复返，白云千载空悠悠。晴川历历汉阳树，芳草萋萋鹦鹉洲。日暮乡关何处是，烟波江上使人愁。”

余秋雨先生在他的散文名篇《乡关何处》中谈到崔颢这首著名的《黄鹤楼》时说：“看来崔颢是在黄昏时分登上黄鹤楼的，孤零零一个人，突然产生了一种强烈的被遗弃感。”

这意境中的昔人、黄鹤、白云、芳草萋萋、日暮、烟波、江河，恰恰都是引来万端乡愁的情境，一个才华横溢的诗人，面临此情此景，怎么会没有这样的千古绝唱！

诗人从远古的传说开始，联想到千载飘荡的悠悠白云，看到隔江向往的汉阳城，目及江心小岛上的萋萋芳草，用吊古来思今，一个诗人游子的无边乡愁和失意情怀就绵绵而来了。

所以，面对这样的乡愁杰作，即使是最伟大的诗人李白，也自愧不如，叹为观止：“眼前有景道不得，崔颢题诗在上头。”

即使一个人一生没有离开过故乡，他的内心深处也依然有自己淡淡的乡愁，这种情怀会在一个不期而遇的黄昏，会在一个偶然的朋友聚会，也会在一个淅淅沥沥的雨天蓦然来访。

而我们这些离开了故土的人，自己的心灵，就永远难以拒绝绵绵不绝的乡愁了。在我们失意的时候，在我们孤独的时候，它就会随之出现在我们的眼前，给我们浓郁的温暖，也给我们无边的惆怅。

60

任何一个略懂书画艺术的人，大约都知道，在中国近百年的画坛上，漫画家、散文家丰子恺与恩师弘一大师的《护生画集》盟约，可以说是一个持续了几十年的师生佳话。贯穿丰子恺一生，丰子恺用毕生精力坚守的这个盟约，即使在过去了几十年之久的今天，依然让人慨然心动，心生敬仰。

丰子恺是我国新文化运动的启蒙者之一，是中国现代受人敬仰的漫画家、散文家。他的绘画、文章在几十年沧桑风雨中保持一贯的风格：雍容恬静，其漫画更是脍炙人口。早在20年代他就出版了《艺术概论》《音乐入门》《西洋名画巡礼》《丰子恺文集》《丰子恺散文集》等著作。他一生出版的著作达180多部。

1914年，丰子恺考上了浙江省立第一师范学校。在这所学校里，丰子恺结识了对他一生产生重大影响的老师李叔同，老师不仅给予他音乐和美术上的启蒙，也在为人处世上为他做了榜样。李叔同出家为僧之后，丰子恺后来也追随恩师皈依佛门，再做弘一大师的佛门弟子。

李叔同是“二十文章惊海内”的大师，集诗、词、书画、篆刻、音乐、戏剧、文学于一身，在多个领域开中华灿烂文化艺术之先河。1918 年 8 月 19 日，李叔同在杭州虎跑寺剃度为僧，从此皈依佛门。

1928 年，弘一大师 50 整寿。为了恭贺恩师寿诞，31 岁的丰子恺别出心裁地想了一个主意，画 50 幅画组成《护生画集》，请恩师在每一页上题字。师生共同完成画集之后，他又对恩师说，自己还要画《护生画集》第二集，那将是 60 幅作品，祝贺恩师的 60 整寿；然后，每十年增加一集，第三集 70 幅，祝贺恩师 70 大寿；第四集 80 幅，祝贺恩师 80 大寿；第五集 90 幅，祝贺恩师 90 高寿；第六集是 100 幅，祝贺恩师百岁！

也就是从 1928 年开始，在丰子恺的心中有了这个神圣无比的盟约，这是一个心灵的诺言，他以此向恩师，也向世人表达自己对恩师的尊敬与钦佩，也是他借此请恩师指点的契机。

到了 1931 年冬天，虽然弘一大师刚过 50 岁不久，但是，敬师心切的丰子恺，已经提前完成了第二集 60 幅作品的《护生画集》。他把作品拿给恩师看，恩师非常高兴，在每一幅作品上题字。而《护生画集》也成为当时中国画坛的一大盛事。

想象当年，这是书画界一个多么让人感动的故事啊。可是，10多年之后，当丰子恺准备要画第三集以为恩师提前庆 70 大寿的时候，让他敬仰的恩师突然在 63 岁的年龄溘然长逝。

悲痛欲绝的丰子恺在痛悼恩师的同时，没有忘记师生的那个盟约。他暗自决定，即使恩师不在人世了，他依然要信守盟约，坚持画完当初约定的全部六集《护生画集》。而他从恩师仅仅 63 岁的年龄遽然离世的现实中，自己的心中也隐隐多了一分担忧，他想自己不能再按照原来 10 年画一集的计划按部就班地画了，要抓紧时间，趁自己身体还好的时候完成夙愿，不能给师生的盟约再留下遗憾。

弘一大师在世的时候，丰子恺把它看成是送给恩师的寿礼；弘一大师圆寂之后，他把它看成是对恩师的怀念。丰子恺没有给自己，也没有给恩师留下遗憾，他提前悄悄地画完了全部作品，在恩师百年冥寿的时候，人们不仅看到了 100 幅作品的第六集《护生画集》，而且看到了全部六集作品。唯一的遗憾，是后来的四集没有了弘一大师的题字。而此时，丰子恺先生已经离世 4 年了。

坚守一个盟约，贯穿了一个人的一生。这是常人所不及的承诺，其中有生者的遗憾，有逝者的欣慰，更有万般的苍凉与辛酸。今天的我们看这个故事，得到的，却不仅是对生命苍凉的感佩，而是那份坚守中的温暖与守望。

61

不久前我与著名的诗人桑恒昌聊天。他对我说，一个杰出的诗人，就应该是义无反顾地一条道走到黑，然后再继续往黑处走。

我说，我也一直这样认为。我也常常对青年朋友说，我一直以来就坚信自己是走在一条赶赴盛宴的路上，未来的远方有一场盛宴正等待我的光临，我没有时间停下来半步，也没有时间旁顾左右，我更没有时间等待他人的认可与赞同。

我们为我们观点的共鸣击掌而庆。

如果我们有一个远大的目标，面对人世间的各种境遇，我们就应有一颗平静的心。世间总是有很多无可奈何的安排，总是有很多让我们措手不及的巧合，总是有很多令人心碎的结局，总是在有人欢歌的时候也有人哭泣。

只是，我们要记住，不论处于什么境地，都别忘了细细端详那些我们经历过的欢喜与悲伤。因为那些经历，都是命运给我们的宝贵财富，它们会伴随着我们一路前行，成为我们未来人生路上照亮前程的灯光。

每一次单独驱车远行，一个人驰骋在苍茫辽阔的山川之间，我总是不自觉间用一颗悲悯的心回忆自己的过往。很多时候，那些渐渐而来的感伤情绪，使我无法驾驶车辆继续前行，我不得不停下车，伏在方向盘上让泪水尽情流淌。

那些美好的经历让我感动，那些悲伤的经历给我感伤。可是，我感觉它们在岁月的身影之中，都已经成为我温暖的力量。

甚至那些曾经让我怅惘伤怀的别离，都已经成了一种美好的记忆，那些细节，那每一次的回眸，都闪耀着动人的光泽。那些曾经让我痛苦不堪的挫折，都成了生命中的坚强，它们像挺拔的山峰，耸立在人生的路上，指引着未来的前程。那些曾经让我愤恨恼怒的中伤，那些曾经让我耿耿于怀的失败，更是都成了成功的财富，不断启示着我探索新的方向。它们，都在明媚的阳光下，呈现着欢快的情绪，沿着原野的小路，络绎而来。

对于一个有着远大抱负的人来说，所缺少的是那种坚定的自信。而这种自信非常重要，因为正是这种一往无前的自信，给你前行的力量，让你在遇到困境的时候无所畏惧。

可是，很多人总是犯这样的低级错误，明明是一个正确的人生选择，却总想得到很多普通人的认可，甚至想得到所有人的认可，甚至包括那些很平庸的人，对自己不怀好意的人。所以，我们常常在生活中看到这样的情形，自己为了得到别人的认同，停下脚步，不厌其烦地向别人解释。

结果是显而易见的，不仅耽误了行程，也贻误了很多机会。很多人，不仅不能相信你，更不愿意相信你，不论你怎么努力解释，人家依然会无动于衷。

其实，你自己选择的适合自己的人生道路，为什么非要得到他人的认可呢？难道他人的认可能够为你带来什么帮助吗？

一切都要依靠你自己，没有人会为你拭去失望的泪水，也没有人会在关键的时刻助你一臂之力。同样，当你站上成功之巅的时刻，也没有人能够分享你成功的喜悦。

62

我们要努力做一个会思考的人。

印度的伟大诗人泰戈尔与黎巴嫩诗人纪伯伦并称为“站在东西方文化桥梁的两位巨人”。他这样告诫我们：“一心想增加自己力量的人，会忽视其他任何东西，和自己相比，世界上其他东西都是不真实的，因此，人类必须从个人的私欲的束缚中解脱出来，我们必须进行这种修炼，承担社会的义务，分担同胞的负担。”

对于一个人来说，谦逊和自知十分重要。杰弗逊是第三任美国总统，同时也是美国共和党的创始人。晚年，杰弗逊总结自己的一生时说，自己一辈子只做了三件有意义的事：弗吉尼亚州的宗教自由法案、《独立宣言》和创建了弗吉尼亚大学，对于创立共和党以及担任美国总统只字未提。他这样告诫人们：“不要因为别人相信或者否定了什么东西，你也就去相信或者否定它。上帝赠予你一个用来判断真理和谬误的头脑，那你就去运用它吧。”但是，他的谦逊却丝毫也没有降低他在美国人民心中的重量，林肯这样评价他：“美国的每一个政党，都尊杰弗逊为它的导师。”

在我们这个世界上，成就之大如杰弗逊者并不多。面对这样一个谦逊的人，相信会让很多不遗余力地为自己树碑立传的人汗颜。

如果要成为一个杰出的人，你必须每日都不懈怠。德国哲学家尼采是西方现代哲学的开拓者，他的哲学深刻影响了一代代哲学家、思想家和艺术家。他总是这样告诫那些懈怠的人："每一个不曾起舞的日子，都是对生命的辜负！"

生活本来就是不公平的，有人出生在富贵之家，生下来就成为掌上明珠；有人出生在贫寒之家，生下来就随时有饿死的危险。理解了这些之后，就要学会适应它，努力改变它，而不是一味地抱怨和怪责。

生活并不会在意你的自尊，你必须在自我感觉良好之前取得足够的成就，你的自尊才会得到承认和赞同；否则，就是自讨苦吃的虚荣。

时刻都要善待那些让你讨厌的人，因为说不定哪一天你就有可能为这个人工作。世界上没有绝对的坏人，让你讨厌的事情和个性，也许正是人家的优点。我们都不曾真正了解自己，自己的很多缺点都被自己的习惯悄悄地掩盖了。

机遇只给有准备的大脑，财富只给付出努力的双手。但是，在我们的生活中，我们却总是发现那些做白日梦的人，总希望天上掉下金饼子砸在自己面前。

著作因其伟大的思想性而流行。现在有很多作家出了很多书，他们都希望自己的著作能够传世。其实，能够传世的，是思想，如果没有思想，不论多么宏富的著作也只是一堆垃圾而已。英国作家培根的著作并不多，但是，他薄薄的一本论人生的书却始终在全世界流传不衰。他说：“在人类历史的长河中，真理因为像黄金一样重，总是沉于河底而很难被人发现。相反地，那些牛粪一样轻的谬误倒漂浮在上面到处泛滥。”

森林的神秘和美丽在于它的丰富多彩，它广博的包容性，百鸟争鸣，百花齐放。因此，我们的世界不能只有一种声音，不能只有一种色彩，这样不仅会使我们的生活单调而困乏，也会扼杀很多极其宝贵的人类智慧和思想。这种时候，知识分子就应该站出来，担负起唤醒的责任。

引导一个民族进步的，永远是伟大的思想者。

63

生命中有很多十分贵重的东西，会因为我们的漫不经心而轻易丢失。

比如婚姻。婚姻是什么，婚姻其实就是一个男人与一个女人在漫长人生旅途中的伴侣。因为婚姻，人生有了殷殷的守望，有了难以割舍的依恋，有了生生死死的意义。可是，有的人因为种种思想的误区，一生都没有走进婚姻；有的人走进了婚姻，却搞错了婚姻的意义，把婚姻搞得乌烟瘴气，不久又离开了。

我们的身边，大多数人都拥有一份婚姻。可是真正明白了婚姻真谛的人并不多，不少人的婚姻成了一种形式，甚至是一种负担。所以，每当提起婚姻的时候，总是唉声叹气，总是不堪重负的样子。

如果，我们明白了婚姻所隐含的本义，我们明白了婚姻是我们的港湾，是我们的相守，是我们的依恋，你的心境就全然不同了。

有人说婚姻是一种责任，有人说是一种需要，这都不正确。婚姻是你人生旅途中的港湾，是你人生路上的温暖，是你困难时的帮手，是你孤单时的依恋。

有一次我漫无目的地在街上闲逛，突然间看见了一个从远处慢慢走来的女人。她穿着很华丽的时装，飘飘的衣袖，瀑布一样的长发，明媚的脸庞上有一双顾盼生辉的眼睛。

我停下脚步注视了很久，直到她消失在街道的尽头。

世界上有很多不经意的风景，每一个女人，都有动人的地方。

每当一些相熟的朋友聊天的时候，总是会听见有这样的感悟：总算看透了，当初自己太幼稚了，当年怎么那样轻易地相信啊。

其实，在年少的时光里，我们每一个人都曾经信仰过一些东西，曾经膜拜过一些东西，曾经为一种东西甚至可以抛头颅洒热血过。

可是，那就错了吗？没有，那没有错。一个年轻的心灵，如果没有过英气勃发的冲动，没有过引颈渴望的信仰，没有过赴汤蹈火的壮志，我们的世界会是什么样子呢？

而且，当我们年长以后，当我们成熟起来，这样的感觉不应该轻易地丢失。因为正是这样的感觉，才让我们当年的生活激情澎湃，才会让我们保持年轻的心灵，保持旺盛的斗志。如果我们依然没有丢失这些东西，即使我们老了，我们也没有颓废，我们也没有消沉，我们的生活依然还很有意思。

一次郊游的中午，我在路边看到了一位卖核桃的老太太。她穿着很随意的衣衫，头上是几缕稀疏而散乱的白发，脸上爬满了皱纹，脸色黝黑。它面前就一小筐子核桃，大约十几斤的样子。

看到她，我想到了自己的母亲。我想，她也许有儿子吧？有儿子为什么让这样一个老人到寒风阵阵的旷野路边上来？也许没有儿子，或者也没有了老伴，就剩下了她一个人孤苦无依。

我把车停下来，带孩子下车买核桃。我把核桃都买下来了，老人把她亲手编织的草木框子也送给了我。

老人卖完了核桃，向附近山坡上的一个村子走去，我开车继续自己的行程。

老人眼神中的沧桑和期待让我怦然心动，生活中很偶然的际遇都有生命的深意，老人家一定有了一个愉快的下午，而我一家人却有了一次丰满愉悦的旅行。

不论我们是身处富贵还是饥寒贫穷，我们都不能丢失善良。

64

时间像刻刀一样留在眼前。

我的阳台前面就是一条繁华的街道，每当站在阳台上看过往的行人，总是引起我无边的遐思。有时看到一群群的孩子嬉笑着追逐着奔跑，有时看见一个青年人匆匆前行，有时看见一对年老的夫妇相扶着慢慢走过。我总是用目光送他们远去，而心中却升起对时光的敬畏。这就是时间啊，时间并没有随风远去，而是就这样行走在我们的目光里。

时间消失在岁月深处了吗？没有，时间像刻刀一样，留在我们的记忆里，留在我们的眼前。

人到中年了，你还走在你年轻时代选择的路上吗？你还在坚持你最初的梦想吗？很多人放弃了，变成了一个随波逐流的人。所以，当在某一天，见到多年未见的朋友和故旧，看到人家取得了非凡的成就，光鲜地出现在众星捧月一样的地方，心里就开始想：这些年没有见，人家怎么坚持下来的？

很简单，时间被你轻易地放逐了，多少年过去了，你依然两手空空；而人家却把时间镌刻成了永恒的风景。人总要有一种坚持。

小区内住了很多住户，大家都搬来了很多年，渐渐地大家都熟悉起来了。经常有人家办喜事，也经常有人家为老人办丧事。有的人家喜添子孙，也有的人家发了大财搬到附近的别墅区里成为阔人。有的人家半夜里突然传出吵架暴打的声音，也有的人家一直都是安静没有任何声息。

当夜晚来临，华灯初上，空气中渐渐弥漫起夜来香的清香。

我常常想，我们这个世界的每一个角落里时刻都在上演着不同的人生故事，每一个窗口里面都发生着不一样的喜剧或者悲剧，而这，就是我们的尘世，就是时刻行进着的时间啊。

傍晚的时候，一对白发苍苍的耄耋老人拿着一个很大的相框从街上回来。他们把相框给每一个经过的人看。那是他们 50 年金婚的纪念照。他们得意扬扬地说，一辈子没有正式照过相，结婚的时候都没有照，这个年龄了孩子们非要我们照相不可。他们的语气里，有怪罪孩子的意思，但是更多的是情不自禁的喜悦。

我的家里也有很多照片，有过去的老照片，也有很多现在的数码照片。有学生时代青春勃发的纪念，有到各地旅行的记录，也有各种特定场合的合影。

再没有比照片更能确切真实地记录时间的痕迹了，在一张张不同时期的照片面前，时间无情地诉说着人生的成功和失败，诉说着人生的喜怒哀乐，也记录着生命的轨迹和苍老。

春节的时候，参加了几个朋友的家庭聚会。朋友的儿子因为在外地上大学，接着又读硕士和博士，所以有七八年没有见面了，他留给我的最后印象还是一个稚气未脱的少年，每当见到我总是问我一些作文中遇到的问题。可是，今年春节的聚会他参加了，他已经全然没有了我记忆中的模样，不仅已经完全长成一个成熟的男人，而且对国家时局，对于人生未来侃侃而谈，常有真知灼见。

我以一种全新的目光看着他，认真地倾听着他的话语，为孩子的成长和进步满心欢喜。

我的孩子已经 17 岁了，最近我把各个年龄段里为他拍摄的照片粘贴在一起。看着孩子从一个襁褓中的婴儿渐渐长成一个英俊帅气的大小伙子，我第一次感到，只要有一种心情，我们就可以让自己的记忆暂时停留在一个地方，让自己一次次享受生命那一刻的甘甜和美好。

而这一切，都是时间的恩赐啊。

不论是成功还是失败，也不论我们是多病还是健康，更不论我们经历了多少坎坷与磨难，我们都应该以一种平静的心情，像观赏绽放的花朵一样欣赏自己的人生。因为我们走过路过，我们悲伤过也欢喜过，时间像一把刻刀，把这些都镌刻在了我们的生命中。

65

我们总是过多地考虑别人的心里在想什么，总是仔细地琢磨他人的感受，却很少关注自己的内心。

其实，一个人如果总是在刻意地琢磨他人，总是想着迎合他人的爱好与感受，不仅会把自己搞得十分疲惫，也不会是一个快乐轻松和幸福的人。

因为在这个世界上，每一个人都是不同的，每一个人都有独特的性格与秉性，都有独特的爱好和兴趣，都有别人不一样的专长。有的人善于交际，有的人喜欢谈论别人，有的人热衷于表面文章，有的人沉默寡言，有的人十分健谈。有的人忠于职守、善良热心；也有的人虚荣贪婪，忘恩负义。有的人总希望帮助别人，但是也有的人总是狗眼看人低。

每一天的清晨走出家门，都要面对这样的一些人，怎么去琢磨？对每一个不同的人，难道都要花费心思去迎合他们吗？如果是这样的话，我们自己就消失在了他人的影子里，我们一定会成为这个人的翻版，一定会成为那样一个人的复制品，就像一个刻板的木偶道具。

也许有人会问，当见到那些取得了杰出成就又有着优秀品质的人时，难道不应该向他们学习吗？

是的，这毫无疑问。孔子说：“见贤思齐焉，见不贤而内自省也。”夫子的意思是说，看见德行好或有才干的人就要想着向他学习，看见没有德行或才干的人就要自我反省是否有和他一样的错误。

其实，孔子还说过类似的话：“三人行，必有我师焉。择其善者而从之，其不善者而改之。”也是这个意思。他说：几个人同行，他们中必定有我的老师。我选择他们好的方面向他们学习，他们不好的方面就对照改正自己的缺点。

这是我们修身的根本所在，也是强调要关照内心的核心。思考自己，关照自己，发现自己的长处和短处，才能在看到那些杰出的人时学习人家，拿来弥补自己的不足。

不迎合他人，努力学习他人的长处，不断改进自己的短板，你就是一个独特而不断趋于完美的人了。

66

带孩子在故乡的村子里度假。

有几个孩子从我的门口经过，带着小渔网，说是村北“翻坑”了。

在城市里长大的孩子不明白“翻坑”的意思是什么。我告诉他，“翻坑”就是说坑塘里的水被抽干露底了，可以抓鱼去。

孩子从来也没有见过这样的情景，我也是多年没有见过了。我们立刻带了一个小水桶，也找了一个小网子，就沿着街巷去村北。

村北的坑塘，我是再熟悉不过了。这是我们村最大的一片坑塘，方圆有上千米，是我们小时候最常去玩耍的地方，夏天洗澡游泳，冬天滑冰，而且印象中很少干坑过。我记忆中，我在故乡生活的 18 年里，这片坑塘真正“翻坑”也就是三五次。因为面积大，水也深，每一次都是用抽水机抽很多天才能把水抽干。水快抽干的时候，鱼都露出头来，村里组织人把大鱼逮上来之后，那些小鱼小虾就都留给孩子们了。每当这样的时候，差不多村里的男孩子都会到坑塘里去逮鱼，也经常会有一些大人逮剩下的大鱼被孩子们逮上来。

每当这样的时候，村里就像有盛大的节日一样热闹，中午和晚上，几乎每家每户都会飘出炖鱼的香味。

我带孩子来到坑塘边的时候，坑塘里已经是满满的人了。坑塘基本还是我记忆中的样子，只是面积略小了一些。17 岁的孩子平生第一次见这样的情景，我看得出来，他几乎被眼前满坑塘里黑压压的孩子们镇住了，孩子们不仅衣服上都是污泥，脸上、头发上也是污泥，看不出面容，都在那里低头捞鱼。不时有孩子喊：“逮一条大的！”。然后，就把鱼送到岸上来，交给自己的家人，然后再回到污泥里去。

我们没有下去，一直看到黑天，孩子依然兴致勃勃。

乡亲们送给我们一条大鱼和一些小鱼。回到家里的时候，孩子说：这么原生态的情景，真是难得。

很久以来，我们已经见不到过去岁月里原生态的生活情景，见不到原生态的四季流淌的河流，见不到这种原始的捕鱼方式了。

村前的小河已经干枯了很多年了，即便是雨季，水流也不是很大，完全没有我小时候夏天可以游泳、冬天可以滑冰的情景了。

我们已经有多久没有仔细聆听过一声鸟鸣，没有认真欣赏过一朵野花，没有倾听过大风从树梢刮过的声音？我们已经习惯了人们对于自然的破坏，已经习惯了那些看起来精致的人为景观，却忘记了大自然里原来一直有存在于我们记忆中的美好。

我很高兴故乡的土地上依然保留着这样一片童年记忆中的坑塘。村里人告诉我，因为坑塘在村北，而我们村这些年一直是往靠近公路的村南发展，所以这块坑塘就保留下来了。如果坑塘在村南，恐怕早就被填平建房建厂了。

我去过无数地方，我印象中原生态的大自然面貌是少之又少的。我想，不论社会发展到哪一步，我们都应该给后代留一座山，留一方水，留一条河，留一片林，让我们的子孙还能看到大自然本来的风景。

67

我一直相信，人生总是会遇到很多机缘的。当心情极坏的时候，也许不久就会因为有了好运气而心花怒放。半途遇到了狂风暴雨，也许片刻之后就是风和日丽，鸟语花香。

我一直相信，在人生的路上，不论遇到什么情况，我们都与他人一样送别昨天与今天，同样迎来明天的朝霞。因此，我总是鼓励自己，一定要有一种坚持和期望，一定不能悲观。事实上，我总是发现，在以往经过的人生路上，时常会有一扇扇的门轻轻开启，而那一扇扇门里，总是隐藏着烟云缥缈的小径，隐藏着修行高洁的人物，也隐藏着一个个人生的出口。甚至，在不经意之时，在弯曲的小路尽头，竟是一片开阔而丰美的园林！所以，我总是劝告自己也劝告朋友，不要对已经过去的什么“挫折”与“失败”耿耿于怀，也不要对已经取得的所谓成就骄傲自得。

我一直相信，生命一定有一种意义，我们每一个人绝对不会是偶然的巧合才来到世界一场的。我一直在想，我不能白白来这个世界一趟，我一定要给这个世界留下些什么。所以，我一直努力探究着自己心灵深处的秘密，也努力探究着自然的秘密，希望自己能够从隐藏的秘密中领悟到生命和自然的真谛。

我一直相信，不论多么安静的湖泊，一定有汹涌澎湃的时候；不论多么平静的森林，一定有狂风怒吼的时候；不论多么温顺平和的人，也一定有暴怒的时候。所以，当面对表面的现象时，我总是想到事物的另一面。

我一直相信，每一个人都可以成为诗人和艺术家，没有一个人能否定自己曾经有过激烈的冲动。之所以大多数人最终成了普通的人，那是因为你错过了很多人生的机缘。

68

经过河水清洗的苦瓜，与经过圣水沐浴的苦瓜，是一样苦的。进入了富人豪宴的苦瓜，与农夫餐桌上的苦瓜一样，也是苦的。

好的声望是永远找不开的钞票，坏的名声是永远挣不脱的枷锁。

农夫的本色就是耕作与收成，是没有贫富之分的；文学家的本色就是思考与写作，是没有高低贵贱之分的。

总想告诉天下人，灾难里总是孕育着希望的曙光。

最混乱、最秽浊的地方，就有鲜艳的花朵探出头来。

从平淡无奇的事物中，窥见宽广的宇宙，你就是一个文学家了。

佛陀的智慧与菩萨的慈悲，使见到的人心眼俱开，大彻大悟。

文学家穷尽一生都在寻找海螺，渴望让海螺贴近人们的耳朵，让有缘的人听见大海的潮音。

当你感觉世界将要坍塌的时候，退一步，你就会发现，世界没有你想象的那样悲观。

谁都可以从尘世的悲喜中解脱，从此过上幸福快乐的日子。

有一些鸟，喜欢在雨中飞翔；有一些花，喜欢在黑夜里绽放；有一种人，喜欢在尘世里逍遥。

对于一个文学家来说，总是充满了生命的忧郁、时空的焦虑与历史的苍凉，但是，当面对一片绿荫，一泓清泉，一缕花香，一切又都平静下来了。

树木，3 年的时间，就渐渐成荫成林了。看着一棵棵茂盛挺拔的树，心中生起莫名的感动：树木成长起来，所有的风雨都变成了掌声，所有的冰雪都变成了永恒，开花结果都在一念之间，人世间的苍凉与繁华也变成了时光的从容……

康德，一个一生都没有离开过故乡的哲学家，可是在他去世之后，全世界无数的人，都飞越千山万水来瞻仰他。

有多少人，正在那雾霾覆盖的钢筋水泥壳子里争名逐利；而蓝天白云下的山岗上，是郁郁葱葱的森林。

每天的下午，我都到山上去，站在山顶，仰望深远的苍穹，我知道深邃的苍穹上是超越时空的自由；我也从山顶眺望不远处的城市，我知道那里正上演着一幕幕悲剧和喜剧。

能够让自己消失在如织的人海里，也能够在无边的旷野里与天地相照。文学家的心灵，必定有一对美的翅翼！文学家的眼前，必定是无限的苍穹！

世界万籁俱寂，黑夜里，有一双明亮的眼睛。

即使长了一对翅膀，也未必能够飞离生命的迷宫。

当梦想实现了时候，世界归于平静。

如果担心你离开这个世界之后的声誉，就努力让声誉在今天发扬光大。

世上没有陌生的人，也没有关闭的门户。

把你的负担，卸在那双能担当一切的手中吧！

沏上一杯茶，看茶叶在水中漂浮，就想到了山林的云气。

放慢脚步，品味生活的慢板。

我们的心里，有过美丽的蝴蝶，也有过密织的罗网。

每一条山中的溪流里，都有温柔的水声。

69

关于诺贝尔文学奖，一百多年以来，让多少作家仰望，那是多么崇高的荣誉啊。可是，在 1964 年，当萨特从报纸上获悉，自己可能是当年的诺贝尔奖得主的时候，他立即写了一份声明送给瑞典学院，并以作家声明的形式正式刊登在报纸上：“基于个人的原因，我不希望自己的名字出现在可能获奖的名单上。”

但是，瑞典学院没有理会他，他依然获得了当年的诺奖。得到消息后他非常气愤，拒绝前往领奖。

为什么呢？因为，在萨特看来，自己的作品水平如何，读者是最权威的裁判，用不着学术机构和官方认可，甚至，如果官方认可了，对作家来说是一种玷污。

世界上杰出的人几乎都是孤独的：

李白的孤独："大道如青天，我独不得出。"

杜甫的孤独："亲朋无一字，老病有孤舟。"

辛弃疾的孤独："把吴钩看了，栏杆拍遍，无人会，登临意。"

鲁迅的孤独："在我的后园，可以看见墙外有两株树，一株是枣树，还有一株也是枣树。"

陈寅恪的孤独："一生负气成今日，四海无人对夕阳。"

莫言的孤独："我看到那个得奖人身上落满了花朵，也被掷上了石块、泼上了污水。"

村上春树的孤独："不错，人人都是孤独的。但不能因为孤独而切断同众人的联系，彻底把自己孤立起来，而应该深深挖洞。只要一个劲儿往下深挖，就会在某处同别人连在一起。"

70

人的一生，应该像一杯清茶，一点一点地浸泡，慢慢地品尝，细细地回味，在氤氲的茶香中慢慢体会清香的悠远至味。

并不是所有的人都能够让心灵安静下来，做到处变不惊，从容淡定，物我两忘的。面对尘世里种种的诱惑，有多少人放弃了操守与品格，把自己送到了悬崖上？

其实，很多时候，你需要的，不是万千财富，而是一壶清茶。一个人，在雅致的茶海边，泡上一壶清茶，那清幽的茶香，会让你放下生活中的种种复杂，会让你慢慢思索和感悟，会洗去你心灵的尘埃。那袅袅的茶烟，也一定会给你清澈的领悟，让你的那一刻变得生动而博大，更会让你变得轻松而旷远。

生命中没有永远的精彩，也没有永远的不幸，岁月之河在经过了大浪淘沙的波涛之后，最后一定会归于平静。生命轮回，春秋枯荣，这烟火人间里的至味，我们安静下来之后，自然能够参悟。而明白了这些之后，我们又有什么不能够放下？

如果能够邀请我们的家人一起，或者邀请我们的朋友一起，来品尝茶的滋味，那番情景，就不是一个温暖能形容的了。那份相守，那份瞩目，那份亲切，胜过多少冷静的承诺，胜过多少遥远的眺望啊。

对于我们来说，人生中所有的需求，其实我们都可以很简单地拥有，不同的是，我们是否可以以一颗平静淡定的心，从容看待人生里的苦乐悲欢。

山水从不问人间恩怨，也不关心人生沉浮。

一壶清茶，自会带我们去山水之间，忘却尘世的云烟，放下人间的恩怨，享受自然的鸟语花香。

一壶清茶，能让我们笑看浮云流水，能让我们放下心中的块垒，更可以让我们走向山川，拥有一颗广大的心。

71

苏东坡那句“人有悲欢离合，月有阴晴圆缺，此事古难全”，千百年来让多少人为之倾倒，为之惆怅。在我们的心中，月是有圆有缺的，每月的十五是满月，每月的初一是一弯新月，这早已经是千百年来人类共同的定论，也为此不知产生了多少美丽凄婉的诗篇。

其实，月亮本身是没有任何变化的，它永远是圆的，我们之所以看到了它的圆缺，是因为我们所处的地球有时候遮挡了它的身影，才让它失去了自己本来的容颜。

月亮并没有变，是我们让它变了。

人类早已经登上了月球，那是一个没有水，没有植物，没有生命的荒漠世界。但是，千百年来，在我们人类世界里，月亮上发生了多少美丽的传说。

这一切美丽的故事，在月亮上都没有发生，是我们一厢情愿地让它发生了。

我们的人生一如我们对月亮的赋予，很多时候，世界并没有变，生活并没有变，别人也没有变，可是我们自己却把自己搞得惶恐不安，那是因为我们缺少了一分清醒，是我们自己的虚妄遮挡了我们的眼睛。

世界本来的面目总是隔着一层纱，如果我们有一双明亮的眼睛，我们就不会迷惘和困惑，在红尘路上，活出自己的那份淡定与从容。

72

秋意浓了。

坐在窗前，端着一杯刚刚浸泡的茶，眺望着蓝天白云，享受着这深秋的阳光，让窗外的景色慢慢梳理着繁杂的心绪。

是的，不论我们是辉煌过还是失败过，时光一如江河的流水不能倒流。如果陷入回忆，我们不过是撑一只竹筏，逆流而上，去岁月的河流里寻找那已经没有任何意义的曾经的快乐与忧伤。那些如烟的往事，都早已经封存成时间的化石，在岁月的风尘里定格，不论我们怀着多少虔诚与不舍，它们都不会再改变丝毫的色彩。

我们唯一要做的，是放下，不要再让那些回忆固执地潜伏在你的内心里。那些辉煌，只不过是你过去的成功；那些过去的失败，也只能说明你过去没有做好，它们对于今天的你已经没有什么意义。我们要放下那颗纠结的心，让心灵清洁干净而轻松，以“人生无根蒂，飘如陌上尘”的境界，去人生的下一个路口。

古人说“山重水复疑无路，柳暗花明又一村”，说得多好呀，古人就是一再提醒我们，总有下一个路口在等待着我们到达。我们的过去，不是因为我们没有追求，往往是因为追求太多而束缚了手脚。不是我们没有期望，也往往是因为欲望太多而迷失了方向。

很多时候，我们是因为出发了太久，而忘记了出发的目标，让自己迷失在了行走的路上。那么，我们就整理心情，修正坐标，找对方向，去下一个路口吧。

下一个路口，就是人生的重新选择、重整旗鼓、重新再来。只要你怀抱着必胜的信念，把烦恼放下，把遗憾放下，只要你记得自己曾经的失败，只要你不愿意输掉自己，你的经验就不会让你重蹈覆辙。

下一个路口，是我们对自己神圣的期待，更是我们对生命庄严的承诺。只要我们准备好了一颗心，放下人生的块垒，拂去眼前的浮尘，我们在那个路口，就一定会收获人生的惊喜。

73

一个因车祸而截去了一条腿的人，终日沉浸在失去一条腿的痛苦之中。他每一刻都在自责自己，为什么在车祸发生的前一刻，自己没有及时躲开，如果躲开了，灾难就不会发生了。

每天拄着拐杖，在居住的小区里徘徊，看到一个个健康的人匆匆的身影，他痛不欲生。

这一天的傍晚，他已经下定了决心不再留恋什么，要用同样的方式，去马路上结束自己这残缺的苟延残喘的生命。

他拄着拐杖正要拐过楼下的小花坛，他看见了邻居家的孩子小海。小海今年6岁，去年因为不小心，在伙伴之间玩射击游戏的时候，被小朋友射瞎了右眼，他的父亲就为他做了一只眼罩，装扮成海盗的形象。

此时，小海正专心地在花坛边的水池里玩着自己的一只船，那是一只海盗船模型，上面有尖尖的桅杆，甚至有一门火炮模型。小海真的像一个勇猛的海盗一样挥舞着手臂，指挥着自己的海盗船在水面航行。

残疾人停下脚步，过去问小海，自己缺了一只眼睛，怎么还这样高兴。

小海似乎没有听懂他的话，大声告诉他:我没有缺少一只眼睛，我成了一个勇敢的海盗。说完，他又全神贯注地投入到自己的指挥当中，指挥着自己的船，追击他想象中的目标。

残疾人突然领悟：小海是一个多么乐观的孩子，是一个多么健康的孩子！面对这个孩子，自己是多么懦弱，意志力还不如这个6岁的儿童顽强。

在孩子的心灵中，自己失去了一只眼睛，但是，却变成了一个勇猛的海盗，海盗不都是这个形象吗？斜戴着一个黑色的眼罩，凶神恶煞。而失去一只眼睛的痛苦，都掩盖在这勇猛的背后了。

他拍了拍这个起劲地玩耍着的孩子，对他说：谢谢你，孩子。

他走出小区，走到城市的广场上，他看到城市上空的蓝天白云，看到匆匆驶过的车辆，心中生出一种坚强，一种自信：我失去了一条腿，我还有另一条腿，还有双手，还有一双眼睛。别人可怜我，我自己不能可怜自己。我要珍惜自己拥有的，重新开始。

74

不论我们在红尘中经历了多少爱恨悲欢，最终都化成了茫茫云烟。

如果有了一颗这样淡泊的心，不管人生的云烟如何飘落，你就不会再有那纠结缠绕你的心魔。你简单，世界就简单，用烦恼纠结的心看世界，你会无路可逃。

那就用一颗悠然的心看世界吧，等待你的，必定会是一片美丽的风景。

即便是寺院里的高僧，每一天都在谈论玄妙，他也离不开凡尘的烟火，他与我们一样要吃饭穿衣。所以，世界无可逃遁，你想让自己逃离到一个不食人间烟火的地方，都是枉费心机。

我们要做的，就是让自己像欣赏天空飘忽的云烟一样看我们眼前的世界，培养一颗宽阔豁达的心，让自己的心胸像山岳一样广大，像天空一样晴朗。

那些折磨你的痛苦是什么？那是因为你的嫉妒和仇恨，是因为你的心胸狭隘，是因为你的自私自卑。而这些恰是人性共同的弱点，这些弱点，每一天折磨的不是别人，是你自己。它们每一天都无情地蹂躏着你的心胸，虐待着你的心智，遮蔽着你的眼睛。

我们计较什么呢？我们与谁较量？所有的华丽背后，也是岁月的苍凉，那就放下那华丽的奢望，放下得失。

我最近常常给朋友们写一幅这样的字：大江东去，明月西来。一个人，有了这样旷达的心胸，哪里还有烦恼？何处不是菩提？

75

我们每一个人，不论是生活在城市里还是生活在乡村里，不论是年轻还是年老，大家都感觉生活的节奏越来越快了，似乎我们身边的世界，正在疯了一样地向前奔跑。

难道世界变了吗？

每一年春夏秋冬四季轮回，每一天 24 小时分秒不差，我们的世界依然如故啊。天空的云彩依然，江河的流水依旧，树木花草一岁一枯荣，世界一直这样安步当车有条不紊地行进啊，世界一直都没有丝毫的匆忙啊。是我们自己把自己搞得紧张了，是我们自己变得匆忙了。

在这样一个我们自己把自己搞得匆忙紧张的时代里，你缺少的，也许是内心的一分安宁，一分淡然，一分豁达。

我们既然来到了这个世界上，我们自然就不能回避生活中的爱恨情仇，就不能回避人生中的酸甜苦辣。如果你感觉到了吃力和无奈，那一定是你天真的性情与世俗相悖，一分淡泊的心境足以让你释然。

人生没有完美的结局，任何人的道路都不是平坦的，成功辉煌的背后都是无数的磨难和坚持，所以，当你遭遇人生的逆境，就一定要认同这是一份难得的历练，是不可避免的过程。

当你走上坡路的时候，一定要低头，这样就会走得稳健；当你走下坡路的时候，一定要昂头，这样才会不致摔跤。无论上坡路还是下坡路，都是我们必须经历的道路，不论处于哪个阶段，我们需要的是一份平静，一份安然。

世界从不匆忙，有了一颗淡定的心，你的生活自然是云淡风轻、自在从容的。

76

生命是一种回声，我们没有任何理由要别人必须对我们好，我们要做的，是看自己为他人做了什么。事实上，如果我们把最好的给予了别人，我们一定也会从别人那里得到最好的回报；我们帮助别人的越多，我们得到的也会越多。你越是吝啬，你越是一无所有。

在积极的人眼里，世界是阳光一片，到处都充满了美好与善良；而在消极的人眼里，世界是一片黑暗，人间到处都是仇恨与悲凉。如果你每天与积极的人在一起，你的人生必定也是朝气蓬勃的；而如果你每天与一个怨声载道的人为伍，你的人生里除了忧愁就是悲观。

人生需要的是积极的豁达，是一往无前的锐气，是朝气蓬勃的努力，而不是怨天尤人的抱怨，不是仇视与指责。

“春有百花秋有月，夏有凉风冬有雪。”世界每时每刻都以它的博大无私地给予着我们，我们唯一要做的，是不要辜负了自然的美好，用一颗感恩的心，祝福这美好的时光。

怎么才能成为一个幸福的人？让心灵充满宽容与爱，以阳光的心态面对每一天，放下仇恨，温暖每一个平淡的日子，微笑着迎接每一天的日出，我们为什么不呢？

每一个人都有许多故事，为什么自己陷入过往的故事中不能自拔？而其他人，却早已经淡然一笑，以全新的自己迎接每一个崭新的日子？

让善良占据我们的心灵，让遗忘占据我们的心灵，让自信和坚持成为我们的品质和内涵，让给予成为我们人生的主流，用一颗宽广的心去拥抱我们的世界。

如果你稍稍留意，你就会发现，生活虽然有很多的无奈，但是，有那么多的朋友在默默地为你祝福，有那么多的人总在默默地关心着你，你所谓的风雨沧桑，都是人生的风景啊。

你走过别人没有走过的路，你经历过别人没有经历过的苦难，你付出过别人没有付出过的辛苦，但是，你恰恰看到了别人没有看到过的风景，你也一定会得到别人得不到的收获。

这就是我们的世界，活出一片宽阔来，眼前，都是醉人的风景。

77

我们每一个人都可以有自由自在的人生。世界上有两样东西，一样是用眼睛看的，比如花草树木、山川河流、日月星光；还有一样是眼睛看不见的，比如思想智慧情绪，需要用心才能看见。

人生的幸福，其实大多来自那些看起来没有什么意义的细节。比如，看见一朵花开，看到一个儿童天真的笑脸，听到一位老人智慧的提醒，空中传来风铃的响声，湖水在微风中泛起涟漪……

袁枚在《随园诗话》里提到杨诚斋的话："从来天分低拙之人，好谈格调，而不解风趣，何也？格调是空架子，有腔口易描，风趣专写性灵，非天才不办。"能把去年的月光温到今年才下酒，这是需要几分性情和天分的。

有人以为，逃离了故乡，甚至逃离了祖国，就可以获得自由。其实，最大的不自由，是我们自身心灵的不自由。如果心灵没有达到自由的境界，不管到了哪里也是不自由的。

可怕的是看不透生活，可悲的是在失败的过往中不能自拔。而一个智者，是在认清生活真相之后，依然热爱生活。

成熟的人不问过去，聪明的人不问现在，豁达的人不问未来。一个智慧的人，活在自己自由自在的心境里。

“雨中山果落，灯下草虫鸣。”人生一场，有几人懂你？又有几人知心？二三懂得你，三五知心人，就已经是一生的福分。

发怒是用别人的错误惩罚自己；烦恼是用自己的过失折磨自己；后悔是用无奈的往事摧残自己；忧虑是用虚拟的风险惊吓自己；孤独是用自制的牢房禁锢自己；自卑是用别人的长处诋毁自己。

做事讲究的是“事来心应”“事去心止”。“事来”，不论是好事还是坏事，都应从容应对。“事去”，则是只要事情做过了，不论好坏就已经定论，再懊悔再悲伤已经无益，就应该做到“心止”，这是做事的大境界了。

当我们有了这样的心境，我们的人生就是自由自在的了。

78

生活的真谛并不神秘，幸福的源泉大家也都知道，只是我们常常忘记。

当你身处逆境，开始埋怨命运不公的时候，就如同乌云指责天空的黑暗，却不知道正是自己遮蔽了阳光。其实，这个时候，你最应该做的不是抱怨，而是告诉自己：即使所有的人都否定我，我还有自己的相信支持，没有必要在意别人的眼光，一个人依然可以活得精彩。

如果你选择了抱怨，你就会在怨恨中度过；如果你选择了仇恨，你的人生必定充满了黑暗。这两种选择，都是通往万丈深渊的不归之路，也都必定让你陷于万劫不复的地狱。可是，如果你选择的是谅解，是宽容，是博爱，你的世界就必定是阳光灿烂，必定是生机勃勃。

谁也给不了你想要的生活。那些仇视社会的人，那些敌视他人的人，那些每天都在怨天尤人的人，大多是要别人、要社会给他想要的生活而不得，最终走向了生活的另一面。

拿破仑说：一个活着的兵卒，比一个死了的皇帝更有价值。明白了这一句话，我们就会发现自己有多么重要，你的每一天都很有意义，你就会为自己的人生追求心潮澎湃。

79

回故乡闲居，见到了很多幼时的伙伴，中小学的同学，还有早年在县里工作时的同事。从我离开故乡到现在，不过25年的光景，可是，这些人，这些似乎是昨天，或者前天，还朝夕相处的故旧，都老了。当年朝气蓬勃的青年人变成了步履沉稳的中年人，当年安步当车的中年人变成了满头银发的老人。而还有很多当年熟悉的人，早已经过世了。我感慨万端，不论一个人的事业如何辉煌，你也抵挡不住时光的车轮；不论你怎么拖延，你也挽留不住岁月的脚步；不论我们怎么不情愿，老年，都会如期而至。

我总在想，在看起来极速飞驰的时光里，我们可以减慢自己生活的节奏，隐居于自己的内心，引领自己进入更深刻的专注，在生活的慢板里享受时光的旋律。

我常常想起这样几个人：释迦牟尼何以能够放下王子的身份，撇下熟睡中的妻儿，出家成佛？弘一大师之前的那个李叔同，何以能够对山门之外悲凄哭泣孤苦无依的妻儿无动于衷？贝多芬何以能够在双耳失聪之后，在他周围的世界进入完全的寂静之后，创作出了声音世界里最伟大的乐章？弥尔顿为什么能够在双目失明之后，在他周围的世界进入完全的黑暗之后，反而创作出了伟大的诗篇？

佛经说："一念嗔心起，百万障门开。"如果你把怨恨引入到了自己的心灵，百万扇黑暗的大门就已经为你打开，所有的光亮都再也与你无关，你就把自己沉没在了无边的黑暗之中。

我们最应该学会的，是于平常的日子里，安顿自己的身心。每一个人都可以成为圣人，为什么有的人却成了恶魔？圣人与恶魔的差别只在一念之间。圣人不论身在何处，都找到了心灵的路径；而恶魔，却是把那颗嗔心装在了心里。

常常有人问我，你每天都在写作，你哪里有那么多的灵感？我说，我从来不记录那些所谓的灵感，正如我不记录那些嗔怨。我的眼睛看到的事物，在我的心灵中进进出出，最后都与人间的美景融为一体，成为我绵延纵横的文字。

在湖岸山坡的凉亭里，我呼吸着雨后清爽的空气。我在想，你有一颗气清如兰的心，薄薄的晨雾，也可以变成蝉翼一般透明的醍醐，让你陶醉。

80

芭蕉叶上无愁雨，自是多情听断肠。心中的爱恨情仇与喜悲，只是我们对世界的不同取舍。

云自无心水自流。浮云之上，还有浮云；蓝天之上，还有蓝天；江河之外，还有江河。云，自有云的闲适与安逸，它飘向哪里，我们不知道，也与我们无关。水自有水的柔美，它流去的方向，我们不知道，也与我们无关。

千江有水千江月，万里无云万里天。江河无心，月光自在，云朵从容，如果我们有了一颗广大高远的心，世界哪里无芳草，人间哪里有狭隘？

风本无心，却让烛火婆娑摇曳；烛火无心，却让黑暗的夜晚有了美丽梦幻的影子。

很多时候，我们不仅要向失败和挫折告别，也要向昨天告别，向世界道别，向成功说再见。那个辉煌的日子已经远去了，或者那个失败的日子已经远去了，就要丢开那梦呓的守候，不要再期盼窗外的黄昏。

只有努力走出生命中黑暗的隧道，才有机会看到尽头处明媚的阳光。旅途的终点就是新的起点，将自己隐藏在世界的这一岸，谛听大地宁静的天籁，最坏的时刻就是最好的转机。

生老病死是人生的常态，没有人青春永驻，也没有人长生不老。你方唱罢我登场，各领风骚数百年，没有人逃过岁月的利刃，也没有人能躲过时间的蚕食。

青山遮不住，毕竟东流去。春梦秋云，冷暖自知，岁月枯荣。有了这样的一颗心，世界自在浅笑之间，人生自在你的掌心。

81

人这一辈子，要活得热气腾腾，活得生机勃勃，活得诗意盎然，活得潇潇洒洒。这其实并不难，只要你不趋炎附势，只要你不委屈自己，只要你遵从自己的心灵。

想起顾城的诗："黑夜给了我黑色的眼睛，我却用它寻找光明。"在宁静安详的黑夜里，谁睁着明亮的眼睛仰望星空？

有的人总是喜欢做另类，其实，一个人永远不能与趋势为敌，必须努力让自己顺应趋势，适应潮流，你才会心情愉快地一路顺风。总是叛逆，总是站在另一面，就不要抱怨自己为什么与社会格格不入了。

想改变世界是很难的，即使想改变我们身边的环境也不容易，但是，改变我们自己的心境，改变我们自己的人生态度却不难，即便我们是一片渺小的雪花。

一片雪花，它的生命那么短暂而渺小，但是它却向人间展示了自己最柔美洁白的品质，把自己的生命诠释得那样绚烂唯美，用最壮丽的形式，完成了自己作为一个生命的使命。

即使是路边一株无名的野花，它也没有因为富贵的牡丹而自卑，也没有因为荷花的高洁而惭愧，也不羡慕花园里养尊处优的花团锦簇，而是默默地尽着自己作为一朵花的责任：努力地绽放，为大地增添一抹绚丽的色彩！

人生最美的风景就在眼前，就在当下，就在你能够把握的这一刻。你身边的那个人，正与你风雨同舟。我们要做的，是紧紧抓住当下的这一刻，让美丽的风景变成生命的永恒。

82

不论处于什么样的境遇，我们都不能辜负了自己。我们的生命来于父母，我们没有任何权利荒废，更没有任何资格放弃。我们唯一拥有的权利，就是让生命更加优秀，让人生大放异彩。

如果一个人没有了信仰和敬畏，不仅会迷失人生的方向，也会丧失廉耻。

林则徐说：“壁立千仞，无欲则刚”。如果我们摒弃了内心的贪婪、嫉妒、自私、狭隘，摒弃了那些虚无缥缈的不切实际，你就是一个内心强大、从心所欲的人了。

秋风漫漫，落叶萧萧，怎能不让人万端伤怀。山间小径上稀疏的黄叶，那是岁月的痕迹，那是怀旧的味道。熙熙攘攘的街头，一拨一拨的人群走过，我们也被慢慢推过本曾属于自己的年华。

山坡的菜地里，各种蔬菜都成熟了，满目青翠。站在山坡上眺望湖面，天高云阔。湖边钓鱼的人悠闲自在，湖面上野鸭子自由地嬉戏。这人世间的平凡里，预示着多少人生的至味？人生短暂，世事沧桑，那些心头的艰难都不值得我们挂碍。没有人知道何时刮风，也没有人知道何时下雨，我们唯一可以做主的，是我们自己的心情。

生活的快乐与烦恼，在于我们体味生活的深度。如果你认为自己一定是杰出的，那你承受生活更多的磨砺就毫不奇怪，稀有金属都必然是经过千锤百炼的。

人生的旅程风风雨雨，但最根本的就是坚强与懦弱的抉择。如果你选择了坚强，你就不要惧怕风雨。如果你选择了懦弱，你也就不要羡慕成功者的光芒。

人生最重要的，不是你今天已经拥有了什么优势和成就，而是决定于你的未来是否具有了一种向上的趋势。只有你处于一种向上的良性趋势中，你的未来才不可限量；如果你认为自己人生的高度已经定论，那你再活多久也已经没有意义。

人生是一条一往无前不可逆转的河流，不论我们经历过什么顺境和逆境，它依旧匆匆向前。所以，不要去管什么炎凉冷暖，风云莫测，我们都要永远点燃着不灭的希望之火，去未来，去远方，去看人间最美的风景。

83

一个有梦想的人，永远不会错过任何一个成功的机会。即使失败了一百次，依然有一百〇一次的努力。在这样的奋斗者面前，生命闪耀着熠熠的光辉。

李广从汉文帝开始，一直到景帝武帝，整整陪了三朝皇帝，与匈奴打了大大小小 70 场战争，但最终也没能封侯。初唐诗人王勃在《滕王阁序》谈及人生“时运不齐，命途多舛”时，开首一句便是：“冯唐易老，李广难封”。但是，2000 年之后的今天，李广封侯不封侯，已经没有意义，李广人生的光辉不亚于任何一个封侯的人。

人类都有难以根除的通病：自私、狭隘、贪婪、嫉妒、小气、自卑、绝望、撒谎、猜疑、忌恨等。一个伟大的人，就是在自己的身上逐步铲除了这些痼疾，成了一个宽阔 、豁达、无私的人。

延安时期，毛泽东接受美国记者斯诺采访时，回忆自己年轻时的激情与豪迈，说自己最喜欢一句古诗“自信人生二百年，会当击水三千里”，这后半句典出庄子，意在告诫自己将来必能大展鲲鹏之志。斯诺把这段采访写进了自己的著作《西行漫记》中。可以想象，毛泽东一生波澜壮阔，青年时代就已经树立下雄心壮志。

每一个人的心中都有一株妙法莲花，不同的是，有的人尽情绽放，向世间播撒美丽与清香；而有的人却关紧心扉，让花朵枯萎在了自己的心里。

人生苍茫，最美的风景，在努力的路上。

84

冬天来了，湖水寂静，千山草黄，满地落叶。流逝的岁月，在逐渐沧桑着我们的容颜。人生的激情跌宕之后，渐渐归于简单与安静。岁月枯荣，所有经历过的苦乐悲欢都消失在了时光里，唯有这眼前的烟火人间，让我们从容，让我们安然。

“晴空一鹤排云上，便引诗情到碧霄。”立冬的清晨，吟唱这样的诗句，可以为自己壮行！

人间渺小，舍我其谁？人世苍茫，不问沉浮。世界广大，自在我心。问春问秋问苍穹，多少人迷茫不知归路？

建立自信有多个版本：俗话说，是金子总会发光的；圣贤说，天将降大任于斯人也，必先苦其心志；百姓说，一块地，不适合种小麦，也许适合种大麦，都不适合，也许可以种荞麦，总有一种庄稼会适合的。

喜欢一句话："颓废是要有物质文化底子的"。颓废与堕落，都要有资格，有很多人连颓废的资格都没有。

在2000年前，古希腊人就把"认识你自己"作为铭文刻在阿波罗神庙的门楣上，可是，直到今天，很多人依然对自己一无所知。是什么原因让你命运多舛一事无成？你以为是生活伤害了你？其实，是你自己抛弃了生活的结果。

人不能总是给自己已经老了的心理暗示，应该让自己始终保持年轻的心态，保持那种激情昂扬一往无前的年轻气质。年轻就是财富与力量，年轻就拥有美好的未来，年轻就依然拥有梦想。

生活只有在内心空虚的人眼里才平淡无味。繁华终会归于平静，但那是大浪淘沙之后的安详。不会所有的事情都如愿以偿，穿过人世的荣辱成败与恩怨情仇，让自己在生命的旅途中默默前行。

没有学会沉思的人，必将一事无成。苍茫的星空下，你的人生如此宽阔。如果我们对生活依旧抱有不灭的信念和渴望，在生活的最远处，就有似锦繁花等待着你去欣赏。

深邃的星空里，隐藏着生活的真谛。不论人间有多少黑暗，我们都可以让自己的心灵高贵。不论身边的人有多少丑陋，我们都可以让自己选择善良。也许我们改变不了世界，但是我们却能让自己走出狭隘，生活在明媚的阳光里。

不论多么伟大的人，也难免迷失在欲望的丛林，能否从丛林的泥泞中走出，就成为伟大与渺小的分野。

人生是一场接着一场的欢聚与离散，是一段接着一段的繁华与冷落，是一个接着一个的平坦与坎坷。也许你总是与幸运相伴，也许你总是与不幸为邻，你一定要坚信，生活在一刻不停地踏步向前，行色匆匆，一切都会遗忘在时光里。

认识你自己，对岸就在眼前。

85

生活，就是母亲生下来我们，让我们好好地活下去。所以，我们有责任让自己的生命精彩。有人总是一副苦大仇深的样子，似乎整个世界都欠他的。这样的人不仅会让自己陷于无边的仇恨与烦恼中，也会传染给与他交往的人，因此朋友见到他都会选择逃离。你哭泣，生活就会哭泣。相反的是，你微笑，你的世界就在微笑中。谁不愿意看如花的笑脸？谁不愿意活在明媚的阳光下？你的乐观，你的笑容，必定让你拥有更多的朋友，更多的机会，更多的精彩。

世界上最公平的莫过于时间与生命，它们不会因为你富可敌国就加倍地眷顾你，也不会因为你一贫如洗就吝啬无情地抛弃你。因此，当我们来到人世间，面对时间和生命，我们只有感谢上天的恩赐倍加珍惜它们，而不要有任何的懈怠与荒废。

一个杰出的人，最大的优点是他的自知意识和自省精神，他不会自信地认为自己的成功源于自己的聪明和智谋。可是，那些一事无成的人，最大的缺点恰恰相反，总认为自己比别人高明，遇到机会刚愎自用，所以总是以悲剧收场。

86

去寺院，最想听的是那苍凉浑厚的钟声。一声声悠远的钟声，有着不可思议的力量，似乎是来自遥远的天外，像一道道光芒，能够穿透黑暗，回荡着自由、光明与希望，让众生的心灵获得解脱与清凉。

向前跨出一步并没有什么困难，难的是你是否有突破自我的胆量。人生就是在不断的突破中逐渐成熟。

人生要不卑不亢，太在意别人的眼光和评价，你不仅会失去自我，且终将一事无成。坚持自己所坚持的，相信自己所相信的，你终将成为独特的风景。

其实人生本没有什么光明大道，我们的道路只是因为不断努力才变得光明。

没有一幅画是不被别人争议的，没有一个人是不被别人议论的，如果你害怕议论，你只有什么都不做。

常常碰见吹着口哨走路的人，这样的人一定是放下了生活所有的包袱。也常常碰见一脸悲苦愁容满面的人，这样的人一定是把生活的包袱始终背在身上。

人生不是来较量的，人生也没有高下，人生更不是征服，人生是我们意气风发地走在看风景的路上。茫茫人海，相遇就是一种缘分，相识是一种福分，而相知则是上苍的眷顾。

当走过了半生以后，我们会发现，我们生命中所有遇到的挫折，失败，弯路，陷害，都是帮助我们成长的。我们拒绝不了黑夜，躲避不了陷害，但是却可以拒绝眼泪。

当你向世界敞开自己的心窗，那一切的记忆，一切的悲苦，一切的伤痛，都在潇潇风雨中走远。一杯茶，品得出人生滋味，也品得出世态炎凉。再光明的前程，也要转身看看；再泥泞的路途，也有到头的时候。

如果有了不惧生死的超然情怀，有了淡泊名利的飘然心境，心灵自然就没有了浮躁与困惑，就到达了安静祥和的境界了。

人不能仅仅为一己之私而活着，我们必须对国家对社会有责任感与担当。美国总统卡特曾经说：“当你要完成的任务与上千万人的性命相连时，你就没有失败的机会。成功源于责任，一个人肩负的责任有多大，战胜困难的决心就会有多大。”

世界不会永远春暖花开，正因为有夏天的炎热，有冬天的风雪，有秋天的苍凉，世界才多姿多采。人生也永远不会有一世的繁华，有磨难，有崎岖，有平坦，有高峰，有低谷，才会更加精彩。

87

细数眼前的岁月，还剩下多少可供我们犹豫不决，供我们选择彷徨，供我们忧虑思索？

千帆过尽，时光荏苒，岁月匆匆掠过，生活其实并不忙碌，只不过是我们的心情忙碌。明白了这些之后，我们就可以把人生的一树繁华，过成简单美丽的童话。

任何一个人都是人间不可缺少的一分子，为什么不以一颗火热的心拥抱这缤纷的生活？你的逃离与冷漠，只会让你与世界更加遥远与隔阂。

寒来暑往，人生其实是一次不可逆转的远行。不必背上过重的负担，也不要错过沿途美好的风景，每一天都为自己壮行。看人世里一场场繁华，看岁月里一次次花开花落，草枯树荣，让生命活得云淡风轻。

有人以为追求到了财富，就拥有了幸福。其实，这样的人大多以悲剧收场。幸福是一种生活的力量，是一颗广大的心胸，是一种善良的情怀，与地位、权势、财富无关。幸福并不遥远，幸福就隐藏在身边的微尘里，就等候在我们伸手可及的地方。

赞美别人是一种人生的力量，忍受他人的讥讽与伤害也是人生的力量，一往无前的精神意志和见贤思齐的修身态度，更是积极奋进的人生的力量。

当我们经过了无数岁月的沟沟坎坎，坐在路旁的石凳上沉思，在那些过往的烟尘里，有多少聪明，有多少算计，有多少恩怨，有多少得失，都早已随风飘散，消失在那一个个沟壑里，只有一颗善良的心，像大海的灯塔照亮着生命的前程。

不可能都像陶潜那样“临清流而赋诗”，如能相伴一溪流水，相约满目青山，坐看云起，也是一种大境界。

人生不会有持久的轰轰烈烈，不论经历了怎样的跌宕起伏，最终，生命将归于平淡。所以，就让我们放下那些所谓的得失，所谓的繁华，把岁月握在手心，做一片了无挂碍的云。

88

流云过千山，人生就是脚下实实在在的路，重要的是给自己一个昂扬前行的理由。

在这个世界上，养活自己并不是什么难事，但若让自己生活得简朴，生活得明智而诗意，却并不容易。

人生的悲剧并不是事业未竟或以平庸结束，而是人生信念的丧失。所以，坚持就不仅是一种勇气，而是一种信仰。其实，当你走近成功者的身边，你会发现，他们每个人的身上，除了一往无前的坚持，无不散发着信念的熠熠光辉。

我们总是拿自己与别人比较，与杰出的人比让自己惭愧，与失败的人比容易让自己骄傲。如果我们以欣赏的眼光看待他人呢？

你会发现，每个人都有值得骄傲的优点，每个人都有不同的长处，大家因为方向不同才走在不同的路上。

世界上最珍贵的东西都是免费的，希望、信念、友谊、坚持，还有蓝天、空气、阳光，只要你想得到，就能得到。只是很多人对这免费的珍贵视而不见，却去苦苦追求昂贵却并不需要的奢侈。

冬天来了，寒风也如约而至，树叶飘零，花也败尽，接着就是一场一场的雪了。大地就没有希望了吗？不，漫天的雪花，把大地装扮得是何等妖娆。凛冽的寒风里那挺拔的松柏，寒冬腊月里那怒放的梅花，没有严寒我们哪里能欣赏到这样奇美的风景？

89

“为什么我的眼里常含泪水／因为我对这片土地爱得深沉。”每一次读到艾青这句诗，我都禁不住在想，诗人的情感世界里有着怎样的感动，而这些感动又是怎样一一化作澎湃的激情，我们才有了伟大的诗篇？

有一天，俄罗斯著名的油画家列维坦独自一人去森林写生。当他沿着森林走到一座山崖的边上，忽然看到山崖上被初升的太阳照耀出他从来没有见过的绚烂美丽的景色时，他被感动得泪如雨下。德国的著名诗人歌德，每一次听贝多芬的交响乐，都被感动得涕泗横流。而俄罗斯文学家托尔斯泰，每一次听柴可夫斯基《如歌的行板》，无不是热泪盈眶。

还有普希金，惠特曼，徐志摩，还有许许多多的科学家艺术家，他们或被祖国的成就和苦难，或被自然界的神奇风景，或被热烈的爱情，或被自己偶然的发现，感动得忘乎所以，感动得激情燃烧，因而产生了伟大的科学发现和不朽的文学作品。

一个人必须有这样一种素质，一种能够被生活和许多常人习以为常的事情感动的素质。

有一种人一生都在努力保持自己童真般的感动，努力使自己的感动不因阅历的增加而减弱。因为事情是明摆着的，没有了感动，无疑就是没有了敏感，没有了灵性，没有了观察的敏锐和深邃，也就没有了奇异的发现和思考的独特。

如果你听到了风笛的声音而没有感动，说明你对于音乐是多么迟钝。而一个人的生活中如果没有音乐，就如同没有甘泉的沙漠一样荒凉。常常被这个世界感动着，也常常因自己的一些想法感动着，就一定会感动他人，也一定会感动这个世界。

90

现今，简朴的生活距离我们越来越远了，奢侈正在成为社会的潮流和时尚。因此，我们看到的都是为了奢侈而正在失去自由、正在失去快乐、正在失去幸福的人们。一切的奢侈，都不过是他给自己提供了更多的不便。因为很显然，一个人的生活每增加一分奢侈，就是给自己套上了一个枷锁，自己也就失去了一分自由。

遇到那些成功的人，我就在想，这些人都是我的阶梯，我将拾级而上，我必须越过他们，而不仅是做他们的听众，或者做他们的邻居。我必将在他们所在的世界里安居。

失之交臂是人生的常态，与一个敬仰的人失之交臂，错过一件美丽的事情，眼看着一个大好的机遇匆匆流失。当我们有了一定的人生阅历之后，我们就会明白，这是人生的常态，有得到的欢欣和喜悦，也有失败的颓废和忧伤。人生有差之毫厘的遗憾，也有绝处逢生的惊喜。

经历过了，我们就会明白什么叫失望，什么叫绝望，什么叫无可挽回的超出绝望的无望。这个时候，我们应该做的，是重建自己的信念，编织新的想象，在新的想象之上，构建新的希望。一个人什么都可以放弃，就是不能够放弃梦想。夜晚的气味、土地的气味、风的气味、阳光的气味，更有花朵的芬芳，你捕捉到了吗？它们让你感动，它们让你热泪盈眶，它们让你的心灵充满希望。

任何人都会有一些痛苦的经历和失败的颓丧。不同的是，有些人常常反省自己之所以产生这些经历的原因，并在不断的反省中收获了经验，使自己在后来的人生中成功地避开了失败。有些人就不同了，总是在相同的地方摔跤，总是跌倒在同一个地方。这其实就是一个智者和一个愚者最本质的区别了。

生命的最大悲剧是不可重复，因此，我们就不要对已经过去的事情耿耿于怀了。无论成功还是失败，过去了就永不再来。当我们在自己的窗口迎接清晨的第一缕阳光时，我们应该相信，这个世界上所有的人都与自己一样，我们看到的阳光不比他人多一分一毫。

去剧院里的音乐会不过是去凑个热闹，在那里，你欣赏不到真正的音乐，真正的音乐只适合独自聆听。

当我们让自己安静下来，当我们享受着一份宁静的时候，我们就走进了自己思想的灵田。

91

每天早上，当我们睁开双眼，新的一天又开始了，我们又可以拥抱蓝天白云，又可以聆听百鸟争鸣，又可以沐浴明媚阳光，又可以欣赏壮丽山河了。

怀抱“大济苍生”之志而入世的陶渊明，在屡遭碰壁之后，归隐田园。他一定没有想到，一篇记述自己闲适情怀的《归去来兮辞》，一句“采菊东篱下，悠然见南山”，不仅让他成为中国山水田园诗的鼻祖，也成为千年以来中国文化人的梦想与皈依。

人们常说，一程风雨一叶秋，河流卷走了我们的时光，岁月苍老了我们的容颜。其实，时光一直都在，只是我们的心在起伏。回首走过的年华，留下淡然的一笑，一切的得失与烦恼，尽在尘埃。

我们一路走来，只有放下往事，才能以一颗欣喜的心进入下一个风景。如果总是以忧伤仇恨填满自己的心房，你就亵渎了生命的美景，就浪费了美丽的时光。

人生是一次不可逆的旅行，任何一点的懈怠，都会给生命留下缺憾。所以，我们要把自己的人生当作一场修行，无论春风得意还是坎坷多难，都以一颗广大的心，与岁月一起变老。

海子有一句诗："天空一无所有，为何给我安慰？"说得太悲观了。登高望远，澄澈的苍穹下，山川锦绣，大地辽阔。我们如果能用一颗纯净的心看世界，尽是人间美景，处处都是希望。

林则徐说："壁立千仞，无欲则刚"。如果我们能抛弃心中的贪欲、自私、狭隘和傲慢，不染尘埃，心怀广大，自在人世间闲庭信步！

92

成熟是一种不动声色的持重，是一种低沉浑厚的音响，是一种冷静理性的从容，是一种不事声张的淡定，是一种无须向周围证明的大气。

生活中总会遇到伤害和仇恨，当面临这样的境遇，就要有一颗广大宽容的心，不要去探究是谁伤害了你，也不要去理清仇恨的根源，而是在平静无言中回望走过的岁月，看看自己哪一步走错了，然后调整方向，重新上路出发。

一个人若没有经历过生活的磨难与沧桑，就不会走向成熟，就不会有悲悯心和同情心，也不会珍惜生活的恩赐，对人世的喧嚣与繁华，自然也不会有幡然的清醒与领悟。

当我们面对嘲讽、嫉妒、诋毁甚至陷害，能够从容、坚强、冷静，是一种成熟；而面对诚恳的道歉与忏悔，能够产生发自内心的豁达、谅解甚至感动，则是另一种更深刻的成熟。

人生因为拥有梦想而精彩。如果选择了人生的远方，你就一定也要选择坚强，选择勇敢，选择一往无前的执着。

我们没有权利抱怨和挑剔生活，我们只有让眼前的生活更加美好的权利。不论你认为你是幸福的，还是苦难的，其实都不过是人生路上不同的一段境遇，就如大自然有黑夜也有白天。我们的生命，就像山中的树木，不论经历了多少风霜雪雨，只要根还在，就会一直向蓝天竞发。

理想与抱负总是在遥远而模糊的远方，但有一点是确定无疑的：只要每天都在努力，命运就注定不会辜负你，就一定距离理想的实现越来越近。

上苍只眷顾那些坚强勇敢又对未来一往无前的人；幸福与快乐，只属于那些乐观向上又满怀希望的人。

93

我发现一些朋友喜欢上了虚无的玄机，喜欢探讨一些类似《周易》的秘密，试图给自己找到一些答案，解开一些自己人生中解决不了的迷惘。思索生命的意义没有错，但是，不要去追问生命的背后是否有什么可以开启成功之门的巨大玄机。人生其实非常简单，只要你放下投机取巧的心理，只要你怀抱一颗善良的心灵，只要你每天的生活都实实在在没有虚度，你就会拥有整个春秋冬夏，自然也就收获了全部的人生，这也就是人生所谓的玄机了。

人问寒山路，寒山路不通。在尘世的江湖里，我们能否放下人生的烦恼，解脱人生的枷锁，追逐人生的自在，以一颗平静的心等待机会的光临?

人生有时是晓风残月，明丽而诗意；人生有时是一树繁花，富贵而妖娆；人生有时也是一川烟雨，朦朦胧胧；人生有时又是风雨如晦，前途迷茫。但因为有着不同的境遇，才使我们的生命跌宕起伏，饱满而鲜活。

如果我们能不断说服自己，我们就成了一个理智的人；如果我们能不断征服自己，就不仅是心智的不断超越，并且我们会不断抬高自己生活的台阶，最终走上杰出者的殿堂。当面临厄运、身陷逆境，能够忍住泪水，并不是真正的坚强；真正的坚强，是擦干泪水，昂首前行，继续向梦想出发。

人生虽然仅仅是一场偶然的路过，但是，我们可以让这场路过变成善良的相遇、美丽的邂逅、奇异的风景，给世界留下自己深刻的痕迹。

世界永远是公平的，就如阳光普照大地，你每天得到的阳光，与任何人相比都不差分毫，你与每一个人一样每天在同一个时刻迎接黎明。世界不会给任何人提供特权和捷径，如果你暂时得到了一些所谓的特权，你走了所谓的捷径，那用不了多久，生活就会加倍地讨回，而你付出的，必定是更加惨痛的代价。

当你悔恨自己一事无成的时候，你应该看看自己的生命中是否缺少一个重要的词汇——勇敢。因为，只有生命中充盈着勇敢的人，才会充满活力，才会总是能抓住机会，才会总是从逆境中奋起。

对于一个强者来说，他的人生词典里没有失败，没有挫折，没有什么过不去的难关，有的只是一个接着一个的挑战，一次接着一次的经历，一段接着一段的不同境遇。

94

妒忌是弱者的代名词。

妒忌之心，是人类共同的弱点，因此，克服了妒忌之心的人，就已经完成了自我心灵的超越与救赎，走向了宽广的世界。

心怀妒忌的人，总是会被自己仇恨的怒火所伤，因为折磨他的，不仅是他人的成功，还有自己的失败和挫折。一个心怀妒忌的人，不仅丧失了欣赏他人成功的心胸和能力，也丧失了对自我尊贵的认可与肯定。

念由心生。如果我们的胸怀仅仅如茶杯一样狭隘，一两盐放进去也咸得不能饮用；如果我们的心胸如大海一样辽阔，纵然是成堆的盐放进去，水也不会咸。

当我们克服了妒忌之心的时候，所有他人的成功，都成为我们眼前的风景，而我们自己，也必将因此而产生一种无畏的力量。

一个人行走在漆黑的夜晚，谁都会有孤独恐惧的胆怯。你也许没有意识到，那一刻并不是你一个人在独自行走，天空的星月，旷野的山峦树木，大地上的淙淙小溪，都在无声地陪伴着你。

当在生活中遭遇了逆境，感觉孤独无助的时候，故乡老屋里父母的形象浮现在你的眼前。父母目光里那殷殷的期待，必定化为你战胜逆境的力量。那一刻，你再也不会感觉孤独，而且会惊喜地发现，不论走到哪里，父母温暖的目光时刻都陪伴着你，时刻都传递着无畏的勇气。

我们从来都不孤独。在风雨中借给我们雨伞的那个人，当取得了成就之时来向我们祝贺的人，在我们艰难爬坡的时刻助我们一臂之力的人，在困顿迷茫的时刻开导我们的人，都是我们人生里温暖的陪伴啊。

即使是我们的对手，那些对我们不怀好意的人，甚至我们的敌人，他们也是我们人生一路而来的陪伴。他们甚至给了我们更大的力量。因为，他们让我们不敢有分毫的懈怠，他们让我们时刻保持着前进的动力。

不论什么时候，都不能忘记陪伴我们的人。因为，今天所有的美好生活，都不是独自努力而来，那些无声的陪伴，从来都没有离开我们。

95

取舍是一种智慧，而放弃则是人生的勇气。

放弃了一段生活中不该发生的感情纠葛，你会神清气爽；放弃了一个个力不能及的欲望，你会如释重负；放弃了生命中那些不切实际的幻想，你会变得扎实；放弃了那些自寻烦恼的忧虑，你会变得心怀坦荡；放弃了人生中的自私和虚伪，你会让自己变得高尚。还有很多东西我们都可以选择放弃：那些伤害过我们的仇恨，那些让我们耿耿于怀的过失，那些本来应该属于自己却没有兑现的利益。还有那些曾经的期许，曾经的留恋，曾经的遗憾，甚至曾经的记忆。

生活中有很多经历，过去的就过去了，不要再让它们残留在自己的记忆里。不需要告别，也不需要铭记，我们只需要昂起头颅。

突然间想起词人李清照的“才下眉头，却上心头”。词人要忠告世人的，是不要纠结于那些人生中的恩恩怨怨，如果你纠结其中，便永远没有了却的时候，这个去了，那个又来了，永无休止。这是人生的劝告，更是人生的智慧。

放弃了之后，我们面对的就是豁然开朗的淡泊和坦然。所有的恩怨，都化为了天边的那一抹淡淡的云烟。而我们手中紧握的，是我们所有的美好，是我们珍贵的友谊，还有无私的善良。

这个时候，即便是那些曾经的伤害，曾经的仇恨，曾经的过失，所有的往事，我们都可以像遇见一段奇美的风景一样去玩味，去欣赏。

爱因斯坦说：我多么希望世界上有一个小岛，上面居住的，全是智慧又善良的人们。这个梦想，也许永远不会实现，但是，我们努力向往着。

96

当陶渊明“大济苍生”的壮志化为泡影，他毅然决然回到田园。“久在樊笼里，复得返自然”。一句诗里那种对仕途功名的放下，对田园生活的亲近，不仅淋漓尽致地展现了他怡然自得的心境，也使他成为中国田园诗的开山鼻祖。

王阳明一生坎坷多难，最后在发配之地潜心思考，参悟天地玄机，最终“龙场悟道”：天地虽大，但有一念向善，心存良知，虽凡夫俗子，皆可为圣贤。

世界对每一个人都是公正的，每一个光芒万丈的身影背后，都必定有长期奋斗的经历。奋斗就是每一天都很难，可一年比一年容易。不奋斗就是每一天都很容易，可一年比一年难。假如你的人生没有过艰苦的奋斗，你的生活越来越难，就毫不奇怪了。

所谓英雄本色，是指一个人在遭受了巨大的人生重创之后，如何抛弃失意与落魄，远离颓废与堕落，重新昂起头颅，建立尊严，踏步向前。

“青山遮不住，毕竟东流去”。大江东流，浩浩荡荡，势不可挡，人生必须具有这种胸怀，这种气度，无所羁绊，一往无前！

世界时刻在变化中，人生无常，因此我们要紧紧把握住当下的一刻。如果时光匆匆掠过，到了明天，今天再好的机会，你纵然有再大的决心，成功也已经与你无关。

并不是每一个黎明都有绚丽的日出，也不是每一个夜晚都星光灿烂，你身边也不是每一个人都会给你送上诚恳的祝福，你一生的很多事情，也不会都如最初所愿，这就是我们的世界。明白了这些之后，我们就可以用一颗淡定平静的心，看我们的世界和人生。

97

“止谤莫如自修”，当你的自我修养到了一定境界之后，任何毁谤、中伤、忌恨或者赞美，你都能以一颗平静淡泊的心待之了。

“流光容易把人抛，红了樱桃，绿了芭蕉。”季节就这样一刻不停，时光就这样一去不返，我们怎么能不紧紧把握当下？

人生最重要的是了解自己，然后设计一条适合自己的路。有人写了一辈子诗也没有成为诗人；有人写了一辈子文章也没有成为作家，有人做了一辈子生意最后依然两手空空；有人在仕途上追求了一辈子，最后还是一个籍籍无名的大头兵。这些人并不是不努力，他们致命的错误，就是选择了一条自己并不擅长的路，而且不能迷途知返。

人生必须有高贵的事情让你投身，必须有歌有诗有彩虹，还必须在内心深处珍藏着坚定的信念。

在我们人生的路上，那些先知先觉的导师，那些成功的精英，给我们指明了人生的方向。但是，人生的很多机会，也是那些目光短浅的人，懈怠的人，自暴自弃的人，甘于平庸的人给予的，所以，当你的身边有很多这样的人之时，你不应该生气，而是应该感谢他们告诉了你哪条是死路，抓紧避开他们的位置，独辟蹊径。

如果一脚踩在了污泥上，一天都不会有好心情；如果一脚踩在了玫瑰花上，一天余香不绝。同样，如果一天中遇见一位高人贤士，听一段智言慧语，你会如沐春风；如遇见一个俗不可耐的人，则如吞了一只虫子！所以，在我们每一天普通寻常的日子里，我们要把握好每一步。

“宰相肚里能撑船，将军额头跑得马。”我们必须准备好足够宽阔的胸襟，感谢那些绊到你的人，在宽容的心灵里，绽放出芬芳的花朵。

春梦秋云，夏荷冬雪，花开花落。一叶菩提，冷暖自知。一切悲苦，一切欢笑，尽在浅笑中飘然入尘。

98

每一件事情都有不同的视角。

“缺月挂疏桐，漏断人初静。谁见幽人独往来，缥缈孤鸿影。惊起却回头，有恨无人省。拣尽寒枝不肯栖，寂寞沙洲冷。”

苏轼的这首《卜算子》，是他被贬黄州后的作品。一个落魄的诗人，借月夜孤鸿这一形象托物寓怀，表达了自己孤高自许、孤独无助的心境，内心深处的幽独与寂寞显露无遗。

但是，如果撇开苏轼，单纯读这首词，我们完全可以有另外的解读。一个诗人行走在万籁俱寂的星空下，看着稀疏的桐树叶上方，一弯新月悬挂在寂静的星河，宛如一幅禅意隽雅的画，充满着诗情画意，这是何等诗意的夜晚啊。

选择一个不同的角度，人生与生活的际遇就全然不同，甚至是截然相反。

检验你的心智、胸襟和修养，就看你在面对他人，尤其是熟悉的人，取得了杰出的成功，或者遭遇了灭顶之灾时的心态。看到人家的成功，你是由衷的祝福分享他的幸福，还是妒火中烧暗自诅咒？面对他人的厄运，你是落井下石，幸灾乐祸，还是雪中送炭，拔刀相助？

如果你刻意地让自己去适应所有人的眼光，幻想着换来所有人的赞赏，那你就错了。当你人到中年，你会发现，人生的路上，你不仅一无所获，而且变成了一个目光短浅，一无所长，毫无见地的人。相反，一个杰出的人，必定是目光如炬，锐气凛凛，无所畏惧。

所谓成长，就是我们面对各种不同声音时的心境。任何一只鲲鹏的展翅高飞，都必定伴随着乌鸦与麻雀的聒噪。成功时，你不要期盼着得到所有人的赞赏与祝福；挫折时，更不要期待着所有人都施以援手。如果你志在高远，你唯一要做的，就是遵循着你自己选择的路，一往无前。

99

“世上本无事，庸人自扰之。”这句话本来是最常见的，每一个人都理解它的内涵，但是，当自己真正面对的时候，就不一定那么超然了。

你成功了，不要期盼着所有的人都会给你掌声，你的成功与别人无关。你失败了，也不要期望着所有的人都给你同情，你的失败也与别人无关。

你就是你自己，没有人总是关注着你，时刻关注你的生命进程的，只有你自己。明白了这一点之后，无论你面对成功还是面对失败，都要怀抱一颗淡定的心泰然处之。世界上什么事情也没有发生，江河依旧，岁月依旧，生活依旧。

天空并不总是晴空万里，也不总是阴云密布。也许，你抬头仰望的那一刻，天空恰巧是阴云密布，可是，你不能因此怀疑天空没有晴朗的时候，自暴自弃，不再仰望。既然上苍给了我们生活的机会，我们就不能放弃，只要坚定信念，总会有看到蓝天白云的时候，总会欣赏到属于自己的风景。

我们丢弃的，也许恰恰是自己最珍贵的。而我们努力渴望憧憬的，到头来却发现，我们并不需要。可是，人生没有假如，更没有重复的机会。我们唯一能做的，就是珍重自己的每一分时光，把握好自己当前的每一个细节，站立在无边的天空下，把岁月与流云收拢在一起，寄存在自己的记忆中。

100

有一个佛教的故事。

一个在生活中遭遇了挫折的人，迷失了人生的方向，就到寺庙里求观音指点迷津。可是，当他走到观音像前，发现有一个长得与观音像一模一样的人正跪在地上拜观音。

他很奇怪，就走上前去问：你是观音吗？

那人回答：对，我就是观音。

他更奇怪了，问：既然你就是观音，怎么拜自己呢？

观音回答他：世间最好的答案就在自己心里，求人不如求己，我也常常有困惑不解的问题，所以，我来求自己。

听及此，他恍然大悟，离开寺庙，心胸顿然开阔，他发现一直困惑不解的问题，已经不存在了。

当遭遇困境的时候，我们有多少人手足无措？有多少人总想求得上天的保佑？

你就是你自己的观音，解决问题的钥匙就在自己的手里，只有你才能拯救你自己。

101

如果能学会用旁观者的眼光看自己，人生自是另一番境界了。

一个年轻人，最重要的，是不要有市侩、世俗这些误以为成熟的东西。这些东西常常被一些成年人诱导为经验，实质上是平庸的通行证。年轻人，就是要朝气蓬勃，无所畏惧，一往无前，才能出类拔萃，闯荡出一片壮丽的世界。

其实，我们什么也不用担心，这个世界上只有回不去的时光，没有过不去的日子，更没有过不去的坎儿。

我们没有任何理由要求别人应该对我们怎么样，没有任何理由要求别人对我们好，更没有任何理由要求别人照顾我们的感觉与得失。

你以为自己一无是处吗？不对，任何一个人都有存在的价值，都有被他人需要的时候，也都是世界的一分子，只不过，大家被世界、被他人需要的程度不同罢了。但是，你一定要相信，你是不可或缺的，你很重要。

我们看到的，往往是别人光鲜的一面，其实，每个人都有内心的苦，只不过，别人的苦藏在人家的心里，你不知道。

明白了这一点之后，就永远不要自弃自馁，你有你的价值，有人比你更加不幸，你要注意的，是照看好自己，在人生的路途上多多担待自己。

照看好了自己之后，你会发现，世界是那么美好，你的一切，在未来的日子里都会更好。

如果，一个人周身都散发着激情澎湃的正能量，你要成为他的朋友，追随着他的气息，你会不断获得让自己走向杰出的能量。如果，一个人周身都是暮气沉沉与世界格格不入的负能量，你一定要远离他，因为他会在不自觉中暗示着你成为一个另类叛逆，不断远离世界的主流。

对于一个有着远大抱负的跋涉者来说，每一天都是一个新的起点，每一天也都是对自己的一次超越。

102

“认识你自己”，是古希腊奥林匹斯山德尔斐神庙门楣上镌刻的一句话，苏格拉底把它作为自己哲学的原则，几千年来，这几个字始终照耀着人类世界，我们有多少人真正认识自己？事实上，如果我们认识了自己，我们距离成为一个伟大的人，就不遥远。

其实，我们从一开始就是一个人在独自歌舞。无论我们是哭，还是我们在笑，岁月依旧，时光依旧。我们光芒四射的时候，时光默默地行进在固有的轨道，没有掌声；我们心灰意冷的时候，时光也默默地走在它自己的路上，没有冷眼旁观。我们的成功与失败，所谓生命的一场场离散，尘世的酸甜苦辣，都与岁月无关。

“我是谁？我在哪里？我向何处去？”这三个问题，是再简单不过了，可是，人世间却有无数的人，没有想过，更没有对自己冷静地拷问过。

我们就这样默默独自行走在茫茫的世界，天地悠悠，生活没有过错，时光更没有责任，一切都归于我们自己的心灵。所以，诗人们最常用漂泊来描绘人生。人生，就如江海上的船只，漂泊在生命的旅途。

有一个读者问我：“老师，我为什么总是忧郁伤感？”我说：“人生最重要的是要找到一个快乐的理由，而且找到一个快乐的理由并不困难。春天来了，面对满园春色，我们有什么理由不微笑快乐？”

你可以为仇恨找到无数的理由，但是宽恕却是没有理由的，如果你感觉宽恕是一个艰难的抉择与痛苦，你的人格就需要反思反省了。

当你走上成功者的殿堂之后，所有人生中的苦难与委屈，都变成了甘甜美好的回忆。那些寂寞的时光，那些孤独的坚守，都成了他人津津乐道的人生故事。

103

当一个人处于风口浪尖的时候，最重要的是什么？是懂得急流勇退，为自己留下一分余地。

当一个人心潮澎湃、意气风发、志得意满之时，最应该牢记的是什么？是人生自修，是心灵的归隐，是一分冷静的清醒，如此才会让成功的花朵开得饱满而艳丽。

宋代怀深禅师写过一首《退步偈》："万事无如退步休，本来无证亦无修，明窗高挂菩提月，净莲深栽浊世中。"

世间似乎所有的人都在争名逐利，都唯恐落在别人后面，担心自己成为众生的异类，有谁能够急流勇退回头一步呢？

其实，当你感到力不从心，当你感觉困难重重，当你感觉希望渺茫的时候，如果你再一味强求，只能适得其反，徒添烦恼。

退一步海阔天空，如果那个遥远的目标无法达到，就转而追求内心的安宁。这个时候，你会发现，眼前的世界顿然开阔明亮，你的内心也如长出一棵清净的莲花一般，烦恼殆尽，忧愁不再，你的周身都散发着人生觉悟的芬芳。

弥勒菩萨的化身布袋高僧也写过这样的句子："手把青秧插满田，低头便见水中天，六根清净方为道，退步原来是向前。"

在这里，退步，是为了更大的进步，是韬光养晦，是一张一弛。

培养自己豁达淡泊的心境吧，放下那些自己强迫自己背在肩上的沉重负担，放下那些本来不属于你的欲望，不再执着于那些没有希望的执着，你就进入了人生的澄明之境，人生的前方，皆是开阔的世界。

104

岁月流转，季节轮回，失望随处可见，我们总是难免那一分茫然，也不知何处是生命的彼岸。但是，我们却不孤单，人生的路上，总是有大家同行的温暖。

只要你不把自己的心灵孤立起来，人间的世界里，你就不是一个人在旅行。但正如沿途的风景要你独自欣赏，人生中所有的风霜要你独自品尝，所有的苦难也要你独自去扛。

在人生的这场戏里，如果自己总是做主角，不仅太累，也不会总有精彩的高潮出现。故事，总是会有张有弛的。不妨试一试做观众吧，你会发现，世界是轻松而惬意的。

常常有读者问我这样的问题：老师，我看到你常常在大庭广众下演讲，去各地旅行采风，有那么多的人崇拜追随着你，你的人生是那么精彩纷呈！可是，我的人生为什么总是那么平淡？我怎么才能有精彩的人生？

我告诉亲爱的读者，你看到的只是我生活的一小部分，你一定不知道，我的大多数时间，是一个人孤独地默默耕耘，无论酷暑严寒，也无论春秋冬夏。只不过，我在我那一个个平淡的日子里，依然生活得快乐而诗意，从来没有把平凡的日子当作枯燥无味的烦恼。因为我相信，幸福不会遗漏任何一个人，只要自己不放弃，精彩的日子一定会到来。

但是，这种坚持，一定是属于你自己的独特追求，那是你的特长和梦想，而不是你屈从于他人的眼光，将自己融于俗流的模式。如果你以别人的满意和赞许为目标，你最终一定会失去自己的东西，将自己消失在凡俗尘世的河流里。

其实，人生的每一个转折处，岁月的每一处皱褶里，都自有深意，关键的是我们是否能在那样的时刻，保持一颗警醒的心。如果我们能让自己时刻保持着那样的清醒，坚持着自己的初衷，坚守着自己的梦想，眼前所有的诱惑就会变成稍纵即逝的云烟。

在岁月的沧桑里，遥望着天边的落日，庄严肃穆的余晖，凝聚成一世繁华。

105

我们是否能够做到“看只是看，听只是听，做只是做”？像一颗荷叶之心，不因环境的污浊而浸染，顺随自然，独自芬芳？训练一颗坚守自我、不因环境的不同而轻易改变的心，是一个人一生应该去领悟的真谛。

很多人都幻想着生命能够重来一次，给自己的生命注入清新的泉流，避开那些曾经的错误与迷惘，选择正确的人生方向，不再重蹈覆辙。可是，反过来想，如果我们没有那曾经的忧伤，没有曾经的挫折，没有那些痛不欲生的失败，我们又怎么会领悟哪条道路是捷径，哪条道路更适合自己到达远方？又怎么会有今天的珍惜？

人生总是会有很多无法弥补的缺憾，总是会有力不能及的烦恼，也总是会有无法实现的梦想。

所以，自己的生命中一定不要有悔恨。悔恨，不仅否定了自己的过去，也否定了自己的未来。没有人有义务告诉你怎么走，所以不要抱怨他人。世界是多变的，从来没有一条道路是一成不变的，所以不要悔恨当初的选择。

对于他人来说，你所有的一切，不论是你的辉煌还是你的挫折，都不过是可作为笑料的一场戏，看的是你人生的热闹而已，所以你一定不要把别人的眼光当回事。

所有生活的忧伤、辛酸、挫折、美好、欢心，都是人生的部件，也都是人生的精彩。只有这些段落都经历过了，人生才是完美无缺的，缺少哪一个部分，人生都不完整。

世界就在那里，生活就在你身边，日初日落，暮鼓晨钟，一切如旧。

你就是你自己，你谁都不是，自己就是最好的，你的人生比起别人，同样精彩。

106

时间在一刻不停地飞逝。不论你喜欢不喜欢，也不论你承认不承认，它本来的面目，就是一去不回，不可逆转，无法弥补，铁面无私。它不会因为谁的地位崇高就多给谁一分一秒，也不会因为谁的地位卑微就少给谁一分一秒。所以，谁尊重了时间，谁就会从时间那里拥有自尊，谁浪费轻慢了时间，谁也必然会从时间那里得到惩罚。

人生中没有光明大道，你的未来因你的不断努力才逐渐变得光明。

你是否清晰而理智地知道，你每天渴望得到、苦苦追求的，究竟是什么？你过去梦寐以求地憧憬着的，到头来却发现总是背道而驰；而今天拥有的你却感觉太过平常，不知道正是应该珍爱的。岁月的河流川流不息，如果你能明白，你就是你，你就是最好的，把握好你每一个当下的时刻，你就一定是成功的。

有很多时候，应该把命运和无奈交给时间，时间能够把一切都安排好。

在我们的生活中，我们的身边，有很多襟怀坦荡的人。你稍稍留心就一定能发现，不论人生的道路上有多少血雨腥风，那些襟怀坦荡的人，都受到了人们发自内心的尊敬，而他们的人生，也总是游刃有余。而那些心胸狭隘的人，不仅会失去朋友，也总是与大好的机会擦肩而过。

我们都是时间长河中的匆匆过客，很多人总想挽留住一些机会和一些事情，其实却不知道无论什么事情和机会，发生了，错过了，就永不会再来。所谓下一次的重逢，已经与原来的大相径庭，不可同日而语，也不会再重复过去的故事。

不论时间给你造成了多少误会，也不论时间给你带来了多少误解，很多时候你都没有必要急于去解释什么，你应该坚信时间会证明一切。如果学会了用无言的时间面对误会与误解，你不仅会得到朋友真诚的理解，也会得到更高的尊敬。

在时间的殿堂中闪耀的，是人性的光辉。

107

文学家虽然手无寸铁，但他作品的力量对于一个民族的影响与启蒙，有时远胜于那一个个一度叱咤风云的豪杰枭雄。

佛陀的智慧与菩萨的慈悲无处不在，一个伟大的文学家，在万千尘世中，心眼俱开。

承认贫穷并不可耻，可耻与悲哀的是意识到了可耻而不思改变。所以，每当看到那些可怜之人，我从来也不同情，因为我知道他们的可恨之处。

有很多时候，我们面临突破还是放弃的抉择。这个时候，杰出的成功者总是会找到无数的理由论证突破的可行，而平庸的懦夫总是会找到一百个放弃的借口。

玄奘在大唐本已是成名的法师，可以每天在庄严的寺院接受信众的膜拜，但是，他却选择了穿越万里荒漠，经历八十一难，去取经。他自己也没有想到，这一去，完成了一个千年壮举。我常常想，人生的很多奇迹正在这里。我们能决绝地放下，能勇敢地把自己逼入绝境吗？

朋友之间，说同生共死差不多是虚话假话，是江湖术语而已；但是，同舟共济，却是兄弟朋友之间最庄严而真诚的承诺。

我们的身边，永远是普通平凡平静的生活，但是，文学家的不同，在于他总是从这平静的表象背后，发现生活的密码，开启成功之门，走进宽广的世界。

一个文学家，用一生的力量，寻找智慧的海螺，希望把海螺贴近每一个读者的耳边，让大家聆听大海的潮音。

文学家都是精神富足的人，他们的心灵之树结满了幸福的果实，然后慷慨大方地送给天下人，希望所有的人，都能品尝到灵魂的芳香。

自然界的每一朵花，每一棵草，每一粒沙，每一片云，都自有其深意，如果你对于这些视而不见，更没有触动心灵的感动，你就不可能进入世界的澄明之境。

其实，一个伟大的人，他的伟大之处不在于成功，而在于他坚持不懈的追寻。他一往无前的身影，才是留给世界的最美的风景。

108

路边的每一棵小草，都结着晶莹的露珠，大地寂静，山川无言，穿过尘埃，就是辽阔无垠的苍穹。

一个青年人，只有28岁，就要自暴自弃。我问他：今天的傍晚太阳落下了，你坚信它明天早晨会准时升起吗？他说：相信。我说，如果你坚信这一点，那你即便有一千个借口哭泣，也要有一千零一个理由坚强；即使只有万分之一的希望，也要紧紧抓住不放。

不论尘世多么险恶寂寞，只要有一颗美好向善的心灵，我们就能够相互照耀，让我们的世界温暖而明亮。

每天傍晚，沿着湖边小路散步的时候，我总想起康德。康德是德国哲学家，德国古典哲学的创始人，对近代西方哲学产生了巨大的影响，他在家乡的哥尼斯堡大学读书，终其一生，他一直没有离开过家乡。但是，200多年以来，全世界无数的人，越过千山万水，以虔诚之心，来感受他散步的小路散发的气息。

梁实秋先生从在青岛居住时开始翻译《莎士比亚全集》，每年2本，不论后来到福建，到台湾，文稿跟随他越过千山万水，从未间断，历时近半个世纪，直到1967年全部完成。梁先生穷极一生之力完成宏愿，其坚韧之志，让人钦佩，令人敬仰。

文学家只是坚持做着自己喜欢的事情的凡人。但是，他们与普通人又不同，他们始终用文字寻找着人类最终的幸福，甘愿为了照亮世界而燃烧自己。所以，文学家总是能忍受长夜黑暗的寂寞，带着微笑、诗意与感动，不断走向未来。

有些人注定会擦肩而过，有些事注定会成为故事，有些路注定会一个人走，但是，这一切，都注定会成为人生的回忆。人生的路上，浪花朵朵。

歌德说："小心你在年轻时许下的愿望，也许，中年以后真的会实现。"

109

崇慧禅师的话："一朝风月，万古长空。"人生，决不能因一朝风月，昧却了万古长空！我始终相信，只要我能忍受常人不能忍受的寂寞，只要我能跋涉常人不肯跋涉的坎坷，只要我愿承担常人不愿承担的风雨，只要我用一生的努力去追求自己的期许，生活就一定在成功者的盛宴上为我留着一个位置。

我常常想，若干年之后，在未知而遥远的深夜里，是否还有人在读着我的作品入睡？我是否有足够的勇气，给自己这美好的愿望与期许？

人的弹性有多大呢？不论你陷入多么深重的灾难，也不论你感觉怎么走投无路，甚至你已经痛不欲生了，这时，假如你换一个思路，或者退回一步，或者抱着从头再来的心态，你的面前就一定是另一番景象了。

贝多芬双耳失聪之后，写出了最伟大的乐章《英雄交响曲》，也许正是因为失聪，让他进入了完全寂静的宇宙吧。弥尔顿双目失明之后，写出了最伟大的诗篇《失乐园》与《复乐园》，也许正是因为失明，让他走进了完全黑暗的心灵世界吧。

茶圣陆羽最著名的一句话“愧一事不尽其妙”，意思是他有一件事做不精也感觉惭愧。也许正是因为他是一个完美主义者，才会写出千古不朽的《茶经》吧！

哲学家卡莱尔说过：“不要过分关注远方模糊的东西，最重要的是每天做好手边的小事情。”事实上，当你每一天，这样把手边的一件件小事，都打理好的时候，也许并没有多少年之后，你的眼前已经是辽阔丰饶而壮丽的世界。

100多年前的日本诗人宫泽贤治这样说过：“前方的路不管有多苦，只要走的方向正确，不管多么崎岖不平，都比站在原地更接近幸福。”

幸福就在不断追求远方的路上，因为那个远方，有你一生的期许。这对于那些一生都没有什么成就的人来说，是多么沉重的当头棒喝！你羡慕他人的成功，你嫉妒他人的成绩，你仰慕他人的幸福，原因就在这里了。你总是站在原地等待，你总是不能迈出坚实的第一步，你总是畏首畏尾、瞻前顾后，你的悲剧就不可避免了。

110

驾一叶扁舟，抱明月而归。文学家的心灵，超然尘世，穿越星空，在美好的情怀中相遇。

“文以载道”，这向来是文人神圣的责任。其实，我认为与人为善、坚持正义、恻隐之心、勇于担当更是一种教养。

每当想起“无可奈何花落去，似曾相识燕归来”，就对大自然心生敬畏。幼时老家的堂屋房梁上有个燕子窝，冬天的时候燕子走了，母亲说，等到春天的时候它们还会回来。到了次年开春的时候，燕子果真就来了。我不明白，茫茫大地，千山万水，一只小小的燕子，怎么会认识回家的路？我一直在想，宇宙中隐藏着多少神秘的智慧呢？我们又知道多少呢？

每天的傍晚，沿着湖畔的小路散步，目送夕阳西下的壮美，我自然想起李商隐的诗“向晚意不适，驱车登古原。夕阳无限好，只是近黄昏。”身体不适的诗人，到荒野上看到西下的太阳，引起人生无奈的惆怅与苍凉，才诞生了伟大的诗篇。今天的我们，面对夕阳，又有几许的感怀呢？

清人张灿写的一首诗：“书画琴棋诗酒花，当年件件不离他；而今七事都变更，柴米油盐酱醋茶。”世人年轻时一定都有过高尚高雅的人生追求吧？一定也都有过艺术的爱好与情怀吧？只是大多最后都随于俗流，泯然众人也。

有一个一直默默无闻地喜欢着文学的朋友问我，自己过了中年了，想再创作，不会太晚了吗？我回答他，如果创作的心开启了，就什么时候都不晚。托尔斯泰写他的传世巨著《安娜·卡列尼娜》的时候已50多岁；海顿最好的作品是50岁以后写的，代表作《创世纪》创作于67岁；亨德尔56岁才写成伟大的《弥赛亚》；瓦格纳创作《帕西法尔》的时候已经69岁。相比这些伟大的作家，我们哪里晚啊？

我最近发表了很多域外随笔，内容涉及很多国家，有人问我，这些地方您都去过了吗？我说：苏东坡的《赤壁赋》以荡气回肠的气势流传于世。可是，研究文学史的人都知道，苏轼所游的是黄州城外的赤鼻矶，而非当年周郎大胜曹操的赤壁之地。这就是文学家的奇异之处，托物言志，借题抒发自己的怀抱。清人朱日浚知道了这个故事后说：“赤壁何须问出处，东坡本是借山川。”这里，一个“借”字，文学的奥妙就不言自明了。

111

人生中的机会，都要靠自己去争取。不论你多么幸运，生活也一定会给你开几个玩笑。但是这样的玩笑从不足惧，因为你的努力，早已为未来的成功埋下伏笔。

世界上总要有一种感动让你充满希望，总要有一种力量让你奋勇前行，也必定会有一种苦难让你意志坚强。

坚持是人生的承诺，更是生命的信仰。人生最大的悲哀，不是化作尘埃，而是对信仰的放弃。如果你的人生中没有妥协，没有屈服，命运回报你的，一定是一个伟大的传奇。

成功不是坐在优雅的客厅里等待幸运来访，而是用全身心的努力去拥抱生活。赌友只会把你带进赌场，酒友只会把你带进酒场，而成功的人，会告诉你哪一条路是人生的光明大道。

命运注定不会辜负坚持不懈的人！一个人的坚持绝不会付之东流，不管未来多么遥远模糊。也许你的努力暂时会被忽略，但世界最终会为你鼓掌！

再好的茶，最初的味道也是苦涩的，但历久而弥香，最后，漫溢在口中的，尽是山野的清香，尽是阳光的味道，一如我们的人生。

112

常常有人请我书写“宁静以致远，淡泊以明志。”这是内心足够富有和强大的人才能够具有的心境。内心宁静如水的人，方能看淡富贵名利，才会具有云淡风轻的气度；性格沉稳的人，才能准确把握自我。心境高远，自然气质高旷；视野辽阔，也自然能从容应对风雨。

明代思想家吕坤在他的《呻吟语》中说，过了50岁，他领悟人生应该有“五不争”：不与积聚财产的人争富，不与向往仕途的人争贵，不与爱炫耀的人争名，不与傲慢的人争礼，不与盛气凌人的人争是非。他自言：“亡我者我也，我不自亡，谁能亡之？”这些掷地有声的彻悟，发聋振聩。一个人，若能遵从自己心灵的声音，不被他人左右，做自己的主人，安能不成世之君子！

一个人，只有内心安静下来，才能容天下之物。别人的谦卑，未必就是发自内心的尊敬；别人的沉默无语，也未必就是心悦诚服；别人的客气与礼貌，更不一定就是对你的爱戴。

113

人生的幸福，并不是来自财富的获取，而是来自自我心扉的豁然洞开。每一个庭院里都有清风明月，可悲的不是生活的困顿，而是于困境中失去人性的情怀与人格的尊严。

在我们的身边，总是会有两种人，一种是悲观主义者，一种乐观主义者。后者似乎从来没有忧愁，再坏的情形也不会皱一下眉头。这样的人，每一天都温暖如火，只要有他存在，就似乎没有什么过不去的坎。他们对未来总是充满希望，总是风趣幽默和乐观。一个悲观的人，总是把灰暗的一面展示给他人；乐观的人则不同，总是展示给人们阳光、温暖与欢笑，总是带给人们一往无前的希望，带给人们积极向上的能量。

既然世界上存在这样的两种人，那我们就远离悲观主义者，与乐观主义者为友。因为，悲观主义者只会传染给你悲观的负能量；而乐观主义者传递给你的，都是积极进取的力量。

一个有追求而自信的人，不会相信什么奇迹与捷径，他们会依靠自己不懈的努力获得成功。清代文学家袁枚在他的《牍外余言》中写道："以著作争胜负，故不喜赌钱；以吟咏当笙簧，故不爱听曲；居易以俟命，故不信风水阴阳；听其所止而休焉，故不屑求仙礼佛。"意思是，作家的文名靠的是作品的成就，所以作家不会去做赌钱这种不可靠的勾当；如果有自己的诗作可以吟咏，就不需要听别人的演奏；君子安身立命不贪图身外之物，当然不用指望风水先生指点迷津；一个人如果乐天知命，自然无须去寺院里拜菩萨施舍恩惠了。

明代杭州人来斯行官至福建右布政使，曾经写过一部书《槎庵燕语》，其中有句话于今天的青少年依然有启迪意义：“天下无不可化之人，但恐诚心未至。天下无不可为之事，只怕立志未坚。”放到今天来说，就是天下没有不能教化的人，如果有，那是因为你的诚心不够；天下也没有做不到的事情，如果有，那是因为你个人的意志不够坚定。

事实上，看看我们身边那些平庸无为、一事无成的人，他们之所以顽固不化没有成功，正是因为自己毫无诚心，正是因为自己总是浅尝辄止、意志薄弱的原因。

114

写出了《瓦尔登湖》的美国作家梭罗居住在湖边，每天清晨呼吸清新空气的时候，都设想能把这清新的空气用瓶子装起来，卖给城市里那些迟起的人。我想不只是那清新的空气，还有湛蓝的天空，洁白的云朵，澄澈的溪水，还有散淡的自由，愉悦的心情，都可以装起来卖给缺少的人。

在希腊，几乎每个城市里都有古代剧场的废墟，它们以当年在这里演出“希腊悲剧”而闻名于世。每一次走进这些废墟，我都在沉思：不仅是希腊人，全世界的人们都喜欢看悲剧。为什么人类喜欢悲剧？

悲剧其实并不是发生在我们生活中的悲惨故事，那些悲剧大多是人类共同的命运。剧中有一个英雄人物，他们不接受命运的安排，面对巨大的困难，不断抗争。虽然最后抗争失败，但是，剧情却向人们传达了一种崇高悲壮的情怀，给人们这样的启示：自己人生中的困难与他们相比微不足道，他们敢于不屈服于命运，自己为什么不能？这种启示，减少了我们人生中的恐惧与悲哀，安慰了我们的心灵，更浇灌了心中的块垒。

悲剧是人生中最艰难而崇高的美。亚里士多德说："悲剧引起人的恐惧与哀怜，净化人的情欲而获得精神上的提高。"弘一大师临近圆寂时也曾经手书"悲欣交集"。这正是先知们对生命真谛的领悟。

我乡间的梅园建好4年了，花园里自然生长出许多树木花草，有的树木长势喜人，几年时间就穿过了房顶。每一次看着这些树木花草，我都不忍心修剪。有的树木长在屋檐下，墙角边，其中有很多珍贵的榆树，我也不舍得拔除。它们挺拔葳蕤，装点着庭院，给庭院带来勃勃生机。

可是问题来了，如果不进行修剪和拔除，院子就真的长荒了。我还是决定忍痛修剪它们，拔除一些，剪枝一些，庭院里顿然让人眼前一亮，规矩整齐多了。

生命中我们总是有很多的不舍，可是，再珍贵，该舍弃的还是要毫不犹豫地舍弃，因为舍弃之后，就腾出了更大更合理的发展空间，舍弃是为了更好的填充。

在湖边住了整整一年的时光，每天在湖畔的小路上散步，恰恰是走过了春夏秋冬四季轮回。见证了春暖花开的春天，目睹了落叶萧萧的秋天，看过了冰雪覆盖的严寒，也拥抱了热烈繁茂的夏天。自然与造化，就这样无声无息地走过，没有惊喜，也没有悲伤，失去的一定还会再来。

即使是净土的莲花，也依然会飘落。那些伤春的诗人，那些悲秋的文学家，那些忧郁的歌者，何须去心灵中寻找解脱？

115

孤独是一种心境，更是一种修炼。

没有人愿意孤独，所以人们总是把知音看得十分珍贵，渴望在人生的旅途上得到理解。

有的人精神空虚，往往错误地把空虚看成孤独。实际上，孤独与空虚有着本质的区别。孤独是生命旅途上暂时的寂寞，或者暂时的无助，是一种暂时的心境；而空虚则是信仰理想的缺失，是精神意志的薄弱，是巨大的人生失落，甚至是人生追求的绝望。

常常有人说享受孤独，那是说要在那种短暂的心境中修炼自己的人生态度，锤炼自己的精神意志；但是，如果让自己长时间陷入孤独，就不是可取的人生态度了，因为孤独的状态不能是生命的主流，人生最重要的状态应该是阳光明媚，应该是不舍不弃。

所以，人们总是赞美那些超越孤独，坚持理想，不断奋斗，一往无前的人。

我们的一生中，谁都会有孤独的时候，谁都会有寂寞的时光，所以，让自己的人生拥有坚强，拿得起放得下，不因孤独而放弃，更不因暂时的寂寞而绝望，就是人生的大智慧。

孤独的时候，最不应该有的，是抱怨，是放弃，是心伤。这样的时候，如果我们充满信心，打开心窗，积极努力，意志坚强，前方就一定是无限风光。

能够战胜孤独的人，一定是内心强大的人。这样的人必定是视野辽阔，壮怀激烈，志在千里，即便身处斗室，眼光却在深邃的苍穹。这样的人，不会挑剔生活，不会抱怨世界，生命中没有退缩，没有软弱，更不会用自制的牢房囚禁自己。

英雄寂寞，曲高和寡，明白了这一点之后，我们的眼前尽是风雨之后的鲜花与掌声。

116

在熙熙攘攘的尘世间，我们能否默默坚守着自己的信念、率真与善良，不让自己最初的理想背井离乡？

有信仰的人，不论遭遇多少磨难，人生依然五光十色。因为他坚信，只要自己意志不倒，就一定会到达梦想所在的远方。

春风几度来，只为换流年。最让人疲惫的，不是路途的遥远与坎坷，是心伤。把阳光写在脸上，心往哪里放，哪里就有力量。

如果我们的心中始终耸立着信念的旗帜，我们就一定能实现梦想。因为只要有信念在，即使身处逆境，也会扬起前进的风帆；即便遭遇厄运，也能重新鼓起生活的勇气；不论遇到多么巨大的不幸，也始终保持崇高不屈的心灵。

我的《幸福是游移不定的》出版之后，总有读者问我；为什么起这样一个名字，我笔下的幸福又是什么？我说，真正的幸福，是我们从没有放弃过追求幸福，从没有怀疑过幸福在前方，我们永远奔赴在幸福生活的路上。

幸福就隐藏在我们的在意与不在意之间，不管我们的眼前是多么烟雨迷茫，只要我们在意身边的呵护与温暖，只要我们不在意那些生活中的烦恼与纠缠，每一个明朗的日子，都足以让我们幸福无边。

并不是攥紧拳头就能留住过往的岁月，也不是踮起脚尖就能够看到未来的风景。不论什么力量，都挽不回似水的流年；不论你用什么技巧，也望不穿如烟的尘世。唯一要做的，是原谅已经过去的那些破灭，那些遗憾，那些悲伤，以一颗全新的心灵过好现在，把握当下。如此，今天的步履不仅会成为明天的风景，更会温暖过去的故事。

不要把希望寄托在别人身上，唯一能帮助你成功的，只有你自己，你寄希望于别人的越多，失望就会越大，最终会变成一座奢望的巨石，把你的信念与未来彻底压垮。

117

没有谁许我们一世的春暖花开。

事情只要没到最后，就一定不是最好的结果。人生禁不住时光的打磨，一切最终都会归于平静与沉默。不论在一起有多么热烈，转身之间，也许就是永别。

时间会冲淡所有那些生活的无可奈何，会稀释所有那些刻骨铭心的伤痕，一切的得意也会烟消云散。

守候在命运的旅途中，有了放下的心境，有了拾级而上、闲庭信步的从容，打开双手，世界就在你的手中。

奴役我们的，让我们痛苦的，并不是功名利禄，而是我们对功名利禄的渴望与迷恋太深。那些让我们烦恼的，并不是生活中的不如意，而是我们对于生活和他人的期望太高。

放下了你那颗躁动的心，你的世界，云淡风轻。

常常遇到这样的问题：那些成功的人，一定是遇到了大好的机遇，而自己之所以没有成功，是没有得到机遇的垂青。

其实，机遇对每一个人都是公平的，人的天赋也相差无几，关键的是看谁下的功夫深。下功夫深的人，当机遇来临的时候，轻易地就抓住了；而下功夫浅的人，没有练成生活的本领，机遇来了，也会擦肩而过。

生活中的诱惑太多了，你能为了练就本领，把那些诱惑抵挡在大门之外，耐得住长期的寂寞吗？如果没有这种抵挡诱惑的坚韧，想成大器，就是异想天开。

成功的人，有一个共性，就是选定了目标之后就一往无前，没有退缩，没有犹豫，总是为了实现目标依靠自己的力量而努力。失败的人也有一个共性，从来就没有一个明确的人生理想，做事总想着天上掉馅饼，总希望得到别人的帮助，遇到困难就怨天尤人。

什么时候，你心平气和地接受所有结果的时候，你的心智才是真正的成熟了。

失败者最无力的借口：没时间，没机会，没毅力。其实，恰恰这三种东西，是最公平的，人人都有。不同的是，成功者都握在了手里，失败者熟视无睹。

最后的结果，才是最好的，所有的预想，大多都是短暂的精神安慰。所有的风雨磨难，最终一定会成为雄浑的人生风景。

118

最喜欢泰戈尔的那句诗：“天空没留下翅膀的痕迹，但我已飞过”。

人生多少事，都化作一溪流水，一缕云烟，一粒尘埃。我们笑过，我们也哭过，有过热烈的喧嚣，也有过成功的欢欣，但是最终，生活会归于寂静，会归于平淡。

如果我们接纳了这一分平淡，就有了一分超然，也就拥有了一分淡泊，一分宁静，几分从容，也就拥有了一种辽阔的胸襟。

大地无言。日出日落，春夏秋冬。田园安静，树木葳蕤。无论狂风暴雨，还是美丽的彩虹，都是短暂的风景，平淡是最长久、最真实的生活。

聚散是人生的常态，风雨是岁月的衣裳，坎坷是人生的步履，繁花总会落地为尘，归于大地青山。所有的爱恨情仇，所有的刻骨铭心，所有的难以忘怀，都必将化为温暖的记忆与珍藏。

也许你会后悔自己错过无数机遇，也许你会遗憾自己曾经幼稚，也许你会痛恨自己的性格软弱，也许你会担心失去已有的东西。其实，这个世界上所有的东西都不属于我们，无论已经失去的还是得到的，都不过是我们自己的一厢情愿，是我们自己的一种主观感受。如果退一步，你就会发现，千辛万苦得到的未必是你的福音；让你万分惋惜而失去的，未必不是你的累赘。如果有了随缘的心境，回到真实，你的世界自然海阔天空。

其实，平淡是一种境界，一种超脱的轻松，一种简约的生活态度；是不再强迫自己做自己力不能及的，不再强迫自己做什么大人物，不再苛刻自己，总是引颈高歌，回归到真实的自我，让自己的心灵安详地徜徉，与本来的自己无缝对接。

沧海桑田，经历了人生的悲欢离合，走进平淡的人间烟火，你的世界，诗意盎然，满目清凉。

119

苏格拉底长相的丑陋，与他的智慧一样享有盛名。这让我们想起这样一句话：上帝赋予了他无与伦比的智慧，就要从他的长相中索取。有趣的是，苏格拉底从来不介意自己的丑陋让大家难堪，而人们也从没有因为他的丑陋而否认他的智慧。

有一天，柏拉图问苏格拉底：什么是爱情？

苏格拉底带领他的学生到了一片麦田附近说：你穿越这片稻田吧，去摘一株最大最黄的麦穗回来，但是不能走回头路，而且你只能摘一次。柏拉图去了，许久之后，他却空着双手回来了。

苏格拉底问他：怎么空手回来了？

柏拉图说道：当我走在田间的时候，曾看到过几株特别大特别灿烂的麦穗，可是，我总想着前面也许会有更大更好的，就没有摘；但是，我继续走的时候，看到的麦穗，总觉得还不如先前看到的好，所以我最后什么都没有摘到。

苏格拉底意味深长地说：这，就是爱情。

柏拉图又问苏格拉底：什么是婚姻？

苏格拉底又带领他的学生来到一片树林附近说：我请你穿越这片树林，去砍一棵最粗最结实的树回来好放在屋子里做圣诞树，但是有个规则：你不能走回头路，而且你只能砍一次。

柏拉图去做了。许久之后，他带了一棵并不算最高大粗壮却也不算赖的树回来了。

苏格拉底问他：怎么只砍了这样一棵树回来？

柏拉图说道：当我穿越树林的时候，看到过几棵非常好的树，这次，我吸取了上次摘麦穗的教训，看到这棵树还不错，就选它了，我怕我不选它，就又会错过了砍树的机会而空手而归，尽管它并不是我碰见的最棒的一棵。

这时，苏格拉底意味深长地说：这，就是婚姻。

还有一次，柏拉图问苏格拉底：什么是幸福？

苏格拉底说：我请你穿越这片田野，去摘一朵最美丽的花，但是有个规则：你不能走回头路，而且你只能摘一次。

柏拉图去做了。许久之后，他捧着一朵比较美丽的花回来了。

苏格拉底问他：这就是最美丽的花了？

柏拉图说道：当我穿越田野的时候，我看到了这朵美丽的花，我就摘下了它，并认定了它是最美丽的，而且，当我后来又看见很多很美丽的花的时候，我依然坚信着我这朵最美而不再动摇。所以我把最美丽的花摘来了。

这时，苏格拉底意味深长地说：这，就是幸福。

柏拉图有一天又问老师苏格拉底什么是外遇。

苏格拉底还是叫他到树林走一次，但是，不同的是，可以来回走，在途中要取一支最好看的花。

柏拉图又充满信心地出去了。不久，他精神抖擞地带回了一支颜色艳丽但稍稍蔫掉的花。

苏格拉底问他：这就是最好的花吗？

柏拉图回答老师：我找了两小时，发觉这是盛开得最美丽的花，但我采下带回来的路上，它就渐枯萎下来。

这时，苏格拉底告诉他，那就是外遇。

又有一天又问老师苏格拉底什么是生活。

苏格拉底还是叫他到树林走一次，可以来回走，在途中要取一支最好看的花。

柏拉图有了以前的教训与经验，充满信心地出去了。

过了三天三夜，他也没有回来。

苏格拉底只好走进树林里去找他，最后发现柏拉图已在树林瑞安营扎寨。

苏格拉底问他：你找着最好看的花了吗？

柏拉图指着边上的一朵花说：这就是最好看的花。

苏格拉底问：为什么不把它带出去呢？

柏拉图回答老师：我如果把它摘下来，它马上就枯萎。即使我不摘它，它也迟早会枯。所以我就在它还盛开的时候，住在它边上。等它凋谢的时候，再找下一朵。这已经是我找着的第二朵最好看的花。

这时，苏格拉底告诉他：你已经懂得生活的真谛了。

苏格拉底是在以这样的隐喻告诉世人，完美是不存在的，所以，期待完美的人，都是在等待的失望中度过的。欲望是无止境的，如果要脱离堕落的苦海，唯一的方法，是做一个有自制力的人。强大的自制力，会让你沐浴在理性的光辉之下，抵达崇高的彼岸。

我们从苏格拉底的智慧对话中不难得到这样的启示：在别人的影子下活着，永远只能做他的影子。人云亦云地说话，永远不会有独到的主张。做真正的自己，用自己的意识来判断事物，才能建立自己的权威。

120

自知就是要知道自己的能力有多大，自己能给他人带来多少幸福，自己能在世界上承担多少责任与使命。希腊德尔斐神庙门楣上的那句话“认识你自己”，2400多年前的苏格拉底时期就悬挂在那里了，可是，人类至今对自己又知道多少呢？

《中庸》中有一句话：“万物并育而不相害，道并行而不相悖。小德川流，大德敦化，此天地之所以为大也！”意思是说：万物一起生长而互不妨害，道路同时并行而互不冲突。小的德行如河水一样长流不息，大的德行使万物敦厚淳朴，这就是天地的伟大！

领悟了这句话，我们就不必崇拜哪些人，也不要鄙视哪些人，不要为自己的成就骄傲，也不要为自己地位的卑微而自惭形秽，因为，在我们这个世界上，每一个人都有不可替代的位置，都有独到的价值，只不过大家所处的位置不同。

希腊哲学家第欧根尼曾经说：富有的人未必有钱，而有钱的人未必富有。苏格拉底的回答是：做个聪明而又有用的人。

金钱只是一种证明，证明你是一个有能力的人。但可悲的是，很多有钱的人，以为拥有了金钱就拥有了世界。

当城市遭到进攻的时候，所有的人都在忙着带上最值钱的东西逃命。可是，哲学家毕阿斯什么也没有带，两手空空最先到达了安全的地方。有人问他，你难道没有什么值钱的东西可以带吗？他回答，我把最值钱的东西带来了，就是我的生命，还有什么比健康的生命更值钱的东西吗？

当很多人为了带所谓有价值的财宝没来得及出城而遭到攻击死亡之后，人们明白了哲学家的智慧。

我们应该自知，知道我们哪些方面是愚蠢的。有些暂时的利益总是十分诱人，其实，善行是通往幸福的唯一道路。不论你拥有多少财富，却未必赢得世人的尊敬，但是，如果以善行为己任，你会发现，何止是赠人玫瑰，手有余香，你得到的是整个世界。

最优秀的人就是你自己！如果确信了这句话，就是自知的开始，也是拥有智慧的开端。然后，就是寻着最佳的路径，点燃理想的火把，找到发挥自己能量的钥匙，开启属于你的世界之门。

人必须意识到自己的无知，然后抓住一切机会学习知识，使自己成为一个有着丰富学养的人。但同时还要拥有一个健康的体魄，不然再丰厚的学养藏在羸弱的躯壳里，没有能力去施展才干，知识也就失去了光芒。

如果我们遇到了一个每天都朝气蓬勃地追求梦想的人，一定要紧紧追随他的脚步。如此，我们也会在他的感染下，放下生活中的琐碎，抛弃人生中的颓废与猥琐，变成一个意气风发的人。

121

有一句老话：“一朝被蛇咬，十年怕井绳。”这句话是对一个人心态的最好的表述。很多遭受了挫折的人，最后往往彻底放弃努力，走向潦倒、颓废，一蹶不振。其实，这个时候，打倒他的，并不是挫折本身，而是心态。

心态是我们唯一可以掌控的东西。让自己快乐还是让自己忧伤；让自己努力还是让自己放弃；让自己宽容还是让自己狭隘，都完全取决于我们自己的心境。

如果以玩世不恭、懒懒散散的心态处世，你的人生必定是消极的，无论什么事情你都不会做好。相反，如果你以饱满的热情，以精益求精的态度做事，世界必定会以最高的回报酬劳你，你一定会成为最后的成功者。

有人总是沉湎在自己曾经失败的过往当中不能自拔。其实，如果这样想，你所有做过的事情无论是成功的还是失败的，都是你人生的一段经历，都是你生命中不可缺少的重要经验和财富，你的心境必然豁然开朗，世界所有的窗口都为你豁然敞开。

如果我们仔细盘点一下自己可以随时支配的资源，你会发现，我们的资源主要就是毅力、勇气、努力、精力、时间、经验，这些资源将决定我们的未来。其他的东西、金钱、财富、房产差不多都是我们做事的累赘。所以，我们就可以做这样的比较，与那些披着辉煌外衣的成功者相比，自己什么都不缺少，人家拥有的，自己同样拥有。如果，有了这样的认识，就必然会拥有健康的心态，一半的成功砝码就有了。

如果具有了这样的心态之后，你会发现，世界上最可靠的人，最可以依赖的人，就是你自己。而且，你自己与那些原来你羡慕甚至崇拜的人，并无本质的区别。你也完全可以依靠自己的力量，到达理想的彼岸。

重要的是，这种健康的心态，不能是短暂的，不能心血来潮一样，只是一时的冲动，而应该是一直延续在你的生命中，成为你的秉性，成为你的习惯。不论什么时候，这种心态都牢牢地掌控在你的手中。

这个时候，你就是一个无坚不摧的人了。

122

人生最大的资本是什么？是信誉与声望。即使你什么都没有，这两点也足以让你东山再起。

一个人在进入社会之后，最重要的是建立自己的声誉。但是，令闻广誉不会凭空而来，这要靠你做人的诚恳、做事的扎实、执着的信念与不言败的精神意志。当你这样去做人做事的时候，也许暂时的一些事情你没有什么起色，但是，一旦你的声誉建立起来，你就会拥有整个世界。

不断地自我贬损，总认为自己微不足道的人，在别人的眼里，一定也是一只可怜虫。你对自己的能力、地位、重要性和社会角色的评价，必然表现在你的日常生活中，传导给他人，并成为社会对你的定位。

没有什么比竭尽全力、意志坚定地完成自己的既定目标更能赢得人们的钦佩与敬仰。事实上，一个人一旦树立了有毅力、有决心、有忍耐力、有怀抱的声誉，世界必将为他打开所有的成功之门。

马修说：“我们降临于世，并不天生拥有强大的心灵力量。我们必须通过自己的努力，才能不断扩展自己的心灵疆域。”所以，我们必须经历生命中的一切，美好与欢乐，悲伤与痛苦，勇敢与恐惧。

一个人的品格是日积月累的习惯养成的。而这种品格正是获得声誉的基础。我们常常看到一些人，对于一些看起来无足轻重的琐事不严格要求。其实，恰恰是那些生活中的琐事，让人们相信你是一个不可托之人。你的声誉扫地就是不可避免的了。

一个有着良好声誉的人，如果要使自己的声誉破产，是再容易不过的了。只要你言而无信一次，只要你背信弃义一次，只要你恶语伤人一次，只要你占他人便宜一次，就已经足够。可以推论，我们应该把自己面对的每一个细节做好，因为任何一个细节的疏忽，都会导致我们美好的声誉破产。

有时，我们会从内心深处听到一种黄钟大吕般的声音绵延而来，发聋振聩，泪流满面。那是我们掌握了知识之后，面对苍茫世界，思想的自语。

123

热忱的力量就是唤醒成功的力量。“热忱”这个词汇源自希腊语，意思是受了神的启示。一个人，如果总是有着饱满的热情和积极向上的精神，无论他的生活多么艰苦，都阻挡不住他成功的脚步和幸福快乐。

在拿破仑的军队里，只要拿破仑在部队中，只要他做最后的战前动员，他的军队就必然士气高昂，战斗力倍增，所向无敌。拿破仑能把自己对胜利的渴望以及必胜的信念，迅速传导给他的每一个士兵。我们每一个人都可以像拿破仑，迅速凝聚起自己的信念与力量，就必然能够成就神奇的事业。

生活中最可悲的事情，是一个雄心勃勃的人本来满怀希望地出发，却因为满足于已有的一点成绩，在半路上停了下来，在百无聊赖的时光里，打发剩下的日子。

如果一个人满足于过平庸的生活，对于更伟大更美好的未来已经不感兴趣，不再追求，这样的人，生命其实已经提前结束。因此，我们可以这样说：有的人尽管已至耄耋，但因为他依然积极进取，我们认为他仍然身处壮年。有的人尽管只有四十多岁，但是却每天唉声叹气暮气沉沉，我们也认为他其实已经老了。

爱默生说过："有史以来，没有任何一项伟大的事业，不是因为热忱而成功的。"事实上，很多事业开端的时候，并没有多大的差别，但是最后的结局却霄壤之别，一个关键的因素是热忱的不同。一个以饱满的热忱全身心投入的人，不成功是不可能的。

124

生活在人世间，没有什么比教养更加重要。

教养是一个人立身处世的基本素质。拥有学识，是教养的重要途径，很多学识渊博的人都以高尚的品格受到尊敬。但是，也有很有学问的人，教养很差，为世人所不齿。

教养也是一个人对礼仪把握的程度。人的礼仪内涵，决定了一个人的外在风度。这也是孔子为什么一再强调："文之以礼乐，亦可以为成人矣。"他的意思是说，懂得礼乐制度，是人成长的必要条件。毫无疑问，礼仪不仅是一个人教养的外在形式，是人生的素养和风度，更会使一个人在生活中成为彬彬有礼的人。

一个人的教养更多地体现在与人的交往中。是心平气和还是心浮气躁；是居高临下还是谦恭含蓄；是不可一世还是退让慈悲；是彬彬有礼还是指桑骂槐；是责任担当还是怨天尤人。当我们每天这样比较着自修的时候，教养就是我们生命中的素养了。

当认为对方观点不对的时候，如果这样说:你的说法很有道理，但是我还有另外一个想法，请你听听是否可以。这个时候，交流进入到和谐友好的气氛中，你的观点自然会在不自觉中成为共识，而你也会因为你的优雅，你的风度，你的涵养，成为一个受到大家欢迎的人。

“文质彬彬，然后君子”，意思是，质朴的内在道德和文雅的外表气质相一致，才是君子应有的风范。

敬畏之心是一个人的信仰核心。孔子说“畏天命”，朱熹说“天命者，天所赋之正理也。知其可畏，则其戒谨恐惧自有不能已者。”天命高悬，知道必须敬畏，自觉生出身心投入的忘我情景，信仰也就产生了。

看看那些一个个栽倒在权力门槛上的人，不都是缺少一颗敬畏之心吗?

无论金钱、财富还是权力，如果你在欲望面前失却了自己，就一定会陷入万劫不复的深渊。因此，当一个人到达人生的一个更高层面之时，最紧要的不是继续，而是要先完成人性的自我救赎。孔子到了 50 岁的时候，突然明白了这个秘密，得悟“五十而知天命”。

成年以后，我们面临两种力量的牵引：一种是事业与财富的力量，在把我们引向更加广阔世界的同时，也把我们不断引向欲望、危险、仇恨、纷争，最后直到肉体的毁灭；另一种力量是阅读与思考的力量，在让我们不断深刻淡泊的同时，也不断把我们引向宁静、平和、觉醒，最后直到超然物外，走进童真般的澄澈之境。

125

最近在一次笔会上，有一个青年人向我抱怨说，命运对他总是不公，困难一个接着一个，他几乎要被苦难的命运压垮了。

我告诉他：实际上没有人生中的这些困难，就不是真实的人生了，那是美丽的童话。困境谁都不少，只是别人的困境你不知道罢了。

重要的是，我们面对困境的态度。如果你把苦难当作历练，看作是必需的经历，当作是生活的考验，并且遭遇的困难越多，越显示出你的能力与担当，你的心情就会完全相反。

人的潜能，就如我们身边的空气，看不见它，也没有办法估量它的大小和能量。如果一个人充满自信，勇于担当，无所畏惧，潜能就会爆发出超乎寻常的力量。

当拿破仑的一位将军辩解为何没有攻陷目标的各种理由时，拿破仑对他说：有一个最重要的理由你没有说，就是你根本不相信你的军队能够攻陷它！

拿破仑的人生词典中只有“一往无前”，没有“不可能”和“犹豫”，更没有“胆怯与畏缩”。

我们的身边常常会出现两种人：一种是积极上进，阳光明媚，不断追求，心有壮怀的人；一种是意志消沉，愤世嫉俗，对立社会，格格不入的人。如果你与第一种人为友，你将获得无穷的力量，会助你不断走向成功，因为他的周身都散发着正能量。如果你与第二种人为友，这种人只会消耗你的锐气，只会减弱你的成功，因为他的周身都是负能量。

一个有志成功的青年人为了自己的前途，无论如何都要抵挡住不良的诱惑。在任何诱惑面前，都要坚定信心，不为所动。因为一个人的品格大都是经过他的习惯渐渐养成的，开始的一次不经意，日积月累，就成为秉性。

有些人年轻时本来积极上进，品行优良，但是因为沾染上赌博、饮酒、打牌、游戏等嗜好，最后成为难以改掉的恶习，终日与酒鬼赌徒为伍，渐渐远离了品行优秀的人，再无出头之日。这样的人，到年老的时候，大都陷于懊悔之中，会说“想不到当初随便玩玩，竟然成为一生难以改变的恶习，毁掉了自己的大好前程。”但是，这样的懊悔，又有何用呢？

126

面对着清晨喷薄欲出的霞光和傍晚灰蒙蒙的落日，我的心灵深处常常有突然的“惊觉”，我知道那是我与世界相对而视的心领神会，是宇宙给我的神秘的暗示。

人永远不能被失败所征服。一个杰出的生命应该从失败的门口昂起不屈的头颅，向着远方，悲壮前行！

我常常把自己作为观察对象，对他进行观察、品评、调侃，进入自我的那一刻，我享受到世界的宁静、辽阔和深邃。

我们虽然无法驱逐屋子里的黑暗，但是如果我们打开门窗，让光亮进来，黑暗自然会消失。人生其实就是这么简单，不论我们遭遇了多么深重的苦难，只要我们让一丝光亮照进心扉，我们就可以让自己的世界阳光明媚。

一个心灵优美并且思想深刻的人，一旦有机会，就努力把自己的智慧传达给别人，以减轻他在尘世中的孤独与寂寞。而且，他常常会采用叔本华所说的“最自然，最不兜圈子，最简易”的方式。

我最近常常回到曾经让我忧伤的地方，那些曾经使我头破血流、差点丢失灵魂的地点，最终都让我穿越尘世的浮云，领悟到生命的意志是多么重要。我没有理由不原谅那些曾经阻碍我的人，他们有自己的无奈。我既然穿越了时间的隧道，到达了彼岸，那些记忆就不再是无奈和痛苦，而成为人生壮美的风景。

既为大地之子，就应不停地耕耘自己的田园，生命的萌动和收获之美尽隐藏在辛勤的耕耘之中。

英国思想家卡莱尔说：“未曾哭过长夜的人，不足以语人生。”我领悟这句话的深邃，我常常在想，在我无数次炼狱般的经历之后，我拥有独语人生的资格了吗？

丹麦哲学家，存在主义先驱克尔凯郭尔说：“你知道，我很喜欢自言自语。我发现，在我的相识者中，最有意思的是我自己。”我们有多少人常常与自己对话，拥有自己的语言，走进自己的心灵？很多人不过是一只鹦鹉，一具傀儡，一个躯壳，一个不由自主的过客罢了。

每当面对钻石、翡翠、玛瑙这些闪耀着七彩光芒的自然奇物，我都有这样的领悟：生命的耀眼光芒，来自体内长年累月的积淀，积累越久光芒越加美轮美奂！

在大浪滔滔的既往与未来的合流之中，在永恒与现实之中，我总看到一个“我”像奇迹似的，孤苦伶仃，四下巡行。每当想起泰戈尔的诗句，我总在想我厕身于世界的边缘，与众生共赴神秘的生命之旅，茫茫苍苍的宇宙中，我并不孤独。

小溪流向河流，江河流向大海，大海流向哪里？爱尔兰作家说“漂流就是我的美学”。

世界在漂流者的脚下，世界之美在漂流者的眼睛里。

127

书海无限寂静，我心怀一颗至诚之心，走进孔子、苏格拉底、康德，聆听先知们的诉说。他们深邃的独白与对语，他们迷人的思想与智慧流入我的心田与血液。

孤独与宁静使人心神专注，更能静下心来倾听自然、心灵与过去的诉说。

易卜生在他的《当我们这些死者苏醒的时候》中，让主人公轻轻地问其中一个人物："玛雅，你听见寂静了吗？"我常常想回答这发问：我每天都在倾听寂静的大地、寂静的群山还有寂静的星空！我从那寂静中倾听到了绵延而来的天籁。

天才的文学家和诗人都有聆听寂静的能力，那是上天的厚爱，是一种特别的天赋。贝多芬双耳失聪，他在完全寂静的世界里聆听到了伟大的天籁，创作出了人类世界最杰出的韵律。

伏尔泰说："精心耕耘好自己的果园！"辛勤的耕耘，可以免除寂寞、恶习与贫穷。对于大多数人来说，自己的果园荒废得太久了。

既为大地之子，就应不停地耕耘自己的田园，生命的萌动和收获之美，尽隐藏在辛勤的耕耘之中。

人间最深刻的对话，是孤独者与孤独者的对话。叔本华认为，思想者最好是个失聪的人，听不见世界上的噪音。处于尘世人群中的思想者，注定是一个寂寞的孤岛，独自守望着自己思想的果园。

自有人类艺术以来，没有人比凡·高更加寂寞。他生前只卖出了一幅画《红色的葡萄园》，还是他做画商的弟弟为了安慰他而购买的。他一生创作出了800幅油画和700件素描，可是个人画展是在他去世两年以后举办的。他活着的时候，人们说他是一个疯子；但是今天，他的画作成为人类世界最昂贵的艺术品，他成为人类的艺术之神。

面对黑暗与不公，左拉发出这样的怒吼："我抗议！"冰心说："我请求！"

我一直在用自己的眼睛打量着眼前的世界，我知道以我的力量我改变不了什么，但是我可以选择"我拒绝"。在我看来，拒绝起码可以让自己崇高。如果连拒绝的能力都没有，就意味着把自己的灵魂和良知交给了荒谬和野蛮。

如果你与一群矮人为伍，要求得到安全与认同，你只有也变成一个矮人，甚至比矮人还低。如果你高出一截，鹤立鸡群，你的脖子就有可能被斩断。所以，如果你有高远宏伟的抱负，你必须脱离矮人的群体，去杰出者中间，见贤思齐，用不了多久，你必定就成为他们中间不可或缺的一员。

爱因斯坦是神灵的使者，他告诉我们：人只是宇宙中的一粒微尘，人在世上是尘埃的偶然落定。他使我们知道自己在宇宙中的位置，摆脱掉盲目的自大自负和好高骛远。

128

人到中年，沿着河岸散步，听水流潺潺、莺歌燕啼，看树影婆娑、百花绽放，我感觉自己被美好的生命围绕，心灵依然年轻。曙光把我的眼睛带到太阳面前，朝霞万丈，大地如此辽阔，我们有什么理由不拥抱热爱这样一个美丽的早晨呢?

当我进入艺术世界的时候，我总是在提醒自己：生活，就在不远处。当我在尘世生活中的时候，我也不忘提醒自己：艺术，就在几步之外，就在我的内心。那是一枚落叶，一棵衰草，一缕阳光，一个眼神。

年轻的时候，我曾经被美丽的语言蒙蔽过眼睛，自己甚至幼稚、荒唐地把骗子奉为旗手。中年以后，我明白了，我用一个个带血的文字，擦干自己的泪痕，发出来自灵魂深处的声音。

但丁的《神曲》中有这样一句诗："在我们人生的中途，我发现自己正处在黑暗的森林。"一直以来，我也都有身在森林的感觉，森林无边，没有路径，自己犹如迷途的羔羊。可是当人过中年，当我经历了长期的寻找与摸索，我知道自己的心灵才是穿越森林的向导。

我一直在漂泊，四海为家，一卷书一支笔走天涯，但是太阳一直都像亲人一样跟随着我，给我光明，给我温暖，也给我方向。而且，我深深领悟每一个黎明都不会是简单的重复，每一天的太阳都是新的，我每天都为壮丽的日出激动不已。

存在主义草创者萨特告诫人们："要爱挫折，爱自己的挫折。"经历挫折的时候，我们的身心才是最真实地贴近大地，贴近尘世，不再生活在假象和浮华中。挫折比成功给予我们的更多，而且，没有挫折，不会有成功。

每天，我都在书中看到许多美好的精灵。我每天还在大地、山川、河流、草丛中发现无数美好的精灵、蝴蝶、小鸟、秋蝉、蟋蟀，它们在大自然中快乐自由地飞翔鸣叫。我感觉自己时刻都被生机勃勃的精灵拥簇着，即使遭遇挫折，也找不到消沉和颓废的理由。

每当想到在茫茫宇宙当中，我们的人间有那么多如诗如画的山水可以登临，有那么多开满鲜花的景色可以欣赏，有那么多智慧的书卷可以阅读，有那么多神秘的宝藏可以探究，我就无法停下自己胸中澎湃的情思。这些，哪一种不值得我热烈而忘我地投身其中？

《庄子·田子方》有句"夫哀莫大于心死，而人死亦次之"，指最可悲哀的事，莫过于思想顽钝，麻木不仁。经历过大劫难之后，依然对未来抱有信念，才是最可贵的信念；经历过大挫折之后，依然对人生充满信心，才是最可靠的信心。

信念在，信心在，一切都不晚。

129

我越来越喜欢普希金那句诗"整个世界都是异乡"。在这个被称为省城的都市，我生活了将近四分之一个世纪了，所有的人都认为我是这个繁华都市的一分子，每年这个城市也把很多荣誉给予我。但是，我却始终不认为自己的生命属于这个城市，我始终认为自己是一个异乡人，我的根，我的血脉，在鲁西南的乡村，孤独、沧桑、惶恐、漂泊这些词汇无时无刻不环绕在我身边。我用自己的笔把我对故乡的记忆与怀念写成美丽的文字，我知道这是我挥之不去的深深的乡愁。

历史学家顾颉刚说他之所以走上学问之路，完全得益于他童年时代的好奇心。这话我也十分认同。我一向认为，假如一个人对于未知的世界没有好奇之心，对于远方未来没有好奇的渴望，对于人世的秘密不充满好奇，以致对宇宙，对科学，对历史，没有好奇之心，什么成就、杰出、伟大、卓越这些词汇与你必定无缘。

读辛弃疾这样悲壮的诗句“千古兴亡，百年悲笑，一时登览”，顿生对历史的万千苍凉！

开创自己的世界，创造自己的生活，这一直是我给自己的命令与呼唤！

年轻的时候，我读到了爱尔兰作家乔伊斯的伟大著作《尤利西斯》，那是他流亡之后的作品。他说：“要想成功就得远走高飞。”事实上，很多伟大的人物都是如此，他们丢下了面子、名号、身份、地位这些累赘，在他乡广阔的世界里埋头苦干，他们的视野越来越宽，他们的眼睛越来越明亮，最终，成功之门，次第而开。

古今很多流亡的作家，并非国家或他人将之“逼上梁山”，更多的是自我放逐，因为世界太大，唯有漂泊才能吸吮到世界文明多彩的营养，催促启迪心灵的觉醒。

俄罗斯思想家舍斯托夫说："人们必须做极大的努力，然后才能醒来。"我知道，很多人一直都在努力，希望唤醒一个个麻木的灵魂。

我现在并不在乎自己的著作为多少人所知，我在乎的是我的每一个文字是不是在发出我自己的声音，以及自己是否在通过文字寻找意义。

130

俄罗斯作家托尔斯泰给人类留下了《复活》《战争与和平》《安娜·卡列尼娜》等不朽的文学遗产，但是他同样给人类留下了晚年离家出走而不归客死在远东荒野小站的遗憾。我一直在思索这个遗憾，我相信这是文学巨匠的一个隐喻，一个关于人类自我拯救的暗示，一个比他的不朽巨著更加珍贵的遗产。

很多人问我：你的作品中几乎都是对人间美好的颂扬，大多是对人性情怀与山川河流的赞美，可是，古希腊的经典作品却很多是以悲剧的形式流传下来的。我告诉大家：我的作品是用人间的美好与人性的善良引导世道人心；而古希腊的悲剧是告诉人们，世间正发生着比你更加悲惨的人生苦难，相比而言你是多么幸运。

每天，我都在向昨天挥手作别，渐渐远离自己，向新的原野靠近。我知道很多人之所以没有走远，是把自己当作了人质。

俄罗斯的天才诗人叶赛宁用这句话表达自己对文学的执着：“一切都可以放弃，除了我的七弦琴。”他又说：“我永远不能与自己讲和。”这种坚韧不拔的执着，让他在俄罗斯广袤的原野上一路前行，直到走向俄罗斯文学的高峰。看准了的目标就永不放弃，而且对未来永远不要打折扣，就这样一往无前。世界就没有任何理由阻挡你的脚步。

因为有生命，时间才有意义。人生在时光的洪流中不断走向成熟。人生成熟的过程是什么？是看破红尘之后的操守与淡定。

131

我常常想到旷野中的小鹿和野兔，它们虽然身在无边无际的原野，但是它们没有能力抵御弱肉强食的残酷，没有能力选择生或者死，没有能力拒绝，所以它们并不拥有自由。

楚怀王怎么也不会想到，他把那个不自量力的屈原放逐了，因而让屈原走进了历史的圣殿，中国因此有了《离骚》这样的千古绝唱。本来是昏庸愚蠢的一个决定，也成了千古以来最伟大的放逐！

一位西方哲学家用“智慧来自幻灭”这句话描述自己对世界的领悟。年轻的时候，我对这句话充满怀疑。当我经历了多次的幻灭之后，我终于理解哲学家的深意了。现在，我不再有简单的崇拜和盲从，对一切看起来理所当然的理念和教条进行叩问与质疑，也对那些大家都认为正常的价值观敢于否定。

海明威认为“不幸的童年是作家的摇篮。”莫言在获得诺贝尔文学奖之后，对采访他的记者说，自己从事写作，是因为童年时代的饥饿。多年以来，我也常常对出生在贫寒之家的孩子说：这也许恰恰是你的幸运！

法国思想家莫林说告诉我们“不是希望使人活着，而是活着产生希望。”这话说得太好了。我常常对读者说：只要活着，就有希望，你与别人一样迎接每天的黎明，一切都不算晚！

叶嘉莹说：“读诗和写诗是生命的本能。”我常常对年轻的作者说，一个文学家七成是天赋的本能，一成靠勤奋，一成靠学养，一成靠机缘！

每一个作家都有自己的国籍和故乡，但是思想和艺术没有国界，孔子和苏格拉底是人类世界共同的长老。

读过《鲁滨孙漂流记》的读者最深刻的领悟应该是：鲁滨孙脱离文明到一个荒岛，重建人类最原始粗糙文明的艰难与辛苦。一个小木屋、一只独木舟都要付出难以想象的困难。这个时候，我们应该感怀的是，我们身边的所有这些看起来普通平常的事物，道路、房屋、工具、车辆、花园是多么珍贵！我们除了自己要努力为文明贡献力量之外，重要的是对人类的文明充满感激！

柏拉图说他“宁可与整个世界不和，也要与自我保持一致。”

他是要遵从自己的心灵。我们有多少人像他那样，宁愿与天下人为敌，也不能背叛自己？我也在时刻叩问自己：我能做到与自我保持一致吗？

犹太人有句警语：“不要太靠近深渊，否则你会落水。”但是，我们又知道，天堂的座位有限，容不下所有的人都到那里去。因此，人类世界里就有了这样一些悲壮之士：我不下地狱，谁下地狱！这是伟大的思想家与无畏的科学家们！

132

俄罗斯诗人叶赛宁说：“谁找到故乡，谁就是胜利。”故乡的土地上那弯弯的小河，那清亮的荷塘，那宁静的枣树林，那温暖的胡同街巷，那陈年的童谣故事是一个作家写之不尽的宝藏。

我年幼的时候，每到麦收和秋收的时候，就去收获过的田地里，捡拾遗漏的麦穗、豆粒、玉米等果实。这给了我巨大的人生启迪：生活中常常遗漏掉最成熟的果实，只要自己有一双眼睛，在生活的边角处你就能得到意外的惊喜。多年以来，在我的主流生活之余，我一直是一个拾穗者，我捡拾到的果实，有很多都成了我下一个季节的种子。

我常常在寂静的深夜仰望星空，我希望在深邃的时空中找到自己的位置。我知道康德当年在他的家乡每天都在做这样的事，他因此发现了道德律；鲁迅在那个民族危难的时代也从没有停止过仰望，他因此找到了民族劣根性的顽疾。

我常遇到那些谴责时代的人，他们总认为自己生活的时代亏待了自己。这样的时候我总是毫不犹豫地避开，因为我担心他们身上的负能量污染了我灵魂的洁净，我再也发不出真诚的声音。

每一天，从寂静的黎明到沉沉的深夜，我都在努力把自己的思索化为美丽的文字，把零零碎碎的时光化为文学作品，我希望自己的文字变成美丽的蝴蝶，传递给世界善和美。

我总是毫不迟疑地拒绝一些团体的邀请，我拒绝把自己的良心委托出去，我要独立地面对世界，坚持自己的思索，得出自己的判断，发出自己的声音。我希望自己具有独立面对世界的力量。

我的每一篇文字，我都力求忠诚于自己的内心。因为在我看来，一个作家只有忠诚于自己才会忠诚于读者。一个背叛自己心灵的人，不会写出真诚的文字。我无须取悦任何人，也无须遵从什么人的意志，我只唱属于自己的歌。

我一直在追求自己在这个世界中的意义。我努力成为一个昂首挺胸的人，一个总是抬头看世界的人，一个敢于迈出矫健的双脚走在自己选择的道路上的人，一个真实的充满人性情怀的人。

我告诉关心我的朋友，我感觉时间对我十分厚爱，我总有用不完的时间做自己喜欢的事。我从来没有过时间不够用的窘迫，只要我一往无前地前行，大把大把的时光总是络绎而来。

尽管我有很多朋友，我也常常在青年人中间，但是我依然常常陷入苍凉与孤寂的情绪里，常有抑制不住的悲凉绵绵而来。我知道这不是我缺少了生命的激情，而是因为我走进了思想灵魂的家园。

我一直在用心灵写作，每天都在谛听自然的天籁，在尘世的边缘玄想，希望能具有那一颗包容人类全部苦难的博大之心。

秘鲁作家胡安说过，“作家不可能成熟，他们应当永远追随孩子。”这话我完全认同，一个杰出的作家写出的文字，永远是人生天真的初稿，如果有了狡黠、虚伪、世故这些所谓的成熟，就不可能有伟大的作品。

133

雅典德尔斐神庙的门柱上刻着几个字“认识你自己”，苏格拉底一直以这句话激励自己。我们每一天都面临抉择，如果自己能时刻有这样的发问：我对自己满意吗？我是否需要改变？我的目标是什么？你的人生就没有迷惘。当你的人生之路清晰而明亮的时候，你前行的脚步就没有人能够阻挡。

德尔斐神庙的门楣上除了那句众所周知的“认识你自己”之外，还有第二句话“凡事皆勿过度”。真佩服 2500 年前的古希腊人，在那个时代，他们对世界就有了这样的真知灼见。雅典的先知是在提醒人们：要了解自己，制定切实可行的目标，以谨慎谦逊的态度，按部就班地实现梦想。

现在的大学里，有些教授也不一定博学，至于很多拿了博士学位的青年人更是如此，他们通常只专注于自己的专业，而专业之外几乎一无所知。像民国时期的鲁迅、胡适、蔡元培、梁启超、陈寅恪那样学贯中西、博古通今，不仅为国民所崇敬，而且被领袖敬畏，一言可以兴邦的公共知识分子几乎没有。这是一个时代的悲哀，也是一个民族的悲剧。

时下有一个流行的观点，把两天的周末休息日改为两天半。我们应该支持。我们中国人历来是倡导“勤奋工作是美德”的，所以我们没有欧洲人，特别是北欧人的那份优雅与闲适。遥想大唐时代我们的那种雍容，魏晋时代的那种风流，中国人缺失优雅的生活太久了。

134

70 年以前，富裕的人，还有高官，甚至军阀，他们的学问都很大，像现在流传出来的韩复榘、阎锡山、张作霖、吴佩孚等，他们的书法都是一流的，但是他们一直都是以不学无术的形象存在的。相比当下，真发人深省。

关于命运，一旦到了中年，大多数人都没有改变的能力，但是所有的人都具有另一种能力：改变自己对命运的态度！做到了这一点之后，所谓命运的好坏，就不那么重要了。

一个印度人说：“我每天早晨读一行泰戈尔的诗，一天都充满快乐！”的确，印度人贫富不均，社会阶层差别很大，但是极少有怨天尤人、愁眉苦脸的人。原因很简单，印度人认为整个社会就是一出大剧，每一个人都是一个不可或缺的角色，每个人都是社会重要的一环，没有必要羡慕别人，大家只是分工不同，角色不同罢了。

人们都羡慕从事艺术的人，并认为他们的才华来自天赋。其实，一个艺术家无论文学、音乐、书画，他的艺术造诣开始于天分，但成才于他多年孜孜不倦的知识积累与品德修养。一个有艺术天分的人，只有具有了渊博的学养，并有了高尚的品德，有了济世助人的悲悯情怀，他才会建立起独树一帜的艺术王国。

总是有很多的青年人问我：老师，你的文章中常说人生的意义，那么以您之见，人生的意义是什么呢？

我说：人生的意义，是你能够自主选择自己的人生道路，你的努力对社会、对他人有贡献与担当，你在不断的努力中不仅享受到实现梦想的快乐，并得到社会的尊敬。

我一直很欣赏“人不轻狂枉少年”这句话，所以对于那些所谓少年老成的青少年从不看好。一个少年或者青年，如果生命中没有意气风发，没有无所畏惧，没有生气勃勃，怎么会做成一番事业？所谓少年老成，几乎就是世故的代名词，而一个世故的人，更多的是犹豫不前，是自私逃避，是不敢担当，这样的人怎么会有大前程?

几乎每一天，我都会面对这样的发问：怎么才能不虚度时光?怎么才能走上成功的路途?我说，这实际上并不是个虚无的话题，只要你每天做着拿手的事情，只要你总是马上就做而不拖延，当然，你还要有远大的怀抱，你每天做的事情没有偏离方向。如果这样，你每天的生活不仅变得举重若轻，而且轻松愉快地走在实现梦想的路上。

21 世纪的关键词是什么?权威智库的调查结论是“焦虑和抑郁”。人们为什么焦虑?是对自我生存状态的怀疑与不满。为什么抑郁?是因为对未来没有明确的目标和方向。事实上，说穿了，就是当下的人们，对自己的当下不满，对未来又没有什么抱负，人生方向陷于迷惘和失望。焦虑与抑郁就是遮挡生命阳光的浮云，拨开它并不难，只要你每天清晨醒来自问：我今天应该为自己，为家庭，为社会做什么?然后你再确定：我要做自己力所能及的拿手的事。这样去想去做，用不了多久，你就是一个每天阳光明媚朝气蓬勃的人了。

135

我们都渴望拥有财富，其实，真正的财富是这样一种东西：一个人如果没有它们，可以认为自己是富有的。

如果没有自恋自爱，生活常常是难以忍受的。我们不可避免地都会被烦恼纠缠，但是智慧的人总是会尽快忘记烦恼，开启新的生活；而愚蠢的人，总爱想着自己的烦恼，不能自拔。

哲学家的妻子在街上听到很多对丈夫的议论，有赞美，也有诅咒。她回到家里对丈夫说，有那么多对你不好的议论，甚至在谩骂你。哲学家微笑着对妻子说："亲爱的，那是因为我的伟大，他们爱我，如果我是一个普通的农夫，议论就消失了。"

卢梭说："幸福是游移不定的，上苍并没有让它永驻人间。世界上的一切都瞬息万变，不可能寻索到一种永恒。"理解了这一点之后，我们就会发现，生活中真正幸福的人几乎没有，而心满意足之人却随处可见。

一个人的抱负，一定要远远超过自己的才智与能力，这样，今天的作为才会超过昨天，而明天的作为又会超越今天，并且，每一天都会是一脉相承的水到渠成！

其实，我们每一个人拥有的时间是一样的，可是同样的时间，为什么有人过得充实而又有巨大的成就建树；有人却光阴虚度又一事无成？因为时间是极富弹性与可塑性的，有人抓紧利用一切时间，依靠有效利用弥补了时光的匆匆；有人却在松懈怠慢中，让时光悄悄消失在了一个个不经意的转弯处。

聪明人往往不能成功，因为聪明人往往自视聪明，下不了笨功夫，而没有下笨功夫苦功夫，事情是不会做成的。相反的是，一些资质一般的人，笨鸟先飞，扎实做事，最终成了杰出的人。

有一句古代拉丁谚语这样说：“一个城市如同一片旷野。”这是说，城市虽然人口密集，但是却缺乏真情和友谊。其实，当下的城市中最缺少的，依然也是人与人之间的真诚和情怀。一个没有友情的社会与荒凉的沙漠没有什么区别。不论是身处高位还是生活在底层，不论是腰缠万贯还是一贫如洗，友谊都是必不可少的。没有友谊的人，是可怜的孤独者；只有处在友谊中，你才会体验到成功的快乐与欢欣。

一个人可以不是诗人，但是却不能不读诗，不能没有一颗诗意的心。诗歌为我们勾画出另一个世界，它让我们能够拥有另一种人生，我们尽可以在那个世界里金戈铁马或东篱采菊。

有人常常抱怨自己总是没有机会，时运不济，其实这是因为你停下了探求进取的脚步。在一个具有奋进意识的人面前，世界总是新的，眼前总是新的天地，机会自然也总是纷至沓来。

哲学家塞涅卡说过：“伟人既是脆弱的凡人，又是无畏的神人。”这句话说得太好了，任何一个杰出的人首先是一个普通的人，有一般人的七情六欲，也有一般人的喜怒哀乐；但是他们又有普通人往往没有的无畏、坚韧、勇气、刚强等品质，而正是这种品质使他们凭着与普通人一样的血肉之躯，抵达成功的彼岸！

每个人都努力想使自己变得重要，努力让自己的生活有意义，拥有更远大抱负的人则努力让自己不同凡响。其实这种想法的实现并不难，你的人生是否具有影响力，你是否为大家所尊敬，你是否在世间竖起丰碑，就看你的努力是否对他人的生活有帮助，是否对整个社会以致全人类有贡献。

136

没有音乐的生活是一种悲哀，其实幸福快乐的生活又需要多少的音乐呢？有时，就是一支风笛的声音。

一个人只有心怀远大的抱负与梦想，才有可能去实现它们。文学家、音乐家、书画家和哲学家，都是梦想家，他们就像天堂的建筑师，构建起未来世界的理想家园，然后通过自己一往无前的奋斗，最终成为圣殿的主人。

人生的悖论困扰着无数的人。孩童哭喊着长大成人，可每一个成年人又总是为失去天真的童年而叹息。我们每一个人的头顶上都悬着一把痛苦之剑，它随时都会降落下来，击中愚蠢无知的灵魂。

我们的身边，有多少本来普通平凡的人，因为确立了远大的信念，而夜以继日地投身于奋斗的路途，最终踏进成功者的殿堂，得以享受人生的辉煌与荣光？没有什么秘密，因为他们都是抱定信念，不把失败放在心里，不达目的誓不罢休的人。

无论是取得了辉煌的成就，还是落魄潦倒，都源于他以前的思想和行为。勤勉努力是辉煌的摇篮；好逸恶劳是失败者的墓志铭。世界上的任何事都是有原因的，不存在不劳而获，也不存在付出了艰辛而一无所得。

一个人的品性其实就是你多年习惯积累的总和。当我们的行为反复多次以后，就会变成不由自主，渐渐演化成难以改变的秉性。所以，不要轻视你看起来无足轻重的第一次或那些偶然，因为重复多次之后，就成为生命中的必然了。

丘吉尔在国会演讲的时候出了错，引来对手一方的哄堂大笑。他沉静地对他们说：总有一天，你们会因为有机会听我演讲而倍感荣耀！

思想和知识到达更高的境界之后，就不会再在意他人的眼光，不会再渴望他人的认可与赞同，渐渐走进了自己的内心，住进了心灵的家园，用博大的智慧，建立起自己的独立王国。纵使阅尽了尘世所有的苦难，幸福的曙光也永远照耀着心灵的窗口。

无论对人对事还是对整个的尘世，当你抛开沉重的欲望，放下那些包袱一样的利益，你的心灵就获得了自由的轻松，心灵深处就会渐渐开放起喜悦宁静的幸福之花。

一旦具有了深厚的知识学养，就渐渐具有了超强的自制力，就可以控制自己随时产生的冲动，从容驾驭自己的思想和意志，这个时候你会发现，自己的内心已经聚集起巨大的无声的能量，你面对各种问题都游刃有余。

经过长期的思索和自我修养之后，你渐渐了解了人类世俗社会的成果，你的思想境界有了质的升华，你不会再羡慕获得了很高职位的人，也不会再羡慕那些拥有巨大财富的人，因为你知道他们中间大多数人的结局——也许不久的一天，他们就沦为阶下之囚或者一贫如洗身败名裂。

光明永远照亮着我们的世界，黑暗必将是暂时的。同样，友善与美好，永远是世界的主宰，邪恶不过是暂时的阴影。因此，我们没有任何理由对未来失去信心。

不要总是抱怨自己身份低贱，重要的是努力培养自己高贵的品质。不要总是抱怨自己贫穷，而是努力创造财富。当你这样不断反省自己的时候，一个杰出的你就在不远处等待你的光临。

如果看到野草丛生的土地上开出艳丽的花朵，看到环境恶劣的深涧幽兰盛放，就应该相信，贫困和逆境一定能培育美好的品德，一定会让一个平凡的生命绽放出奇异的光彩。

137

伟大的印度诗人泰戈尔说：“每个婴孩的出生，都带来了上帝对人类并未失望的消息。”人类世界生生不息，每一个儿童澄澈的眼睛，都给我们无边的启示与憧憬：一切都不晚，未来在自己的手中。

作家不可能成熟，作家的心灵永远像孩子一样澄澈、天真。天才是永远学不会世故的人，因为没有世故的堵塞与侵染，才能永远拥有诗意的心灵。岁月让大多数人走向了成熟与世故，也让大多数人离天才越来越远。

如果你不能为自己的事业而陶醉，不能忘我地投身于自己的梦想中，你就不要羡慕他人的辉煌，世界上没有不付出艰苦的奋斗得来的果实。

每一个人都可以是生活的艺术家，找到自己爱做的事，选择对自己有意义的生活，然后全力以赴，你的人生必定大放异彩。

通常我们在做一件事情的时候，并没有仔细慎重地考虑这件事情对于自己是否有意义，是否朝着你梦想的方向。如果我们的理智是清醒的，注意身边的每一件事，选择真正有意义的事去做，用不了多久你会发现，你已经离开原来的自己非常遥远。

我从很年轻的时候就坚信，只要坚定地付出，就一定会有意料之外的收获。在世界的中心，有一场伟大的盛宴，等待着奋斗者的光临。我拿着宴会的请帖，听到了那里传来的醉人的音乐。

我们必须得承认，生活中的确存在着不可避免的痛苦和失望，没有人能够幸运地绕开它们。重要的是，当遭遇痛苦与失望时，你选择怎样的人生态度。

朋友就是那种发现了你的优点而送上掌声，发现了你的缺点而无声包容的人。当我们用推己及人的态度去接纳别人，我们的身上就闪耀起人性的光芒。

在我们的一生中，我们常常遇到那些提醒我们应该怎么做，应该做什么的人。丝毫不用怀疑这些人的好意与诚恳。但是，如果你真的听从他们的忠告，你不仅无所适从，而且必定一事无成。人生最重要的，是你自己要做什么！

我们送给别人最好的礼物，就是真实的自己，越是这样，世界越简单。千万不要尝试去扮演自己以外的角色，那样只会更累，而且会顾此失彼，漏洞百出。

“不积跬步，无以至千里；不积小流，无以成江海。”我们的每一天，有多少轰轰烈烈的大事呢？其实都是一些看起来无足轻重的小事甚至琐事，并且做好这些小事，我们并不需要多么大的智慧与能力，大多是举手之劳。但恰恰是这每一天的无足轻重，决定着你的一生。把这些小事做得一丝不苟，最终累积成人生的大厦；而看不起这些小事，总盼望着大事大显身手的人，最终必定蹉跎一生，空手而归。

常常听到这句话：“谋事在人，成事在天。”其实这表达的是对茫茫世界的无奈和对渺小自我的精神安慰。因为即使穷尽一生，兢兢业业，也往往实现不了预期的目标，甚至半途而废。我从来不用这句话搪塞自己，我也从来不预测未来，我坚定不移地相信：我每向前努力走一步，我就距离目标更近！

牛顿临终前告诉身边的人，他只是一个在大海边捡拾贝壳的孩子。他用自己的哲思给我们这样的启示：学问的大海无穷无尽，我们掌握的不过沧海一粟，再勤奋的人，学到的不过是知识海洋边的几枚贝壳罢了。

虽然春天开过花以后就向我们告别了，留下的是落红满地的凄凉，但是我知道她一定还会再来。尽管深夜的黑暗无边无际，但是我坚信黑暗必将消退，清晨一定会来。

138

中学的时候，我读到了加缪的这句话：“一刻的松懈，可能会导致一切的崩溃。”从那以后，这句话就成为我这一生的座右铭，成为我每一天的坚守。

谁都梦想着自己乡村庭院里的温暖火炉，一家人围在炉火旁说笑，可是又都争着奔向拥挤的城市。简单宁静的生活，不是简单地想就可以的，是一种境界，更是一种能力。

我总喜欢把痛苦与忧伤轻描淡写，因为我有能力一个人默默承受，不想让朋友分担；我总喜欢把幸福与欢乐加倍地渲染，因为我不愿意一个人独自品味，要让朋友们共同分享。

秦朝丞相李斯原是上蔡乡野的农民，位极人臣之后风光无限，几个儿子都娶了秦公主为妻，可是当他在宫廷斗争中败给赵高被腰斩咸阳之时，他对儿子说：我想与你一起再牵着当年我们家的那条黄狗，去上蔡东门外追野兔。李斯临死才领悟到人生的终极关怀，才领悟到人生的幸福与权力和财富无关，但是已经来不及了。当今之世，又有多少人依然痴迷于那条不归之路？

其实，我们完全可以放下那些没有什么意义的累赘，轻装上阵，唱着快乐的歌谣，走在赶赴梦想的路上。我们的悲剧正是由于舍不下那些累赘 ，也意识不到那些东西都不过是负担，却抱着那些俗物，视如珍宝。

歌德说：“性格决定命运。”这话让人深思。看看生活中那些成功的人，他们的性格中几乎都闪现着包容、善良、诚恳、勇敢等动人的光辉；而那些失败的人，性格中几乎都有乖戾、悭吝、自私、狭隘的毛病。所以说，如果要改变命运，首先要改变你的性格。

罗曼·罗兰说：“生活中真有价值的东西很少。”想想我们每一天做的事情有多少是有意义的？有多少是于你一生的梦想有帮助的？甚至你做的很多事情，都与你的目标背道而驰。所以，我们必须做一个智者，不断审视自己的行为与方向，不断修正自己的人生走向。

一位哲人说，每一个孩子都是天才。林语堂先生40岁时说自己“一点童心犹未灭，半丝白鬓尚且无。”到了80岁，在他几乎就要摘取诺贝尔文学奖的时候，他依然坚定地认为“我以为自己就是一个到异地探险的孩子。”他一生天真烂漫，著作等身，自己认为皆源于他的童心。然而世人一生大都以脱离童心走向世故为修养方向，把自己的才华都抛弃到了出生的地方。

139

我一直任性地走在自己的路上，因为生命的前方，有我庄重的承诺。

我对璀璨的星空充满了渴望，跋涉在被鄙视着的、尘埃遮蔽的小路上，因为我在少年时代就读到了这样一句格言：“命运就在你自己的手上。”

多年以前读到泰戈尔的诗句“让世界自己寻路向你走来”时，我突然间热泪盈眶。那个时候，我对于自己的未来还很迷惘，我并没有十足的把握，可以到达憧憬的牧场。这句诗让我醍醐灌顶：只要我努力，世界自会络绎而来，一切都无可畏惧！

在这个世界上，我们每个人每天的经历，都是普通而平凡的，即使那些后来成就了巨大伟业的人，最初时候的经历也是平凡的。重要而不同的是，你自己始终认为自己是平凡的还是杰出的。这正是杰出者与普通人的区别。心灵的历程，决定了你是平凡的还是杰出的。

被人理解、认同以至赞誉，是每个人都追求的目标，但是生活的哲学却又是这样的：在你成功之前，你不会得到，而且这个阶段往往是漫长的。漫长的寂寞，漫长的等待，甚至漫长的误解与讥讽。所以我们赞美那些为实现自己的抱负一往无前、意志坚定、心无旁骛的人。

一个精神自足的人，不会羡慕别人的好运，也不会模仿别人的做派。我知道世界上必定有一个适合我的位置，必定有一条属于我的道路。我努力把握的是，我要在生活的静与闹之间选择一个比例，我不能让这个比例紊乱，因为太闹就会烦躁和漂浮，做不成什么大事，太静又容易忧郁孤独，离生活越来越远。

失败的人总是把痛苦无限夸大，总以为自己陷入深渊万劫不复。其实你是败给了自己。每天的清晨，你与这个世界上所有的人一样，沐浴着崭新的太阳。

所有的浮华，终将消失，唯有自己洒下了辛劳汗水的日子，在岁月的枝头，闪耀着熠熠的光芒。

“万古云霄一羽毛”，我始终记着杜甫的这句话。清晨和黄昏里，他诗句中在枝头鸣叫的飞鸟，也始终停留在我的眼前。我从他的诗歌中，一直获得源源不绝的力量。

人的痛苦，大多是追求完美而不得造成的。如果明白了世界上并不存在完美这个命题，所有的痛苦就烟消云散。人也是一样，不论多么伟大的人，不论多么崇高的人，都有瑕疵，所以就不要为自己身上的缺点自惭形秽。

有人说“暧暧远人村，依依墟里烟。狗吠深巷中，鸡鸣桑树颠。”这样美好的田园生活，这样无我的世外桃源，在当代早已经绝迹了。其实我认为这种境界没有消失，它始终存在于文学家的心灵之境，始终存在于文学家的笔下，与自然界里的风物并不相干。

140

大音稀声，越是深刻的领悟，越是严肃的思考，越难用语言表达。

大师的身上，几乎没有傲慢、华丽、狂妄和颐指气使。越是接近大师，越能感觉到他们身上浑然天成的质朴、谦逊、淡泊与善良。这是一种深刻的平凡，伟大的简洁，骨子深处的素养。

我一直敬佩那些爱自然、爱美的人。我坚信，一个爱美的人，迟早会东山再起，他不会一直忍受丑陋和落后的现状，一定会千方百计寻找自己人生的亮点，突破自己，到达新的世界。

痛苦与挫折让人深刻，这是毫无疑问的，但如果生活中缺少轻松的幽默与欢乐，深刻就会变成无情的冷酷。知识让人渊博，但如果知识不能转化为智慧，知识就一文不值。

人的一生，喜剧是总有那么多的曲径通幽和柳暗花明，有那么多的意料之外和水到渠成。悲剧是不论你多么伟大，最终谁也逃不掉同一个结局。更有趣的是，谁也没有资格阅读自己的历史，谁也不知道自己最终的结果。所以人生的哲学就应该是把每一天都当作一次崭新的实验。

真正辉煌成功的时刻是极其短暂的，绝大多数的岁月，是为实现梦想而不断付出的默默无闻，是对梦想与成功的殷殷期待。所以，能否迎来辉煌的时刻就要看你是否忍得了长期的寂寞，是否一生对未来不失去憧憬。

人在生活中不可能不犯错误，重要的是，有些错误不需要纠正，因为一旦努力去纠正的时候，也许你会犯更大的错误。你要做的，应该是忘记错误，另辟蹊径，让时间把错误冲走。

奇迹是什么？奇迹是绝望或放弃时突然变成现实的梦想，是希望和理想即将破灭时的灿烂星光。所以我们总是在歌唱坚持，因为伟大的成就就隐藏在坚持的门口。

我们常常说到淡定，淡定就是坐在家里不问世事吗？不是，淡定是身处繁华世界的操守，是面对各种诱惑的坚持，是漫长人生路上追求抱负梦想的一往无前。

一个杰出的文学家，应该是用他优美的文字，描述自己对生活通透的领悟，向读者展现出丰富的生命意象。虽然文字轻得几乎毫无重量，但却直指人心，打动万千读者。

文学与哲学是息息相关的，哲学是对人生根本问题的思索，而文学家的笔下，是对人生经历的感悟和描述。所以一个文学家如果没有哲学的眼光，作品就会流于形式和轻浮。

无论写字还是作文，独特是很难的，刻意模仿的独特往往流于平庸和造作。其实真正的独特不可模仿，也不可复制，它是作者骨子深处的秉性，是只可意会不可言传的素养。

141

陷入苦难的泥浊，解决的办法除了坚强的忍耐，就是依靠自己的能力自救。如果你寄希望于别人的慷慨解囊，你的失望会更大。所谓哲学与宗教也不过是对自己心灵的安慰。依靠自己的力量，如果突围成功，你就成了英雄；即便没有挣脱苦难的纠缠，你也因经受了磨难而变得坚韧，培养起超脱的胸襟。

玩世不恭的人很难有所作为，世界上任何一种事业，都需要严肃的态度、勤奋的追求、扎实地做事。幽默与自嘲是另一回事，那是一个智者对生活的一分轻松和宽容。

一个世故的人不会有大出息。说穿了，世故就是逃避责任，不敢担当，没有原则。这样的人，怎么能顶天立地，承担使命？

从幼稚经过生活的历练，渐渐走向深刻，是人生的成熟；但中年以后，当经历了人世的风风雨雨，再从成熟渐渐走向简单，人生归于淡泊和安静，则是人生的智慧，是生命的顿悟。

我向来不理解那些轻生的人，包括海明威、川端康成、王国维、老舍、海子、顾城等。看破了红尘，洞察了世界，自应获得一种常人所不具有的眼光、睿智和达观的胸襟，怎么反而会产生极度的悲观与绝望？洞察了尘世，就不再有悲观！

“不为无益之事，何以遣有涯之生。”我越来越了悟人生之时光有限，所以不忍荒废哪怕一寸光阴，努力让自己的每一天都有意义。

我坚定地走在自己的路上，尘世的那些喧嚣，那些浮华，那些苦难或幸福，那些痛苦或忧伤，那些成功或失败，都已经渐渐远去，都变成了生命中的可有可无。我不慌不忙地悠然独行，至于阻挡，或者诋毁，或者暗箭，或者讥讽，都早已经不以为意。

142

这些年以来，只要是乘火车或飞机出行，我总是带这样几本书：苏格拉底的书，罗素或叔本华的书，泰戈尔的书。有很多次，相邻座位的人总是问我：您是大学教授吧？ 从一个人的读物，可以判断他的精神品级，自然也可以获知他的素养和品位。

总是有人问我，你的作品中怎么没有戾气？你的文字总是那么安静，像深涧之水，包括你那些著作的名字，也毫无张扬。我说，一个作家就是每天在与自己的心灵交谈，我怎么会与自己过不去？一个作家又是自己心灵花园的园丁，在不断把花园伺候得井井有条，繁花似锦时哪里有时间到尘世去争？

一个文学家与常人的区别在哪里？不在于他写出了多少文字，不在于他哪一部著作影响多大，也不在于他的思想影响是否深远，而在于他骨子里的使命感，这种使命感通过他的如椽巨笔，走进时代成为一个民族的旗帜。

大多数人之所以最终一无所成，原因在于走进社会之后，他就把世故作为修炼的方向，把不敢担当不讲原则隐藏个性的世故作为处世的准则。其实恰恰相反，一个人只有敢于担当，只有个性鲜明，只有独树一帜，只有时刻保持着突破的冲动，才有可能出类拔萃，成为一个杰出的人。

我知道也许我永远成不了托尔斯泰、鲁迅或泰戈尔，但是我不会放过每一个瞬间里闪过的灵感，不会荒废掉每一秒钟的时光，我会用自己得心应手的文字，记录下触发我生命的每一个事件，创造自己的不朽。

生活中有趣的现象是：有的人终日忙活，沙里淘金，最后不过温饱而已；有的人机智灵活，点石成金，不久已是人中之龙！

世人无数，但是能够成为知己的不过二三而已，这固然有双方的志趣品行为前提，但另一个重要的因素是介入生活的时机，在你最需要帮助的时候，那个人恰好来到了你的身边。

143

一个伟大人物的诞生，绝对与他所经历的教育环境无关，与他的出身也没有关系，天才来自他自己对世界的领悟。

不论多么伟大的人物，都自有他的痛苦。譬如郭沫若，“文革”十年，中国文化界几乎就是他一个人的独角戏，可是我们知道，当时表面无限风光的他，内心的悲苦比谁都大。而再卑微的小人物，也有属于他的幸福，一个农夫荷锄而归，一家人围着灶台说说笑笑的快乐，是多么让人向往。

我讴歌尘世中的善良，我赞美人性的美好，我不愿意用任何的虚假换取身后的名声。不能说真话的时候，我宁愿选择沉默。

我最憎恶虚伪的人、世故的人、庸俗的人、不努力的人。所以每一年这个时候，去大学里给新生演讲，我都用这个题目《人生要有诗和远方》，我希望青年人远离世故与庸俗，用诗一样的心，建立起自己远大的怀抱，努力实现梦想。

一直喜欢普希金的诗《假如生活欺骗了你》:“假如生活欺骗了你，不要悲伤，不要心急！忧郁的日子里需要镇静：相信吧，快乐的日子将会来临！”这首诗与食指先生的《相信未来》异曲同工。

“我们从哪里来？我们到哪里去？我们是谁？”高更为自己的一幅名作所题的这句画题，成为最深刻的人类终极之问，也始终引领着无数的人走向思想和智慧。

人的一生是由有限的瞬间组成的，大多数的人让一个个瞬间消失在了时光里，极少数的人把一个个瞬间变成了世界的永恒。

有很多人之所以一事无成，原因是做了自己的人质，成了自己的囚徒，一辈子囿于小小的天地，始终走不出突破的一步。生而为人，为什么不成为自由独立的自己，把自己交给壮美的山河，驰马人间?

一个人道德的修养远比才能的修养重要。因为，有才无德，必定走向邪恶，最终酿成大患，贻害无穷。有德无才，不过是自己成为一个平庸的人。无德无才，就更无关紧要，自己人生猥琐，不会有危害他人的能力。生命的最高境界，是德才兼备，才华横溢而品格高尚，以天下为己任，最终万古流芳。

一个人无论是信仰上帝，或者信仰宗教，或者崇拜一个人，道理是一样的，那是因为感受到了世界不可逾越的樊篱，感受到了自己的无奈，更发现了自己的渺小。

世上的很多事，只要脚踏实地用心去做，一步一步，聚沙成塔，终究会距离成功越来越近，最终成就一番伟业。很多人的问题在于还没有开头去做，就先设想了大山一样的困难，最终在原地徘徊，因为怯懦，而一事无成。

人最可怕的不是事业的失败，也不是生活的危机，而是精神意志的麻木，是丧失了自我反省的能力和勇气。当在生活中遇到挫折，当前途迷惘看不到未来，就应该想办法破局，寻求突破。因为如果这个时候你束手无策，就只能坐以待毙。

思想没有国界，智慧也无民族，无论中国的孔子、老子、庄子，还是古希腊的苏格拉底、亚里士多德、柏拉图，他们的思想与智慧，是人类共同的财富。

人世间最艳丽的是思想的花朵，一旦开放，就永不凋谢，千年万年，始终盛开在人类的家园。

天才与庸才的区别并不大：庸才都是抱残守缺的人，明明是限制自己才干的弱点，却当作宝贝不放，最终走投无路；而天才相反，洞察自己的长短，抓住自己的优点不放，并努力发扬光大，最终把自己推向广阔的世界。

没有谁情愿过那种浪迹天涯、漂泊四海、相忘于江湖的日子。任何一个人的内心深处，都是对相濡以沫的渴望。

我总是告诫自己，要原谅那些平庸的人，不可能每一个人都杰出，不是每一个人都具有天赋与机缘。但我不能原谅自己平庸，我一直走在努力使自己不朽的路上。

144

我总是努力躲开都市的繁华与喧嚣，到偏远的乡村陋巷，推开那一扇扇门扉，从里面寻找生活的源头。那里总是昭示着阳光、土地、生命和人性的关系。我的目光从现在回望过去，心灵被深深地触动，总是从零星的碎片里，收获到宝贵的灵感与启示。

我们都常常怀念天真烂漫的童年时代，那些时光里荡漾着我们失去了的快乐和幸福。那个时候的阳光比现在明媚，花草比现在鲜艳，周围的人也比现在善良而有趣。为什么呢？因为那时，我们的感觉还没有被岁月的砺石钝化，我们的心灵还没有被世俗的功利所埋没，我们的感官纯净而纤尘未染。

常常听到人们谈论信仰的危机，无论是一个民族还是个人，这都是可喜的事。这说明我们还有追求，我们在思考未来。可怕的，是茫然与麻木，那就陷入了虚无，才会真正带来万劫不复的灭顶之灾。

人生虽然有很多无奈与缺憾，但生而为人依然是上苍的恩赐，是一场美丽的因缘际遇。所谓上天有好生之德，在这场经历中，没有人会被饿死，剥夺掉生存下去的权利。所以，必须为自己找到一种超越生存的目的，让生命具有崇高的意义，我们才会感到不虚此生。

特别喜欢泰戈尔的那句话："不要试图去填满生命的空白，因为音乐就来自空白深处。"我终于理解，梭罗为什么逃离都市，到美丽的湖滨，筑屋幽居。他为自己的生命，创造了大段大段的空白，人类因而有了伟大的巨著《瓦尔登湖》。

当衣食无忧，不需要再为生计而奔波的时候，闲暇的时光就产生了。闲适的生活，是人生的福气，也是一种境界，但是有些人也容易无聊。无聊是一种痛苦，很多没有什么专长和爱好的公务员不愿意退休，退休以后不久便弃世，原因就是无聊。所以人必须有一种贯穿一生的追求，才会让自己一辈子都生活在快乐中。

145

假日里，城市顿然空旷寂寥，几乎变成了空城，有人去了景点，但更多的人踏上了归乡的旅途。倦鸟思巢，落叶归根，故乡是游子魂牵梦萦的海岸。"孤舟五更家万里，是离人几行清泪。"不论多么骄傲的灵魂，常年漂泊在外，最大的悲哀是无家可归。

所谓彻悟，就是把名利的事想明白，把荣辱的事想明白，把生死的事想明白。想明白了之后，心怀澄澈，性情归真，就是孔子所说"朝闻道，夕死可矣"的境界了。

常常想，什么时候向生活请个假，到尘世之外看看自己的身影。我知道如果把写作当作一个职业，我的天性与真实，必然受到损伤。所以我对自己怀着戒心，执着地坚守着自己的淡泊与素朴。

在青少年时代，我从来没有想到过，我现在听得最多的话是："我是您的读者！"这句话是对一个作家最高的褒奖和称赞，这胜过所有的赞美。所以不论生活中有了什么样的诱惑，我都不会停下我的写作，因为我知道，在我的身后，有无数双明亮的眼睛。

中国人历来把文章看作"不朽之盛事"，总希望靠一篇雄文传世。更没有一个艺术家不看重自己的名声，雪莱称之为"高贵心灵最后的弱点"，关键是，这种名声是别人发自内心的尊敬，还是并非情愿的表面喝彩。

没有人不关注自己的名声。名声是一个人在社会中的认可度。一个具有广泛声誉的人也许看起来对名声不以为意，那是因为他已经站得比名声更高。有人以为靠近了名人就可以赢得名声，其实恰恰相反，在名人耀眼的光环下，只会让你变得更加渺小，小丑就是这样产生的。

子在川上曰："逝者如斯夫，不舍昼夜。"这是孔子对时间发出的咏叹。我们永远占有不了时间，更留不下岁月。但是，时间却用它冷峻的刻刀，把我们所做过的事情都详细记录在案，所以最后有人消失在了尘埃里，而有人却成了世界的雕像。

元曲中陈草庵的《山坡羊》有句"路遥遥，水迢迢，功名尽在长安道。今日少年明日老，山，依旧好；人，憔悴了。"这不免让人顿生苍凉无奈的人生况味。想到这些，人生何不超然一些，淡泊一些，潇洒一些？

146

耶稣在暴露了自己的基督身份之后，对自己的信徒说：“一个人赢得了整个世界，却丧失了自我，又有何益？”这真是醍醐灌顶之语，谁是我们的救世主？是我们自己，命运在自己手里。

卢梭说：“大自然塑造了我，然后把模子打碎了。”没有这样骄傲的自信，不会有法国18世纪伟大思想启蒙运动先驱的诞生，不会有至今依然光芒万丈的《忏悔录》。

即使很长时间我一个人在家里，也从来没有感觉到孤独或者寂寞，我有很多事做：读书、写作、思考、书法、遐想、回忆。而且，我还知道有无数的读者与我在一起。

一个没有往事可以回忆的人是可怜的，这种记忆的麻木，不仅证明一个人内心的冷酷无情，也证明一个人的爱心已经丧失殆尽。因为即使你什么都没有，你也有天真烂漫的童年可以回忆。

谁都有往事，一段经历，一个故事，一次伤痛。但有的人经历了就慢慢抛弃到了尘埃里，什么也没有留下。我们从一部优秀的文学作品中，总是能够看到作家带给我们的、对美好生活的回忆，那是一个文学家的往事，那些往事，并没有成为过眼云烟随风飘散，而是被作家珍藏了多年，一朝拿出来，就成了精神的食粮。

一切伟大的诞生都是在沉默中完成的，在一切的言语、热闹、喧嚣、浮华、名利消失的地方，隐藏着世界的秘密。所以当你看到一个人光芒万丈的身影，你应该到他成名之前的地方去探寻他坚守的寂寞。

生活总是喧嚣吵闹的，很多人习惯于这样的气氛。但是，如果在这样的生活中没有一颗清醒之心，你必定被这尘世埋没。有人不同，他们总是能在浮尘之中倾听，能在喧嚣中聆听到世界的寂静。

对于一颗高傲的心灵来说，最大的痛苦是莽原四顾，舍我其谁的孤独，是人生路上无人企及的寂寞。嫉妒的品行来自于自卑，只存在于虽有抱负却没有成功的人中。

147

给大学生开讲座，有学生问我：老师，我听讲座的时候总是能够心潮澎湃，可是几天以后往往就恢复平常的生活，燃起的激情就不在了，我怎么才能永远保持这份激情？我说，正因为这样，我们中国自古就有“座右铭”这个做法，目的是用每天在座位上抬眼就可看见的一句话激励自己。但是很多人即使把警句刻在了座位上也做不到，所以大多数的人一生平庸无为。然而有人却不同，那些伟大的人，杰出的人，他们每天都激情澎湃地走在赶赴梦想的路上，因为他们把座右铭刻在了自己的心上。

读书让自己博学的目的，不在于获取哪一门专业知识，而是为了自身人格的完善，提高人生的品位。一个杰出的学者，重要的不是哪一个领域的专家，而是对世界具有远见卓识。

屠呦呦获得了2015年的诺贝尔生理学或医学奖，成为第一位获得诺贝尔科学奖项的中国本土科学家。其实，2011年9月，屠呦呦就获得被誉为诺贝尔奖“风向标”的拉斯克奖。这是中国生物医学界当时获得的世界级最高大奖。屠呦呦填补了华人十年未获此奖的空白，也成了第一位在中国独立完成研究的获奖者。

因为没有博士学位、留洋背景和院士头衔，屠呦呦被当时的媒体报道称为“三无”科学家。

可是具有讽刺意味的是，她连院士都不是，数次申请都落选了。这让我想起德国的哲学家康德，他是近现代哲学史上当之无愧的第一人，但他直到47岁才成为哥尼斯堡大学的教授，此前也是数次申请而落选。而另一位大哲学家胡塞尔更甚，57岁还是哥廷根大学的编外讲师。这些人就如法国伟大的文学家莫里哀死后，法兰西学院在提到这位终生未获得院士称号的大文豪时自责道：“他的荣誉中什么都不缺少，是我们的荣誉中有欠缺。”

每个人都有属于自己的故事，很多故事都隐藏着深深的忧伤。不同的是有人总是把忧伤提起，变成了人生挥之不去的悲苦；有人把故事当作了一种成长的经历，忧伤都化作了人生的芬芳。

当一切往事都隐没在岁月深处的时候，文学家就点燃了回忆的烛火，把一个个曾经的片段都打磨成美好的风景，重新拉回到我们的面前，打动千万颗沉睡的心灵。

当我确信，每一天都有无数的读者在阅读我的作品，即使长时间陷于孤独，我也不再寂寞，因为我知道我与无数心灵相通的朋友在一起，一起沉思，一起痛苦，一起欢笑。

148

一位哲学家说过，经济的萧条与否对于一个艺术家来说毫无意义。艺术家是社会的蟑螂，不论在什么情景下，都可以活下来。其实我们每一个人都可以做一个艺术家，活出热情的意义，寻找到属于自己的路，一生全力以赴。

中年以后，尘世间的是非曲直基本就想明白了。尤其对自己，我努力到达自己心灵的最深处，看清自己，哪些是属于自己的，哪些根本就不是自己的。对于属于我的，我努力握在手掌；对于不属于自己的，我不作非分之想。这让我活得轻松愉快，也感到自己的人生明智而智慧。

真正的贤者专注于心灵的宁静，在远离尘世的地方徘徊，在幽静的林中漫步，在苍然的树下冥想，如莲叶上的露珠享受着来自内心的喜悦。

人生的真正要务就是生活本身，很多人的悲哀是每天在生活中却向身外找生活，把希望寄托在外物上，而对自己内心的世界熟视无睹。其实真正的生活就是你当下的生活本身，人生的目的和意义都隐藏在当下的生活中。如得心中无事，佛祖犹是冤家。

柏拉图曾经训斥一个玩牌的孩子，而那个孩子却说："你为这点小事就责备我。"柏拉图则反驳说："习惯可不是小事。"生活正是如此，2500 年前的古希腊哲学家早就发现了人性的真谛：无数的人，甚至一些已经取得了很大成就的人，正是在并不起眼的一些小事上栽跟头的。而中国古代的谚语"千里之堤，溃于蚁穴"也说的是这个道理。

安禅不必须山水，灭却心头火自凉。不论处于什么境遇，不生悲喜忧乐，随缘任运，便没有什么能伤害自己，便无处不是逍遥自在。

古人造了"度日如年"这个词，意在形容深陷泥泞中的人悲苦的生活境遇。还造了"消磨光阴"这个词，意在形容胸无大志、无所事事的人。

其实，无论处于哪一种境遇，都可以有另外的视角看人生。顺境，是上苍的恩赐；逆境，是人生的历练。我们每一个人，都可以用"欣赏时光"，可以用"领略岁月之美"的心态看世界，看他人，看自己。有了这样的心态，我们的世界哪里还有枯燥与乏味呢？

149

柏拉图提醒老年人，要常常去观看青年人的舞蹈和游戏，以便再次享受到肢体已经久违的灵活和健美。

我从来没有这样的恐慌，我每天都兴致昂扬地徜徉在对逝去的青春的回味中。岁月可以把我带到中年、老年，但是那逝去的美好花季依然镌刻在我的生命里，使我的生命总是充满着灿烂年华的勃勃生机和欢声笑语。

柏拉图还说过，一个人脾气的随和还是乖戾，可以显示出他心灵的善良还是歹毒。这话使我心悦诚服。人生的无数经验告诉我，那些温和、谦恭、慈眉善目的人都必定有一颗柔软的心；而咄咄逼人、得寸进尺、伶牙俐齿的人总是自私、苛刻、冷酷无情的化身。

我常常要求自己，只要认为有未来的事情就大胆去做，遇山开路，遇河搭桥，永不退缩。在做的过程中出现过失甚至重大的失误都是再正常不过的事，重要的是跌倒了迅速爬起来，继续昂首前行。我知道自己的短板在哪里，我也知道自己的毛病，但是我更知道自己的优势在哪里，这就已经足够。很多人总是刻意回避遮掩自己毛病，那是因为他依然是毛病的奴隶。

有人悄悄地告诉苏格拉底说，一个人正在演讲中诋毁他，说他是一个小人。苏格拉底微笑着说，他诋毁的肯定不是我，因为他说的那些丑陋的品质我身上都没有。

这个对话太精彩了，我一直作为自己判断事物的一个尺度。很多时候我听到有人非议我的一些行为或言论，我首先检查自己是否有人家非议我的内容，有就改正，没有就一笑置之。

同样，当我听到一些过高的赞美，我也清醒地自问，我真的可以拥有那些声誉了吗？ 因为只有缺乏自知之明的人才会被虚假的赞美而陶醉。

我们每个人都比我们想象的更加富有，只是我们往往在遇到困难的时候总是寄希望于他人。当我们真的完全没有得到他人的帮助，只有依靠自己独自担当的时候才会发现，自己的身上竟然隐藏着这样巨大的力量与智慧。

世无全才，每个人必有某种闪光的才华，当你对某一种事物兴趣盎然，你一定不要漫不经心地轻易放过，你要明察秋毫绝不迟疑地发掘它抓住它，因为那或许正是上苍独赐给你的才华。

150

去山区的一座寺院，见到寺院里年龄并不是很大的住持，我们谈了很久。他本来生活在城市，也有家庭，曾有做官和经商的经历。他告诉我他出家的原因是，实在难以忍受人与人之间的尔虞我诈与社会的险恶，才来这里寻找净土。

看着他木然而肤浅的表情，我一时无语。能够驱散烦恼的是我们的智慧和理性，是我们的人生态度与心境，来到寺院里就没有烦恼吗？烦恼与位置无关，不会因为你换了居住的地方就消失。

离开寺院的时候，我问他，现在你还有烦恼吗？他无语。但是我相信，他到了寺院里，一定又有了新的烦恼。

每一次讲座，都会有人问这个问题：失败过之后，怎么东山再起？

我说，还有什么比这更容易作答？只要你自己还在，你就没有损失什么。只要你想着常常与自己做伴，把自己当成一个了不起的人而不是一个懦夫，时刻懂得让自己属于自己，一切就都不晚。

最喜欢古希腊的悲剧，悲剧英雄用自己的毁灭，让我们感受生命意志的不可摧毁，体会生命的顽强与骄傲。

古希腊的拉伯雷的神庙墙壁上刻着唯一的院规：“做你自己想做的事。”千百年以来，无数的人看到了这句话，但是又有几个人在循着自己的性情，做着自己喜欢的事？

尼采最著名的话是“成为你自己”。人人都有一个独特的自我，但认识发现真实的自我需要巨大的智慧和勇气。毫无疑问，发现了自我，成了自己，并为自己的理想而不懈奋斗的人，最终将登上成功的圣殿。

美国诗人费洛斯特有一首诗《未选择的路》：“黄昏的树林里有两条路，我选择了其中的一条，我知道每一条路都无尽头，一旦选择，就不能返回。”

诗的寓意深刻而充满悲剧意味，我们的人生正是如此，一旦选择了一条道路，我们就没有了另外的机会。因此，人生充满了悲壮的英雄气概，我们应该在辽阔的苍穹下义无反顾，铿锵前行。

所有成功的人都必定是把人生当作一次艺术创作，站在生命之上，俯视着生命铿锵壮烈的进程，不论遇到什么挫折都不会低头，而是斗志昂扬地向前，对一切都兴致勃勃！

151

世界上有两种东西是最为慷慨的，一是时间，二是未来。还有什么比时光更加慷慨？只要你使用它总会有，它总是等待在你的眼前，等待你耕耘，等待你创造，等待你把每一秒钟填满。不论遭受了多么深重的苦难，只要你愿意，你尽可以向未来借希望，借幸福，借快乐，未来不会吝啬。一个人如果懂得了未来，握住了时间，就把命运攥在了自己的手里。

杨绛先生说："人生最曼妙的风景，是内心的淡定与从容。"有些人的淡定是说在嘴上的，尘世里的风吹草动就可以让他方寸大乱。一个人只有内心的宁静，才会真正走向澄明之境，一枚茶叶对他来说也是万里云山。

物质的清贫和窘迫往往会让一个人的思想变得敏锐而深邃，而一个远离了体制和团体的人，他内心的力量会变得无比强大。

人们常常谈论自由，更有无数的人渴望自由。我却以为，自由只有拥有足够强大的意志力和思想力的人才配享有。世界拥有一种大秩序，每一个人也是一种秩序，你必须有能力驾驭控制自己，遵守这种秩序，才会让自己抵达人生的更高境界。对于一个意志薄弱、思想散漫、连自己也管不好的人，如果让他拥有了无所约束、没有什么制约的自由，只会让他走进深渊以至毁灭。

很多人常常说到隐退，也有人遁迹山林，其实真正的隐退是心灵归于安宁。人们也常常说到悠闲的生活，为此选择钓鱼、下棋、阅读、郊游等，其实真正的悠闲是心境的淡泊平静。

人生最重要的，不是拥有了什么，而是希求什么。对于一个总是奋进探索的人，世界总是在不断打开崭新的天地。

人不能没有朋友，最能使人心灵饱满、人格健全的因素，莫过于朋友的良言忠告。当你走投无路的时候，当你困惑迷惘的时刻，当你深陷泥淖的时候，沉思是必要的，但与朋友一个小时的交谈，也许所有的问题都会烟消云散。

152

最珍贵的，是经历了漫长人生浮沉后的苍然回眸，是静下来，停下脚步聆听来自心灵深处的声音。这个时候，你会发现，原来生活并不是我们最初想象的样子。

我有很多时候，是独自一人在苍茫的大地上摸索。但不论处于哪种境遇，我的心中始终被一个信念点燃照亮，而且始终坚定不移地相信：所有经历的苦难，所有的漂泊与寻觅 ，所有的忧伤与痛苦，最终一定会凝结成璀璨的珍珠，镶嵌在生命的未来，并成为永恒的不朽。

一个行为松懈、精神散漫、意志薄弱的人，是不会有什么成果的，这都是人生巨大的缺陷。只有专心致志的专注，只有高度集中的精神意志，才会调动各种因素，产生战无不胜的力量。

当怀疑与恐惧占据了你的心灵，不论原来多么坚强，你的目标、理想、信念、自信必然会土崩瓦解。相反，一个懦弱的人如果认清了自己的弱点，坚信自己可以成功，那么生命中就会渐渐建立起永不枯竭的力量，潜在的能力被逐渐激发，不论多么远大的目标，最终一定都能实现。

任何一个人都可以选择善良。一个心地善良的人日积月累就会渐渐形成慈悲的胸怀，不自觉地关爱他人，对弱者富有恻隐之心，养成和蔼可亲的性情，依靠自己无私的美德逐步积累起崇高的威望。

世界上最伟大的力量是追求的力量，影响人类命运的是一往无前地追求梦想，他们具有伟大的魄力，艰难困苦只会激发他们的斗志，生命中从来没有妥协与退缩这些词汇，失败也都当作成功的阶梯。最终，所有的一切都化为攻无不克、不可抵御的追求的力量。

153

我很庆幸在我年轻的时候读到了英国哲学家、散文家培根的书和印度文学家泰戈尔的书。从那时起他们两人就成为我人生的向导。我们的世界犹如一片荒芜的沙漠，我知道他们已经穿越沙漠，走向了生命的绿洲。在他们的引领下，不论经历多少迷惘与苦难，我都坚定不移，因为我知道他们在圣殿的门口等待着我。

对于一个杰出的人来说，唯一要做的，就是寻着心灵的指引一往无前，铿锵而行。沿途所有麻雀的聒噪，乌鸦的哀鸣甚至毒蛇的诅咒，你都不要在意，因为在人生的终点上，你光芒万丈的身影迎来的是整个世界的欢呼与掌声。

如果有很多人心甘情愿追随你的脚步与你为伍，说明你的品格与追求征服了人们；如果有人千方百计诋毁、中伤甚至仇视你，说明你已经让那些人望尘莫及；如果你的举手之劳就可以帮助一个人，改变一个人，引领一个人打开成功之门，你的德行也将会改变世界。

懦夫总是从未知的领域缩回脚步，而勇者则总是把目光投向神秘的未来。危机对懦夫来说是一种危险，而对勇者来说则是一个机遇。事实上，世界上所有的事情都是这样的。

我们每一个人都可以心有怀抱，心地澄澈，拥有自己的大自在，只是大多数人不愿意割舍下那毫无意义的凡尘蝇头小利。

河流是生命的隐喻，没有河流的绵延不息，就不会有葱郁的绿洲。但是，大多数河流都发源于沙漠。

沙漠与绿洲是生命的两极。绿洲总是给人们舒适与希望，但也容易养成自满与懒惰；沙漠需要勇气与探险，却给人们神秘与金子。

一个内心强大的人必定平静而淡泊，不论面对何种境遇都能有一颗从容与安然的心。

大地无言，星月无语，我们需要的是一种超然的情怀。

154

春天来临的时候，一棵小草绿了，给大地贡献了属于自己的那一抹绿色，我想它已经无愧于自己所处的世界。很多时候，我一直在叩问自己：我也能理直气壮地说自己无愧于这个世界吗？

每当寂静的深夜，有一个声音总在提醒我：有一颗属于你的星辰正在深邃的苍穹里闪烁！我坐到书房的书桌前，桌上的台灯散发出柔和的光辉。我不知道天空里的哪一颗星属于我，但是此刻我把自己的心扉向世界敞开，我也拥有了整个世界。

很多时候，是我们自己把世界看错了，反而抱怨世界欺骗了我们；很多时候，生活并没有抛弃我们，是我们自己先把自己放弃了；很多时候，困难并没有那么可怕，是我们自己把自己先吓倒了。人可以对自己筑起堤防，但也容易把自己与世界隔绝。这就是我们的世界，不必刻意地在意什么，你经过的每一个路口都有花朵开放。

任何一个人都是自己人生的园丁，可以让人生荒芜，也可以让人生繁花似锦。让自己成为独特的自己，这比优秀与杰出更加重要。当努力成了自己，世界自有你的一席之地。

现在，我确切地知道，果实从来都不吝啬，对于一个努力不辍的人，她甚至无私地慷慨大度，只是大多数人走错了摘取果实的方向。

我总是把自己的艰辛轻描淡写，因为我知道那些艰辛只有自己扛，没有人替你分担。我也总是把已经取得的成功说得十分轻松而微不足道，因为我知道这距离我的梦想还很遥远，我并不是因为坚强谦虚才这样低调从容。

我知道生活的真谛就是付出多少取得多少，所以从不强求分外之物，不存分外之念。我也知道自己的能力有限，所以从不强求做不到的事情，绝不把快乐榨成微尘来获取那片刻的欢愉。就这样一路前行，苍然的时光里随处都弥漫着茉莉花的芬芳。

有一种力量引导着我通过不可知的黑暗。有一种声音在苍然的年华中吟唱着欢乐的歌。站在蔚蓝的苍穹下，我努力打造着自己的园圃。

155

每一次在讲座的时候，总会有人问我这样一个问题：为什么走上了文学之路？我说，一个人往往是在不存在别的可能性时，才选择了文学。但生活却是这样神奇，最无奈的选择却往往创造出最壮丽的奇迹。比如苏轼，仕途受挫，一再放逐，却因为放逐而产生了文学的奇迹。比如刘鹗，四处碰壁，走投无路便执笔为文，因而诞生了伟大的《老残游记》。有史以来，莫不如此，犹如长江大河开始于涓涓细流，最终酿成壮丽的浩荡传奇。

人最大的悲剧是在应该吃苦的时候选择了安逸，在应该独立的时候选择了依附，在应该突破的时候选择了退守。所以中年以后，当他人收获果实的时候，你只能在清冷孤寂中品尝自酿的苦酒。

当你处在最宁静最孤独的时候，便会感觉自己距离世界很近，有很多平日里根本没有过的深刻领悟绵绵而来。这个时刻，最恰当的抉择就应该是义无反顾地离开，去未知的世界远行。当你踏上了那新奇的世界，你会惊喜地发现原来让你深陷泥潭的所有的羁绊都不复存在，而不可抵御的机遇和美丽已经扑面而来。

我一直不理解感伤主义者，我以为他们不过是一些沉迷于病态而不能自拔的人。他们那种自暴自弃、心灵孤独的自戕情结，既不是出世的人生态度，又缺乏积极的入世动机。说到底这是因为他们对生活的贪欲太多了，而对人生中很多的缺憾又缺少坦然的达观。

不论你取得了多么大的成就，也不论你具有多么高尚的品格，都会有一部分人讨厌你。其实这并不重要，重要的是不论你处于哪种境地，你都不能讨厌自己。

艺术特长和天资聪慧，这是天赋，是没有办法选择的。但不论是谁都可以远离丑恶，选择善良。当善良成为一种素养，赠人玫瑰，手有余香，生命的家园里到处弥漫的是爱的芬芳。

156

但丁说："走自己的路，让别人去议论。"马克思读到这句话之后非常赞赏，他进一步阐述说："让别人的议论变成你前进的动力，而不是完全闭而不听。"宋人黄庭坚有一句话也接近这个观点："士可百般，唯不可俗。"他的意思是，人必须走与众不同的路，方能出类拔萃。其实一个人如果有了这种超凡脱俗、一往无前的品质，用不了多久，别人的议论或讥讽你就听不到了，因为他们早就被你超越并甩在远方。

我一直崇敬那些自强不息、踔厉奋发的人。我坚信只要生命存在，压力就不会消失，而且生命力越旺盛的人，世界给予他的压力会越来越重。一个生命伟大的程度，取决于它能够承受的压抑重量。承受的苦难压抑越大，这个生命伟大的可能性就越大。当这个人经受得住常人经受不起的苦难，当这个人担当起常人担当不起的重量，他无疑就是一个无比坚强而伟大的人了。

我们常常谈论学习的话题，也常说一个人学识渊博。其实，渊博是相对的，一般而言是指一个人在他从事的领域中有专长。一个人的精力有限，如果什么知识和技能都想毫无保留地学习，你不可能达到专长的程度，也就注定了你不会有大成就。面面俱到只会产生庸才。不论天资多么聪慧，也必须有所偏废，集中时间与精力专注于一个领域，然后才会渐渐放射出熠熠的光辉。

一切在人类历史上留下光辉身影的人，都不是对现实生活按部就班、善解人意的诠释家，一定是卓尔不群、独树一帜的创造者。这中间自然有不少“误入歧途”的人落荒而逃，但总是有一些人在人迹罕至之处用荒漠中的痛苦换来了甘泉阵阵的喜悦。

157

独处是把自己短暂的放逐。一个人在书斋、在河边、在山岗或在林中让自己与人情世事静静地对谈，把过往的那些人生故事一幕幕放给自己看。也许就回到了天真烂漫的童年，回到了青葱勃发的青年时代；也许什么都没有想，只是给人生留下了一段空白。但有了这样的一段独处之后，你一定会若有所悟，一定会有一声洞穿人世的咏叹。

很喜欢韩愈的这首诗：“此日足可惜，此酒不足尝。舍酒去相语，共分一日光。”意思是说，美好的日子是最值得珍惜的，放下酒杯，让我们一起聊天，分享这美好的时光。我想，这实在是极高的人生境界了，邀朋友相聚，不是为了喝酒的，是来一起享受美好时光的！退一步想，即便是一个人，拿一本心爱的书来读，或者什么也不拿，与山川对话，与花草私语，只要不辜负这一分时光，就是快乐的事。

林语堂先生的“艺术应该是一种讽刺文学，对我们麻木了的情感、死气沉沉的思想和不自然的生活的一种警告。它教会我们在矫饰的世界里保持着朴实真挚”，我认为这正是文学作品的功用之一。我们要给生活中怅然若失者以人生的启示，要给生活中陷入迷惘者以悠远的况味，要给误入歧途者以人生的引领，倡导人与人之间纯粹的情感和真诚。

“如果你让山走过来，山不走过来，你就走过去。”这其中的智慧，对于倡导“有志者，事竟成”的我们来说，是一个巨大的启示。世界上的很多事情是不以人的意志为转移的，要艰苦奋斗，要一往无前，但也要学会转身和低头。

158

世界上有三种人不会快乐：感伤主义者，完美主义者，逃避现实主义者。世界上没有完美的事物，总是吹毛求疵、追求完美的人不会快乐。感伤主义者总是看事物的负面，自然不会快乐。世界是最现实不过的，逃避现实是不可能的事，想逃而逃不了，当然会烦恼。这三种人之所以不快乐，都是自找的。世界上充满了不确定性，充满了意料之外，充满了不可抗拒，充满了缺陷不完美。如果我们懂得了人生最重要的意义是“继续顽强地活下去”，凡事从最坏处着想，你的世界就处处阳光明媚。

老子最推崇“自胜者”，其实就是我们说的“自我征服”或“战胜自我”。一个连自己都征服不了的人，一个可以轻易放纵自己的人，不会取得过人的成就。

有一些人直到灾难临头，直到结果已经水落石出，都不肯放弃或改变自己的所谓真理，都不肯退回一步，另辟蹊径。所以，生活中才有惨烈的头破血流，才有可怜的不可收拾。

伟大的哲学家黑格尔弥留之际曾经说：“只有一个人理解我”。但他很快又否定自己说：“就连这个人也不理解我”。哲学家莽原四顾的孤独，毫不奇怪，只要认真看看他的哲学体系分裂成了后来的多少流派，我们就不难推论他的哲学是多么博大精深。任何一个伟大的人都不可避免黑格尔之叹，因为他们在世界思想的山顶。

尼采说：“受苦的人，没有悲观的权利。”其实，何止是受苦的人，任何人都不应该对生活悲观。只要生命还在，你就与他人一样迎接每天的日出，就与他人一样享受阳光的照耀。

我们常常说要热爱生命，热爱生命就是喜欢自己，不管自己生得壮美还是丑陋，不管自己聪明还是愚笨，都不重要，重要的是喜欢你自己。喜欢了自己就不会有自卑，心中就会点起明亮的灯照亮人生的前程，就会仰起头颅，对未来充满怀抱和憧憬。

159

一个读者问我：老师，您告诉我们人生要有诗和远方。可是，远方在哪里？我应该怎么确立自己的目标？ 我对青年人说，鲁迅先生在 80 年前就对那个时代的青年说：“青年人的目标就是一要生存，二要温饱，三要发展。有敢来阻碍这三事者，无论是谁，我们都反抗他，扑灭他！”而且鲁迅先生进一步强调说：“所谓生存，并不是苟活；所谓温饱，并不是奢侈；所谓发展，也不是放纵。”时间过去了将近一个世纪，但今天看来，鲁迅先生的忠告并没有过时，而且我以为对于今天的青年人，更有人生的指导意义。

青年人有这样的发问，说明他在思考，这其实也是困扰很多人一生的问题。很多人一辈子也没有找到方向！一辈子都在迷惘！我对青年人说：找到你自己！找到了你自己了，世界才会找到你，你才会成为世界的一道风景。

人过中年，我早已经清理掉了自己身上的戾气、怨气和躁气，因为我知道生活中其实没有太多的意外，每一件事情的发生都自有深意。冥冥之中始终有一种神秘而微妙的力量，紧紧掌握着我们的过去、现在和未来。

嫉妒几乎伴随着所有成功的人们。其实嫉妒不是仇恨，而是一种发自内心的苦痛。它不是因为朋友的不幸而产生，也不是因为敌人的成功，而是因为朋友的成功产生的一种对他人优势的恐惧。当成功者明白了这一点之后，面对遭受的嫉妒自可释怀，不以为意。

一个明智的人迟早会觉悟：生活是痛苦与欢乐、悲哀与幸福、成功与失败、给予与获得的组合体，缺一不可。那么我们就要懂得：你的任何行为都如甩出去的飞镖一样还会落回来。说长道短议论他人只能使自己威信扫地；肯定和赞美他人是振奋自己心灵的最佳途径；当你落难倒霉的时候并不是世界末日，新的一天和机会还会再来；每个人都会有烦恼，世界上完美的人和事都不存在。

让自己快乐和幸福的方法很简单，恪守这样两条原则：一是自己感觉目前就是最好的状态；二是不论生活中发生了什么不幸，都这样安慰自己：事情原来可能更加糟糕，这个结果已经是万幸了。

有青年朋友问，假如不能成功怎么办？我回答说：那也没有必要沮丧，只要你努力了。不能成为山巅的青松，就做一棵溪边的小树。大家不可能都去当船长，必须也有人来做水手，重要的不是做哪个角色，而是做最好的你。

一个 20 岁的年轻人将要离开家乡的时候，面对云山苍苍，心中不免惶恐，去拜见一位智者，希望得到人生的指点。智者给了他“不要怕”三个字。并告诉他，这三个字足够他受益 30 年；还有三个字，等到他 50 岁时再来取。30 年之后，这个人取得了一些成就，也有不少的酸辛。他怀着复杂的心情又来到智者面前，智者又给他三个字“不要悔”。这个人恍然大悟，顿时明月清风，一身轻松地走了。

不论是青春勃发的青年人，还是正在同过去与未来搏斗的中年人，不论是埋首于书稿的学者，还是幽居茅舍的隐士，有了这六个字，就可以是一个智者了。

160

古希腊哲学家苏格拉底说：“一册好书，能引诱一个人走遍全世界！”宋代诗人尤袤则赋予读书以浪漫的情怀：“饥读之以当肉，寒读之以当裘，孤寂而读之以当友朋，幽愤而读之以当金石琴瑟也。”读书是精神王国的旅程，是灵魂世界的壮游，是个人性情逐步成长的源泉！

友情最重要的不是困境中的两肋插刀，而是相互真诚无私的信赖与尊重。从朋友那里你可以发现自己所未知的优点和长处，得到人生的激励与鞭策，确立可贵的自信；而你对朋友的信赖与尊重一样胜过任何的鼓励与安慰。

世上真正成功的人在纷繁的问题面前，总是能够举重若轻、临危不乱、静如处子，这是一种胸襟与定力。成功还有更重要的一个信条：不问收获，只问耕耘。

人生最大的苦恼是什么呢？不是因为得到的太少，而是因为你想要的东西太多，而自己的能力不够，大都实现不了，才有了那么多的失望与沮丧。如果能切实为自己定位，制定力所能及的目标，我们就会因为一个个目标的实现而充满快乐，不断享受到成功的欢欣。

应该同情那些嫉妒你的人，中伤你的人，甚至迫害你的人。仔细分析就会发现，即使你有再好的修养、宽容和忍让，这类人依然会存在，也许个性使然，也许是因为野心没有得逞或者是连他自己也说不清的莫名其妙的原因。人生在世，这不可避免。我们不是圣人，我们不能控制别人不嫉妒、仇视他人，重要的是我们不去恨这类人。恨别人就等于把自己交到了仇敌的面前。如果我们不想远离这尘世，就必须以一颗博大的胸怀接纳所有的人，因为你怎么看别人，别人就怎么看你；你如何对待别人，别人就会一样对你。

有一些人总是对自己曾经不光彩的一些经历和事件难以忘怀，总是刻意地回避、掩饰或者抹杀它们。其实这样，结果也只会适得其反，只会使你的经历和记忆更加深刻，伤痛也更深，也更会让他人记住。如果相反，你勇敢地接纳那些经历，而且给它们以新的诠释，找到它们当时发生的合理情景，你会发现你突然间变成一个轻松愉快而简单的人了。

不论从事什么事业，总会面临很多人的疑问、非议或者批评。这个时候，我们要认真倾听每一个人的意见，接受每一个人的批评，但最重要的，是要清醒地保持自己的判断。

你之所以感觉不到幸福，是因为你不知道要什么却又拼命地追求，人生一片茫然。如果你想把自己裁剪得适合每一个人，最终你会把自己裁剪掉。只要你不承认自卑，谁都没有办法让你自卑。没有一个成功的人会抱怨生活中没有机会。有一种比能力更难得的东西是你认识自己能力的能力。如果我们找不到一个合理的理由去做一件事，不去做就是最好的。一件事做错了，愚蠢的人只会看到问题的结果，而聪明的人则能发现错误的根源。

有些人非常固执，总是等待把一件事情做完才愿意再做别的事。等到那时却发现，大半辈子过去了，人生的勇气没有了，朋友都早已形同陌路，自己也成了生活的孤家寡人。

生活在期待中的人，容易忽略当下的生活。同样的十年，自己不觉间坐视它慢慢流逝，一无所成；而有人却在这十年中，轰轰烈烈地闯荡出一片江山。

一旦决定自己想要的生活，就要立刻着手规划，马上从今天开始，一切就都不迟。

161

每一次回故乡的时候，看到村子后面的小河、村前的荷塘、不远处的山峦、村东的枣树林，都有很多的感慨。童年的时候，那小河是多么的宽阔，我以为这就是天下最宽阔的河流了。那荷塘是多么的辽阔，我以为这即是大海了。那树林多么的神秘，我以为这就是无边的森林了。而不远处的几座山峦，我以为就是世界上最雄伟的大山了。可当我成年以后，当我到达了浩瀚的东海之滨，当我看到了大兴安岭的无边森林，当我乘着游轮游历了壮阔的长江，当我游览了潋滟的洞庭湖和鄱阳湖，我知道了为什么中国人一直崇敬“好男儿志在四方”这一句话。所以我一直告诉青年人“人生要有诗和远方”。只有你到达了远方，你才知道世界有多大。

人年轻时一定不要被一时的挫折与贫困吓傻了，以致忘记了前程，抛弃了初衷。物质的贫困是暂时的，智慧的贫困才是人生的悲哀。不论身处哪一种境遇，你一定要坚守自己的梦想，它必定引领你走出泥泞，回归心灵的故土，到达人生的彼岸。

其实每一个人都是尘世不可或缺的一分子，都在用自己的微不足道点缀着人间的风景，就如卞之琳先生《断章》里的诗句：“你站在桥上看风景，看风景人在楼上看你，明月装饰了你的窗子，你装饰了别人的梦。”我们每一个人都不能自卑，我们每一个人都共同组成了世界的风景。

不要过分关心别人对你的看法，重要的是你对自己的看法。如果你为他人的言论所左右，任何一件事情都会寸步难行。

生活充满生动而相互矛盾的魅力。外表上光芒四射的人，内心未必没有深重而难以言说的苦痛；而外表粗野的人，往往却有着一颗温柔的心灵。

“量力而行”是苏格拉底最喜欢的、也是他经常重复的一句话。我们应该把自己的愿望引向那些最容易实现的、与自己的能力最接近的地方。如果总是异想天开地追求那些根本无法达到的东西，其实是一种愚蠢的任性，最后的结局只有不断的失意与沮丧。

宋人石孝友在《鹧鸪天·收拾眉尖眼尾情》一词中最早提出“云态度，月精神”。云态度，他的意思是，人应该像云那样洒脱、飘动、不拘一格，拥抱清空，不固一隅。遇日轮升起化为朝霞，遇夕阳西下变身余晖。春天时润物细无声，引领出一个绿色的世界，冬天则凝结成晶莹琼花。月精神是淡泊、宁静、安详，不弃暗夜，默默施恩于山川人间，是温顺的心境，绵绵的情思。

人们总在千方百计躲避厄运，挣脱厄运，却不知道，一个人最美好的品德，恰是在厄运中显示出来的，这正如最艳丽的花朵总是从淤泥里绽放，绚烂的刺绣也需要暗淡的底色搭配一样。总是有好运相伴，当然让人羡慕；但深陷厄运却是人生难以避免的际遇。这个时候，一个人的意志是否坚韧，是否无所畏惧，是否对未来怀抱希望，就一览无余了。当一个人通过征服厄运，创造出超凡的奇迹，他无疑就是一个伟大的人了。

162

接受媒体的采访，记者朋友说：我们发现，你一直在不断地否定自己，你最早是从政的，后来踏入新闻界，中年以后你成为专业作家，现在似乎突然之间你在书法领域又给自己打开了一扇门。

我对朋友们说，我总是给自己设置一个地狱，把自己的信念关进去淬炼，我从不凌辱自己的意志，不会自欺欺人地蒙骗自己的心灵，绝不宽恕自己的懒惰。我每一天凌晨都会壮丽地出发，不知疲倦地默默前行，不辜负每一个浩荡的季节。我把所有过去的那些烦恼，那些挫折，那些沮丧，那些成功，都抛到岁月的深处，不断开垦新的土地，即便两鬓已生白发，我却每一天都感觉自己像青春一样在闪烁。

我为什么要一往无前、赴汤蹈火？因为我在离开故乡的时候，向故乡许下了一个承诺。几十年了，来自你的每一个信息都让我欣喜，不论是你的欢乐还是你的忧伤。故乡啊，从离开你的那一天起，我每一天都在辛勤地耕耘，手里的镰刀，时刻都充满着收割的渴望。我每一天都在告诫自己，我必须完成这个庄严的承诺，我必须追回浪费的时光，我没有任何资格让故乡对我失望。

俄罗斯诗人叶赛宁说："谁找到故乡，谁就是胜利。"中年以后，我对人们说，我幸运地找到了自己的故乡，我找到了童年时代丢失的一切，故乡榕树下一个个温馨的故事都绵延而来，我对故乡的一切都充满了深深的依恋。

我的心中始终耸立着几座巨大的雕像，鲁迅、巴尔扎克、托尔斯泰、泰戈尔、爱因斯坦。尤其是爱因斯坦，他那散发在空中的满头银丝，他总是拿在手里的吐着智慧云雾的烟斗，让我沉思，让我遐想。他说："每一件财产都是绊脚石，迷恋黄金的宝座，祈求高雅的桂冠，生命就会枯萎。"所以，他拒绝了第一任以色列总统的桂冠。他抛掉了一切的负担，拿着开启宇宙大门的钥匙，最终为人类敲开了神秘的宇宙之门。

我珍惜尘世里的每一次相遇，把每一次相遇都视为生命的因缘。我珍惜朋友的每一句鼓励、每一个赞许、每一声问候。我珍惜他人身上的每一个智慧的亮点、每一点独出心裁的见解、每一个新的探索与发现。我更珍惜与朋友相识相知的情感，每一次平常而温馨的相聚。我更珍惜从自己的心灵深处燃烧而起的灵感。

每一天面对壮丽的日出，我都心情澎湃。不论你多么厌恶世界，世界永远都是按部就班地日出日落，世界从不颓废。

163

从一走上科学的道路，爱因斯坦就决心献身于整个人类，而不是哪一个领袖、哪一个组织或哪一个机构。所以当希特勒雄视世界的时候，要爱因斯坦为他献身，爱因斯坦断然拒绝了。愤怒的独裁者悬赏 2 万美元要他的人头。那些尊贵的国王、富可敌国的大亨，都是他的普通朋友。

只要听《欢乐颂》这伟大的乐章，我就对莱茵河畔那个双耳失聪的贝多芬崇敬不已。世界在他面前寂静无声，但他却把最动听的乐曲献给全世界的耳朵。还有生活在古希腊时代爱琴海岸边双目失明的荷马，他弹着七弦琴，吟唱着史诗，人类世界因而诞生了文明初期最伟大的诗篇《伊利亚特》与《奥德赛》。他们全身心地投身于思索与创造，早已超越了自我的悲伤。我因此告诉我的听众与读者：只要心不凋残，只要总是不屈地歌唱，你的歌声就会从苦难中升华，你的歌声就会更加嘹亮！

如果一个人贪图安逸与享乐，就是沉沦的开始，因为世界的性格是这样的：在困境中崛起，在奋斗中突破，在痛苦中深刻，在艰难中成长。而舒适与安逸，懒惰与享乐，只会让生命不断枯萎与衰落。

不要嘲笑那些总是告别昨天的人，一个人如果不会与昨天告别，就没有崭新的未来。不要自以为到达了至高的巅峰，因为这意味着你今后的人生，就都是下坡路了。一个伟大的攀登者总是一生都在前进的路上。

每一次看到饱满的向日葵，我心中的巨大崇敬油然而生：如果不是执着地追求光明，它的生命怎么会有这样灿烂的金黄？

我相信，纵然有价值连城的财富，也不能使空虚的心灵充实。没有一种人生比开拓者更有意义。开拓者拥有真正的驰骋世界的自由，留给世界的永远是伟岸的身姿，而占有者身上只有累累的包袱。

不论获得了多么崇高的荣誉，你必须保持这样的清醒：越是高雅的桂冠，使人高贵也让人的负担更加沉重。凯旋门并不仅是成功之门，迈进了凯旋门的英雄，更容易在鲜花与掌声的海洋中迷失。

在浩瀚的沙漠面前，总是会产生无边的遐思：没有风的时候，沙漠在阳光的照耀下，庄严、安静而肃穆，像一个听话的孩子。一旦狂风刮起，它立刻露出暴戾狰狞的面目，掀起狂暴的风沙，天地立刻为之变色，成为人间地狱。所以，在神秘的自然面前，我们必须心存敬畏。

164

人到中年，无情的岁月在额角埋下了几道沟壑，把两鬓换成了白发，步履也开始有些蹒跚。但是我坚信，岁月没有权利剥夺我的希望和憧憬。尽管过往的日子曾经涂上玫瑰的颜色欺骗过我，但我并不因此抱怨生活。我努力拨开心灵的乌云，穿越生命的阴影，继续畅怀歌唱，追求生命的壮阔，眺望美好的未来。我相信，只要自己不折断翅膀，我的生命就会时刻在蔚蓝的苍穹飞翔。

生活如此广阔，我没有任何理由停下自己追求的脚步，甚至不需要刻意地给自己设计一个石破天惊的蓝图，只管在黑夜中寻找黎明。我从来不寻求他人的理解与认同或者赞美，因为我的追求不是为了别人的理解与掌声，只要我自己理解就已经足够。

每一个人都有自己的追求，人们没有时间关怀你的梦想，抚慰你的痛苦与创伤。就这样一路前行，不急于收获远方朦胧的硕果，从容地擦掉眉额上的风尘，精心珍藏独自品尝过的忧伤，在寻找中收获勇敢，在挫折中收获智慧，心甘情愿地忍受着千辛万苦，让人生拥有波澜壮阔的一世苍茫。

我最喜欢伟大的英国诗人拜伦的那句话：“对我的赞赏，我报之以叹息；对我的诅咒，我报之以微笑。”正是这个信念激励着他超越了渺小的胜负与世人的评说，在自己的王国里拥有了灵魂的自由。

在我人生的词典里，从来没有畏惧，我的心即使已经千疮百孔，我也绝不会向命运举手投降。因为我知道，一个坚强的追求者不需要别人的掌声来支持，也不会被他人阻止前行的脚步。

不论谁都会有过对追求的怀疑，但是我坚定地否定了自己的怀疑。我知道所有的追求者都没有特权，一切追求都必须穿过严峻的逆境和苦难。但我又坚定不移地相信，所有的追求者注定会穿越痛苦的大门，寻找到深藏于黑暗中的思想灵光，结束彷徨，告别黑暗，走向灿烂的光明。

攀登高山，每一步都险象环生，随时都面临跌进深渊的危险，而且越接近巅峰越要付出更大的意志与力量，然而一旦站在了山顶之上，则顿生出“海到无边天作岸，山登绝顶我为峰”的豪迈。清新而明净的霞光属于你，晶莹而纯净的珠露属于你，深邃而浩瀚的星光属于你，世界上最美好的赞美也属于你，广阔的世界尽在你的视野里。

165

我们常常看到那些望洋兴叹的人，他们大多是语言的巨人，行动的矮子，生活的懦夫。

既然生而为人，就要投身于壮阔的世界，用坚硬的双脚踏碎人生路上所有的荆棘和栅栏，每天都弹奏着进取的乐章。

中年的情怀，就是那种对身边正在发生的事情，不再有激动与惊喜，不再急切地寻求结果与答案，被误会了不再辩解，被赞扬了不再骄傲，被刺伤了也不再躲闪，按部就班地坚守着自己的初衷，无尤无怨、淡定、自足、安静，把所有的成败都抛弃到时光里。

这个时候，你还会渐渐发现，原来那么在意的事情，已经不那么重要了；原来一定要争夺的东西，本来也可以不争；而一直不关注的事情，却开始频频来到眼前。甚至越来越羡慕那些山中的隐士。我努力说服自己：即使不能遁迹山林，也要做一个心灵的隐者，为自己的行为负责，不后悔自己的每一个选择。

最喜欢写“尘世佛心”，到了中年，所有的事情渐渐清晰起来了。人生不过短短几十年的时光，可是，在一个个短促的日子里，因为有了朋友的一路同行，相知相伴，我们的生命增添了多少生动的情怀！在人生的每一个转弯处，在岁月的每一个角落里，朋友的目光仿佛一盏盏璀璨的灯火！

一个人在生活中最应该牢记的，是不要四面树敌，不要在籍籍无名之时太在意自己的自尊。为此，美国微软的创始人比尔·盖茨曾经忠告青年人：“生活是不公平的，你要去适应他；这个世界并不会在意你的自尊，而是要求你在自我感觉良好之前有所成就；善待你所厌恶的人，因为说不定哪一天，你就会为这个人工作。”

德国哲学家和诗人尼采曾说：“每一个不曾起舞的日子，都是对生命的辜负。”在我们的生活中，之所以那么多的人平庸无为，就是因为自己为自己戴了两副镣铐：一副镣铐，铐住了大脑，锁住了思路；另一副镣铐，铐住了双脚，让自己变得懒惰而止足不前。

我知道生活总是在给你苦难的同时给你准备好了另一扇窗。所以我从来都没有怀疑过，总有一天我会以自己奋斗获得名望，站在世界最耀眼的舞台上歌唱。

生命中总有一种隐隐的豪情，引领着心灵踏上那条壮阔的丝路。并坚定地相信，只要自己不放弃追寻，一定会在某一个黎明到达神奇而壮丽的世界。在那个世界里，生命自会得到无比的尊敬，实现崇高的价值。

不论经历多少风霜雪雨，世界总是以时间和耐心静静地等待着坚强而勤奋的攀登者到达光荣的圣殿。

166

与山东艺术学院教授李忻峰兄雅聚，忻峰兄是我的同乡，曲阜师范大学美术系毕业，言及当年求学时的情状感慨万千道：入学后，上课时先生把凳子拿走，要求学生站着写字，每天下午必须交 108 个楷体字作业，持续 30 日之后不再要求。

先生说，今后不让你们交了，因为一个人有一个月的持续坚持，已经成为生命中的习惯。

忻峰兄说，果然那30天的作业成了骨子里的习惯。30多年了，到现在自己已经成了导师，但是每天写字的习惯却没有间断过！

由是我想，一个良好习惯的养成，并不是多么艰辛的事，只是大多数人没有遇到这样给自己点拨给自己规矩的人。

每一次想起托尔斯泰的《战争与和平》这部伟大的作品，我就在思考，托尔斯泰为什么选用这样一个对立的具有哲学意味的书名？我想托翁早已经洞察了世界的真谛。我们的世界是一个善恶并存的世界，就如没有恶就没有善，没有罪人的存在也就没有圣人的出现。因为黑暗人们才渴望光明，因为丑恶人们才歌颂善良，这正是我们的世界神奇而优美的原因。

我们的世界犹如一片广阔茂密的森林，一旦我们确切知道了自己所在的位置，不论前面有多少艰难险阻与曲折弯路，我们迟早都会穿越迷茫，找到出口，未来自然是不可限量。但是，如果我们不能确切知晓自己身在何处，则只能在迷途中摸索。

艺术家的劳动其实就是自我的发现与自我的追寻。不论世人对艺术家的作品如何评价，其实最严厉的评判者是艺术家自己。当一个艺术家面对自己的作品露出一分坦然，一分从容，一分淡泊的时候，他的艺术追求就已经抵达了澄明之境。

如果突然间发现有人远远地超过了自己，而自己的落后是因为没有尽到全力，也以一颗豁达的心看淡一些，这个时候再埋首努力也许并不算晚。

我们常常说到对手或敌人，我们一般也认为这是一个阻碍我们发展前进的力量。事实上，这样的对手并不存在，如果说一定要给自己找一个对手，这个对手就是我们自己本身。机会时刻存在，世界的大门时刻都敞开着，你每一天与所有的人一样迎接黎明，你哪一天都可以重新开始。没有人阻挡你前行的脚步，只要你不断突破战胜自己的昨天，你就一定会不断走进成功，放弃、颓废、堕落的是你自己。所以如果你一事无成，怨天尤人，那是你为自己寻找心灵的借口与自我解脱罢了。

印度新德里的郊外有一座寺院，寺院里有一幅巨画，画的是佛祖即将离开王宫的几个瞬间。其中一个是他半夜悄然别离妻儿的一刹那。佛祖的前身是印度王子，他决定放弃王位远行，画家抓住了他走到门口回头再看一眼熟睡中的妻儿的瞬间，双眸里充满了依恋与不舍。我想，这幅画表达的是，即便是佛祖，他依然不忍抛弃尘世中的妻儿，所以，才会有无边广大的慈悲。

当你经历了所有的黑夜，品尝了所有的苦涩之后，你才会知道，每一条欢快的溪流都是群山封存已久的歌唱。

167

北宋著名理学家、关学领袖张载以他著名的四句名言“为天地立心，为生民立命，为往圣继绝学，为万世开太平”名垂青史。他还有一句著名的话：“存，吾顺事；殁，吾宁也。”意思是，活着，我就顺应时代；死了，我就安宁了。视死如归，这是何等置生死于度外的大胸襟！有了这样的胸怀，还会有什么痛苦，哪里还有什么烦恼！

有青年人说，为什么自己总是遇到艰苦的挑战？为什么困难总是接二连三？我说，人生的乐趣和魅力，正是在于人们在生存与生活中迎接不断遇到的各种挑战的过程中，充分调动自己的心智和能力去解决、去奋斗，从而品尝到人生的各种滋味。人也就是在这个不断进取的过程中丰富多彩，成熟起来。假如一个人一生没有要解决的问题，毫无生活的挑战，人的体能与智能必然不断萎缩，人生也因一生的空白而毫无意义和价值。

一个人只有天性善良，为人诚恳，品德厚重，才能具有高尚优雅的情操，才能产生正确的人生行为。

人生的很多苦难不可避免，不同的是，有人在遭遇苦难时，恐惧、颓废、潦倒甚至轻生，而有人却以大无畏的精神战胜了痛苦。其实原因很简单，如果一个人没有远大的目标，再小的苦难也会看得像大山一样不可逾越。

如果一个人心怀远大的抱负，具有开阔的胸襟，他就可以忍受眼前的苦难。因为他知道苦难仅仅是岁月之河的一个拐弯而已，不是人生的主流，他的人生最终一定走向壮阔的世界。

诗人彼特拉克说：“我是凡人，只要求凡人的幸福。”如果参悟了这个道理，我们就会是一个快乐幸福的人。宗教描述的天堂，让教徒去向往吧；魔鬼描述的极乐世界，让魔鬼去追求吧。我们只在我们日常的生活里，品味烟火人间的自足。

168

君子立志，当有包容世间一切人和事的胸怀，也就是司马迁在《史记》中说的“鸿鹄之志”。《后汉书》中说“志不求易，事不避难”。有大抱负，才会产生大动力；有大魄力，才会有杜甫《望岳》中的“会当凌绝顶，一览众山小”的大境界，才会有以天下为己任的大气象。

人是自己观念的随从，你是一个什么样的人，首先在于你想成为一个什么样的人。古人说“我欲仁，斯仁至矣。”就是说，我想得到仁，于是就日夜攻读，钻研孔孟的学问，慢慢就接近仁的境界了。如果想都没有想过的事情，连实现的可能性都不会有。

青年人最不可缺少的是刚。刚是生命中的威仪、自信与力量，是凛然不可侵犯的大丈夫气概，是让一个人站立起来的秉性。假如一个人生命中没有刚，则不能自立，不能自立则不会自强，不能自强，何来建功立业？

看一个人不是看他做了什么，而是问他想做什么。问他想做什么是问他的心，是考察他的志向。因为如果他想都没有想过的事情，也就根本不会去做，他的人生自然也没有方向。诸葛亮说“志当存高远”，王夫之说“传家一卷书，惟在汝立志”。大凡有成就的人，没有不志向远大的。

《左传》中说：“大上有立德，其次有立功，其次有立言。”这说的是人可以在这三个方面努力：仁德布于四海，为国家建功立业，著书立说。也是要求青年人要志在高远，按照难易去努力，做到其一也足以名垂青史，流芳百世。

在少林寺里有一块释迦牟尼、孔子、老子三人合体像碑碣。三人为佛祖、儒圣、道尊，碑碣勒有赞语：“三教一体，九流一源，百家一理，万法一门。”这块碑碣告诉我们的是：不管哪一个教，只是方法不同，但是修行的最后境界是相同的。其实一旦明白了这个道理，我们的人生自然豁然开朗。千万条江河，终归于大海；不论走的是哪一条道路，最终都到达同一个终点。

我们都不是圣人，免不了也有斤斤计较的时候，有心浮气躁的时候，有见识短浅的时候，有判断失误的时候。重要的是，我们能每天面对自己的不足与弱点，进行深刻无情的拷问，这就最终决定了不同的归宿与格局。如不能常常扪心自问，找到自己困惑的症结，自然会时时心神不宁，人生茫然；如能做到，则自然鬼服神钦，心正气顺，有所作为。

169

恬淡是一种人生的态度，也是人生的情趣；达观则是一种人生的境界。让自己活得恬淡一些并不太难，但如果没有过人的智慧与洞察力，人却不可能达观。

气量是一个人接受、容忍他人批评的勇气与胸襟。清代学者钱大昕说："谤之无实者，付之勿辩可矣；谤之有因者，非自修弗能止。"他的意思是，如果别人无中生有诋毁你，你不须辩解；如果批评得对，你只有自修改正才能不让别人再批评你。

说得太好了，这就是一个人应该具备的气量。只有具备了这种建立在自信基础之上的气量，不断检点自己，周身才会散发出人格的光芒与魅力。

人非圣贤，孰能无过？谁敢拍着胸脯对苍天说，自己一辈子没有做过亏心事？没有，只要是人，就有七情六欲 ，就有性格的局限和人性的弱点。曾子说"吾日三省吾身"，就是要大家每天反省自己。《尚书》说"改过不吝"，也是告诫人们，要努力改正自己的错误。

圣贤与普通人的区别也正在这里。大家都会犯错，有人过而能改，不断批判否定自己，使自己的品格不断完美。而有人却文过饰非，遮遮掩掩，将错就错。

大丈夫立于天地之间，必须有一种精神，这是一个人独立于世间的根基，有所作为的前提。因为只有具有一种精神，才可能具有自己的观点立场，生命才会具有卓然的风骨和境界，人生才会产生超凡脱俗的大气象。

古人说："艺多不养身。"是说要专心学精一门看家本领，在某一个领域达到较高的水准，才会触类旁通，才会对事物有真知灼见，才会取得成就。很多人博览群书，也博学多才，但是却没有独到的创造，原因就在于所学不精，所知不深。这种人常常炫耀自己的博学，但是实际上百无一用。

曾国藩官做得很大，但是他最看重的不是官位，而是学问。有一年他听说侄子纪瑞在全县科举考试中取得第一名，特别写信祝贺。他说："我并不希望我家世代富贵，但是希望代代出秀才。所谓秀才，就是读书的种子，世家的招牌，礼仪的旗帜。"

曾国藩还就读书说过一句话："书味深者，面自粹润"。意思是说，读书体味很深的人，面容自然纯粹、温润。

一个深入读书的人，必定心智高度集中，将人间的一切杂事、琐事、烦心事渐渐抛到身外，久而久之在心中渐渐养成一股充实、丰沛的浩然之气。

读书可以彻底改变一个人。书可以医愚，可以益智，可以养生。看一个人不须看他做什么，只要看他读什么书就可以了。

古代那些精通相术的人，甚至认为读书可以改变一个人的骨相。自卑的人因为读书而自信；浮躁的人因为读书而宁静；轻浮的人因为读书而深沉；愚鲁的人因为读书而明达。

其实，不论你身处何处，只要你拿起一本书走进阅读，就走在了心灵修行的路上。何止是曾国藩的面容温润，而是具有了超凡脱俗的仙风道骨。

170

外国影片《天气预报员》中男主角的父亲对孩子有一句很经典的提醒：成年人的生活里，没有“容易”二字。

这是一个阅历深厚者的人生忠告。不要以为只有你的生活艰难，不要以为只有你正承担着重要的责任，不要以为别人都一身轻松，谁都不容易！

懂得了这个道理之后，我们就没有任何理由不勇敢承担起自己的责任，就没有任何理由回避困难，也就没有理由不建功立业。

如果你不为自己的一生树立一个大致的目标，就不可能有条理地安排自己每一天的生活，也就不可能让自己的人生循序渐进。就像学习绘画的人，如果不知道自己想画什么，给他准备多么艳丽的颜料又有何用呢？就如大海上的船只，如果没有确定驶向哪一个港口，即使风向再有利于航行也是徒然的。

我越来越能感受到一个人在天地间铿锵而行的快乐和骄傲。先前有很多嘈杂的声音、善意的提醒或者不怀好意的讥讽，现在那些声音再也听不到了。那些人肯定还在，但是他们还停留在我曾经的出发点上，而我已经到达远方。

我对自己从事的事业充满了宗教般的虔诚。我相信，真正优秀的作品不论是文学作品还是书画、音乐艺术，都应该是青春勃发，都应该是美的享受，都应该催人奋进，都应该神圣而高贵，而不是标新立异，更不能是丑陋怪诞的畸形。不论什么门类的艺术，如果打上了“玩家”的标签，不论玩得多么“老道”，最终一定会把自己玩掉。

总是有很多人试图向我探听一种密码，我说，我不过是一生都在朝着一个方向走，每天都在突破自己，每天都不重复昨天，所以距离出发地越来越远。我同时知道，这个世界上大多数的人，每天做的事情都几乎是相同的，每天虽然也很努力，但都是没有丝毫区别的复制昨天的自己，所以最终还是停顿在原地。

很多人，特别是写诗的人，常常说到痛苦。其实，痛苦是犹豫、怯懦、软弱的代名词。所谓痛下决心，一旦下了决心义无反顾地前行，就不会再有痛苦。没有人理解你，这不值得你停下脚步，因为懂得你的人在前方的路口，你一旦抵达了那里，自会看到满天星光。

丈夫拥书万卷，何假南面百城。真正的思想家都是自己幸福的主人，因为他自己就是一个帝国。

要了解一个人，不一定非得观察他本人，只要看看他所结交的朋友就可以了。这也就是古人说的“相友而知人”。一个人一辈子总有几个好朋友，生活中相互帮助，性情相互影响，思想相互交流。一个小地方、一个班级往往出现人才辈出、群星璀璨的现象，不是因为这个地方和班级的人比另一个地方的人更聪明，而是这个特定环境中的人团聚在一起，相互砥砺、相互影响和激发的结果。

曾国藩曾经感叹说：乡间无朋友，实是第一恨事。荀子说：居必择乡，游必近士。可以看出古人对于交友有着很深的体认。

《诗经》中说：“嘤其鸣矣，寻其友声。”择善贤而交，见贤思齐，耳濡目染，自然也就渐渐成为一个贤者了。

当你心潮澎湃地走在洒满阳光的大路上，追求着自己钟爱的事业，享受着真诚的友爱，任什么也不能使生活成为你沉重的负担。

171

一个人最可怕的是失去了饱满的热情。没有了热情，就不会再有对生活的感动和激情。接下来这种人就会渐渐走向沉默，走向消沉，走向没落，甚至走向对一切都感到没有意思的颓废。

生活中只有两种人在不断努力进取，一是怀抱崇高希望的人，这种人具有一种不达目的誓不罢休的特质，他们注定会成为人类圣殿的主人；还有一种是经历了各种挫折之后从绝望中走出来的人，这种人知道，如果自己不努力，就只能永远停留在绝望中。

我们常常见到一些愤世嫉俗的人，他们往往用激烈的言辞，表达自己对社会现象或者某一个政治问题的愤怒。对于这一类人，我往往是敬而远之，因为我认为愤怒的人并不都真诚可贵，要看他的方向、出发点、深度和目的。

常常有读者问我：平时在读什么书？读书有多么重要？我说，一个人无论是否从事创作，博览群书是很重要的，这对你认识世界的广度和深度都很必要。但这还不是最重要的阅读。最重要的阅读是读你自己，不是读你的一个阶段、一个故事，而是读自己的全部。当你每天都把自己作为一本书，与自己相对而坐，认真深入地阅读自己生命历程的时候你会突然发现，一切你都可以成竹在胸，一切你都可以有另外的选择，你不再是一个浑浑噩噩的人了。

每一个人在童年的时候，都数点过苍穹中的星星。但当中年以后，我们是否还能有当年数点星空那样的心境，来盘点曾经的往事、苦难和忧伤？所有出类拔萃的人无不是因为有超人的意志毅力而成其伟大，但他同时一定是具有常常仰望星空、笑对往事的超然。

不论什么时候，你都应该能够向这个世界诉说自己的心境。只要活着，你就必须面对眼前的现实。不一定要一味地去付出汗水与心血，但你一定要有生活的智慧与韬略。这样，你才会游刃有余、沉着坚毅地应付骤然的变故，及时地把握住转瞬即逝的机遇，无论面对进取还是退却，都心静如水，凛然不惊。

生活的河流一刻不停地向前流淌，但它不会始终是一个速度，不会永远朝一个方向，它有转弯，它有曲折，还会有猝不及防的惊涛骇浪，但这些都不会阻挡河流最终流入壮阔的海洋！

172

每当面对季节的时候，我都会感到一种无言的感动。季节时刻都在慷慨而没有条件地赐予我们它最宝贵的风景，春天的绚烂、夏天的繁荣、秋天的果实、冬天的澄净都在我们生命的旅途中列队而过。每一个人的机会都是相同的，一如每天照耀我们的阳光。不同的是有人因为那一分敬畏，而收获了季节的馈赠，把自己也装扮成了美丽的风景；有人因为自己的随意与放荡，最后却是两手空空。

年轻的时候，我就读到了歌德的一段话，并始终作为自己的警醒："人的一世，不就是为了化短暂的事物为永久的吗？要做到这一步就须懂得如何珍视这短暂和永久。"读这段话让我怦然心动。是啊，我要让自己的人生化为不朽的永恒，我就必须珍惜眼前的一切，每一秒的时间，每一个稍纵即逝的机会，每一个遇见的人，每一件小事，每一个领悟。我知道这每一个珍惜尽管都是生命长河中一个个普通的浪花，但是它们将组成我人生壮丽的大厦。

智利大诗人聂鲁达说过："一个诗人，如果他不是一个现实主义者，就是一个死的诗人。一个诗人，如果他仅仅是一个现实主义者，也是一个死的诗人。"说得太好了，我们首先都是一个普通的生命，我们都真实地生活在现实世界里，任何人都不可能脱离人间烟火。不同的是，诗人和艺术家还站在自己创造的灯塔上仰望星空，眺望深邃的苍穹。

有人问我：为什么有的人生壮丽而辉煌，而自己却默默无闻？我说：这一点也不奇怪，你要扪心自问在你年轻的时光里，你前进的脚步是否每一次都踩响了青春的音符？你是否在荒芜的土地上播下了自己的种子？如果没有，你怎么可能谱出浑厚的乐章，怎么可能收获丰收的果实！

“什么也不指望有，就什么都有。”这对于大多数普通善良的人，无疑是一个巨大的警策；而对于生活中那些贪婪之徒，无疑又是深深的嘲讽。

生活不会亏待任何一个努力的人，你付出了之后，收获属于你的那一份成果，是当然的。没有付出辛苦，总想天上掉馅饼，自然也是痴人说梦。

日本画家东山魁夷说过一句话：“在与无声的风景的对话中，默默地认准自己的路，同时要有一颗不露于外的深邃的心。”与风景对话，认准自己的路，有多少人做到了啊？做到了这两点，再有一颗深邃的心，你必然就是一个生动而不凡的人了。

春天是我们的憧憬开始的季节，谁忽视了春天，谁没有在春天里许下庄严的承诺，谁不肯在春天里耕耘播种，谁就不会有秋天收获的喜悦，谁也就会失去整个的人生。

173

台湾漫画家蔡志忠的《禅说》中有则故事《洗钵去》：有一个人到寺院拜见方丈，问何为禅。

方丈问你吃饭了吗？那人说吃过了。

方丈接着说：那你去河边把碗洗干净吧。

方丈不回答何为禅，而是让他去洗碗，这其中已经深含了修行的道理，也是禅的极高境界了。

现在写禅文，说禅话，言必谈禅的人很多，但是真正领悟了禅的人又有多少呢？

禅以及很多深邃的思想，其实都隐含在普通的衣食住行里，隐藏在我们身边的平常事物里，只是看我们是否有一颗领悟之心。

174

诗人桑恒昌先生有一句诗：顶着夜色赶路的人，往往最先看到黎明的曙光！

常常遇见那些心情纠结的人，陷在一种情绪、一种忧伤、一段往事、一段悲欢中难以自拔。原因很简单，你没有学会告别。人生是不可逆转的单行道，永远没有重复的机会，因此必须学会不断向昨天告别。告别是人生不可逾越的决断，告别是让自己卸下沉重的包袱，轻装前行。人们正是在不断的告别中完善自我，逐步升华。

如果告别的音乐常常在耳边奏响，你的生命之树自然会常绿常新。

葛饰北斋是日本江户时代的浮世绘画家，他的绘画风格对后来的欧洲画坛影响很大，德加、马奈、凡·高、高更等许多印象派绘画大师都临摹过他的作品。他还是入选“千禧年影响世界的一百位名人”中唯一一位日本人。但就是这样一位具有世界影响的画家在他 90 岁临终之时说：“如果上天再给我五年的时间，也许我就可以成为一个真正的画家了。”面对这样的人生感叹，我们还有什么理由对艺术不忘我地追寻？还有什么理由停下奋斗的脚步？

很多朋友都很担心地问我：你每天就这样执着于自己的创作，黎明即起，夙兴夜寐，太辛苦了啊。

我这样回答朋友们：与那些伟大的艺术家相比，这实在不算什么辛苦。德国大诗人海涅，晚年的时候身患几种疾病，左眼也失明了，但是他依然一天也不停地写作，他在弥留之际留给人类的最后一句话是：“写，写呀，纸呢，铅笔呢？”法国大画家科罗到了 78 岁还在不停地创作，临终时他说：“我衷心希望天堂里也有绘画。”

面对这些大师，我始终感觉自己的付出太微不足道了，有多少大好的光阴都被我们浪费了？我们有什么理由不执着前行？

其实每一个人都是一片独特的风景，只不过大多数人一味地把目光投向别人的风景，对自己却熟视无睹。我们每一天都走在自己的风景里，只是有的人随着岁月的深邃而渐入佳境，有的人却如秋风落叶日渐凋零。更加不同的是，有的人虽然还活着，风景就已经不再；而有的人即使生命结束了，他的风景依然绽放着夺目的光彩，长久地留在世间让一代代的后人观赏。

175

要成就一种大业，必须先学会能屈能伸，学会体谅、宽容与忍让。

散文家余秋雨曾在台北街头与朋友散步，恰好一盆水从楼上倒下来，泼了他一身。大家都欲上楼理论，而余先生制止说：“按照逻辑，这是一个偶然事件，或者浇花失手，或者幼童玩水，我们都经历过的，此刻当事人正紧张地的躲在窗内屏息静听，连头也不敢伸呢！”众皆释然，大家会心而笑，愤怒化为一场轻松剧。

余秋雨先生为此专门写了一篇散文《台北街头一盆水》。

一个“忍”字在这里完美释放为生活的智慧。生活中我们每一天都会遇到不愉快，我们是解开它还是打成死结耿耿于怀？这是再简单不过的问题了。

唐朝时，泰山脚下有一个叫张公艺的人，九世不分家，数百族人和睦相处。泰山封禅的高宗路过这里，询问大家庭和睦相处的秘密。张公艺没有回答，而是引领高宗到家祠正堂。高宗看到正堂上悬挂的不是祖先的肖像，而是一百个“忍”字的百忍图。

高宗非常钦佩这个家族，赐金银锦缎褒奖，并命史官记之。《旧唐书》和《新唐书》都记载了这个故事。

把“忍”作为一个家族的训诫与坚守，作为家族的祖训，闻所未闻，由此可以看出这个家族的不同凡响。

一个“忍”字成就了一个家族的千古美谈。在这里忍是一种谦让、一种胸怀、一种精神、一种考验，更是一种美德。

176

世界上有这样一个人，他用自己的名字设立的奖项历经百年而不衰，它执掌着百年以来世界的天平，一边是推动时代进步的经济与科学，一边是治疗人类精神的文学艺术，但这个叫诺贝尔的人临终时却说：“我一生没有什么事迹，只是一个指甲保持干净整洁的人。”在诺贝尔面前，世界上多么诚恳的谦逊都黯然失色！

沿着一条道走到底的人，多被常人视为固执、偏激甚至愚钝，他们多是喜欢做梦的人，每天被自己的梦想鼓舞，又永远保持着自己的童心与激情，甚至总是生活在童话的世界里。似乎别人都不存在，他们就这样一路前行，直到把生命壮丽成常人只能观赏眺望的雄浑的风景。

1968年10月17日，瑞典驻日大使馆打电话给川端康成说瑞典学院决定授予他本年度的诺贝尔文学奖。得到这个消息，川端康成第一反应竟是对妻子说：“不得了，我们到什么地方藏起来吧。”他担心因为成了名人而受到喧嚣的打扰，再也不能安静地写作了。这也正是他之所以写出了杰出作品的原因吧？多年以来他一直安静地创作，不问世事，极少与人往来，完全沉浸在自己的艺术世界里。

福克纳是20世纪世界文坛的旷世奇才，他一生创作了17部长篇小说，但在他1949年因为小说《喧哗与骚动》获得诺贝尔文学奖之前，他的小说一直被评论家们讥讽嘲笑，评论家们认为他的小说荒诞不经，根本就不是什么文学艺术，他的叔叔和同学甚至以有他这个侄子和同学为耻。但他从不在意人们说什么，他说："想写好文章的人，实在没有时间去看什么评论，更没有时间去迎合人们的眼光。"他一刻不停地埋头创作，最终走上了世界文学的巅峰。当他获奖之后，罗斯福总统邀请他去白宫做客，他拒绝了，他说："我没有时间，也没有兴趣去赴什么宴会。"

是啊，他自己的事情都忙不完，哪里有闲心去赶赴总统的宴请呢。

177

有青年人问我：怎么才能走向成功？

我说：你的生命中不能有"心不在焉"，你要时刻挂念着自己要做的事，你要把经历的每一次都当作生命中的第一次，每一天早起都告诉自己：这是我人生中最精彩的一天！

这几句话做到了，所有的机会都会扑面而来！

佛说:“离开烦恼,便无菩提;离开生死,便无涅槃。”

困境、灾难、痛苦、烦恼、挫折谁都会遇到。不同的是,有人放弃生活下去的勇气,走向末路;有人却从不幸中体验到更深的智慧,引导自己的心灵抵达更高的生命境界。

常常有人陷入这样的困惑:自己遭受苦难的时候怎么面对?

我说:面对苦难的时候应该有两种态度:首先是想办法避开,如果避不开了,就安心接受。当这个时候,任何人都可以这样想,我什么都没有了,但是我依然可以同人们一样饱览大自然的山川,欣赏美丽的星空明月。

有一个这样的故事,一位老人为太太去世而痛不欲生。心理学家对他说:你应该为太太高兴,因为你太太早走一步,而不必像你一样饱受丧偶之痛了。

老人顿时豁然开朗,心理的重负轻松解脱了。

生活中的事,其实就在一念之间。

178

人的修为从“己所不欲,勿施于人”开始抵达“己立立人,己达达人”的境界,就是一个不凡的人了。

每个人都是世界的奇迹,每个人的心灵深处都有神明居住,如果我们打开心眼,我们自己内心的神性,自会引领我们走向辽阔的世界。

尼采说："一个人知道自己为了什么而活，他就能忍受任何一种生活。"如果我们心存崇高的梦想，如果我们志在远方，如果我们迟早要抵达杰出的殿堂，那么为实现这种理想遭受任何折磨与苦难，又有何怨？而且，你有什么理由不为自己的每一天心潮澎湃？

每一天，从凌晨到深夜，我都在不间断地读书思索，并把自己对世界的领悟变成一篇篇的作品，告诉给我的朋友和读者。我时时都有一种感觉：我站在高山之巅，手里高擎着一束熊熊燃烧的火把，我有责任把人间的道路照耀。

获得 1954 年诺贝尔文学奖的美国作家海明威，3 岁的时候就对父母说："我什么都不怕！"事实上他一生都保持着勇敢不屈、坚韧不拔的精神，吃过蚯蚓、蜥蜴，在墨西哥斗牛场斗牛，闯荡非洲的原始森林，参加两次世界大战。他的一生正如他在自己的成名作《老人与海》中说的："人是不能被打败的，你可以把他消灭，但不能把他打败。"

最喜欢读海子的《面朝大海，春暖花开》。海子太单纯了，他与一个布满心机、充满心术的世界格格不入。在一个需要生存策略和智慧的世故世界里，他因此束手无策。所以我们只能像欣赏一枚纯净的美玉一样，欣赏他那颗无瑕的心灵。

我们常常说人生的意义这个话题。我始终认为，如果一个人没有认真思索过自己活着的意义这个问题，他的人生就真的没有什么意义和价值。意义在哪里，意义是什么，这不重要，重要的是思索本身。苏格拉底说："没有经过反省检讨的生活，是不值得活的。"假如没有思索过自己人生的意义，你的人生怎么可能焕发夺目的光彩呢？

当泰戈尔的创作到达巅峰状态的时候，他发出这样的独语："在大浪滔滔的既往与未来的合流之中，在永恒与现在之中，我总看到一个我，像奇迹似的，孤苦伶仃四下巡行。"在我的学生时代，我读到这几句诗的时候，我的眼前一片茫然，我无法理解伟大的诗人。今天，我成了诗人的知音。因为在苍茫的大地上，在思想者的小路上，我一个人踽踽独行，形单影只。

刘再复先生引述英国思想家卡莱尔的话："未曾哭过长夜的人，不足以语人生。"刘先生说他在故乡的森林被砍光时，在祖母逝世时，在尊敬的老师被赶进牛棚时，都哭过长夜，他具有独语人生的资格了。

这些年以来，我一直在拷问自己：在最疼爱我的父亲 64 岁突然去世的时候，我哭过长夜；在我决定远离故土，漂泊天涯，探索人生的路径时，我哭过长夜；在我有了能力，可以为年迈的母亲提供优厚的都市生活时，母亲竟突然失语，再也不能用语言与我交流，我哭过长夜。

我经历过了一次又一次炼狱般的苦难，我也可以拥有独语人生的资格了！

是的，我就这样走向思考，走向内心，走向深邃的苍穹。

179

有很多时候，所谓的厄运和痛苦，都是自己编织臆想出来的阴影。就像把自己强行关进一个黑暗的房子里，然后一味否认光明的存在。其实我们完全可以自己选择是拒绝光明，还是推翻固执的偏见构筑的高墙，让阳光照耀自己的身心。如果能够到了这样的高度，重新看待面临的一切，将所有的痛苦与忧伤都转换成美好与善良，你的世界尽是如锦前程、鸟语花香。

太阳出来了，乌云就悄悄地消失了。人们常常担心安全和保障，其实没有什么比品德更能保护自己。品德不仅指外在的道德规范，还包括高尚的情操、无私的博爱和纯洁的思想，没有自负与虚荣。如果一个人总是以一颗端正的心态面对世界，来自他人的尊敬就如同被阳光照耀，不仅会使你感觉身心安全，而且已经超然物外。

你是什么样的人，你便会有什么样的世界。心存疑虑的人，对什么都不相信；一个骗子的眼里，世人都说的是谎言；吝啬鬼认为，世人都爱财如命；而在一个好色之徒的眼中，圣人也不过是花言巧语的伪君子罢了。与此相反，一个充满爱心的人，世界到处都是仁爱与善良。

人们常说“知足常乐”，其实在我看来，对青年人而言，这是为懦弱懒惰者准备的蒙汗药，是为意志薄弱者准备的墓志铭，是为失败者准备的遮羞布，是人生路上所有落荒而逃者的借口。人生要有诗意和远方，人生要壮志凌云，如果总是知足，哪里有机会领略世界之巅的瑰丽风光？

即使陷于最黑暗、最糟糕的境地，你依然可以拥有梦想，怀抱希望，依然可以向远方进发，这是世界给每一个人最平等的权利。明白了这一点，你就应该知道奋斗何时都不会晚，不论身处何种境遇，都没有必要颓废和自暴自弃。

中年以后，你会发现青少年时代的发小、同窗们的人生已经是霄壤之别。原因在哪里？为什么别人已经名满天下而你依然籍籍无名？其实没有什么秘密，你看看他对每天的小事是怎么做的，答案就迎刃而解了。古人说“不积跬步，无以至千里；不积小流，无以成江海。”人的一生都是由每天的小事累积而成，没有小事的累积，也就成不了大事。你检查一下自己，是不是在每天的小事上得过且过，而别人却对每一个小事一丝不苟、精益求精？ 任何一天、每一件小事都不是无关紧要，都是你人生大厦不可或缺的一块砖。每一天精心做好每一件小事，持之以恒，就没有什么能够阻挡你人生的大厦拔地而起！

人生最忌的是“浮躁”二字。一个浮躁的人、一个热衷于人前游走、热闹中求欢的人会浪费掉自己的聪明才智，浪费掉宝贵的时光，最后一事无成。所有成功的人一定是长期隐于自己的世界，专注于自己的梦想，每天一刻不停地精心构建着自己的房子。

1919 年 11 月 6 日，一个伟大的日子。这一天，皇家天文学会向全世界郑重宣告：一直被非议、一直没有得到承认的爱因斯坦的相对论学说，是人类思想史上最伟大的功绩之一，是关于重力最伟大的发现。

消息传到德国，人们来到爱因斯坦面前，祝贺他说：现在终于证明你的理论是正确的了！

可爱因斯坦并没有激动，他从口里取下烟斗，平静地说：我并不需要证明，需要证明的是别人啊！

爱因斯坦之所以是爱因斯坦，不正是因为有这样的自信吗？

180

常常去看黄河。每当站在黄河岸边，自然想起“孔子在河边说：‘逝者如斯夫，不舍昼夜。’”千百年来，没有另外一句话更能确切描述、概括人们对江河与世界的感悟。那滔滔之水无声无息、静静流淌，从亿万年之前再到亿万年之后，绵延不绝。八百年之周、煌煌大汉、巍巍大唐都消失在了历史深处，只有这江河依然奔流，滔滔不绝。沧海横流，逝者如斯，唯信念永恒不朽。

我常常想人生就像球赛，再强大的球队也有丢球失败的记录；再弱的球队，也有进球胜利的辉煌。所以我们必须接受生命的缺憾和不完美。我们不必为自己曾经的失败内疚，也没有必要为已有的成就骄傲。人生，永远在路上。

最喜欢法国思想家帕斯卡尔的名言："人是一棵会思想的芦苇。"人的生命纤如一棵弱小的芦苇，但因为具有了思想和智慧的能力，人的生命就如深邃的苍穹一样辽阔，像巍峨的崇山峻岭那样伟大，并因此成为世界的主宰。

莎士比亚说："在命运的颠沛中，最可以看出一个人的气节。"舒适优越的生活只会产生平庸，艰苦的磨难才会造就不凡。追求充满诗意的远方，抛弃生活的安逸，品尝人生的种种苦涩，即使折戟沉沙，即使头破血流，即使前程渺茫，依然一往无前，到最后你必定会发现你不仅成了一个笑对苦难的硬汉，而且已经站在世界之巅。

当拿破仑做了法兰西的皇帝，拥有了梦寐以求的权力、财富和荣耀之后，他却说："在我的一生中，从来没有过一天快乐的日子。"可又盲又聋的残疾人海伦在写出了著名的《假如给我三天光明》之后，对人们说道："生活是多么美好啊！"

没有什么外在的东西能够给我们带来快乐，快乐在我们自己的心里。

我们常说"赠人玫瑰，手有余香。"茫茫人海，有缘相遇，良言相赠，有益于他人也必定能温暖自己的心灵。当遇到身处窘境的人，为他说句解围的话，帮助他摆脱尴尬；当遇见沮丧落魄的人，为他送上一句鼓励的话，让他重新拥有鼓舞自己的力量；遇见犹豫不决的人，给他一句坚定主见的话，引领他走出疑惑；遇见无助的孤独之人，给他一句肯定支持的话，使他获得信心。

荀子说："赠人以言，重于金石珠玉。"关键时刻的一句提醒，能帮助他人改变处境，更会让自己赢得尊重和美誉。

在我们的一生中，会遇见各种各样的人。有的人会与我们同舟共济、荣辱与共、并肩而行，共同见证春夏秋冬。有的人会与我们擦肩而过、失之交臂、形同陌路，最终分道扬镳，各奔前程。其实不论偶然的相遇还是长久的相濡以沫，这些人都是我们人生中不可缺少的陪伴，或长或短，他们与我们一起成长，一起变老。

人永远不能向生活称臣，永远不能向意志服软，不论什么时候，都要想着再给自己一次机会。因为生活中总是这样的：在坚强的人面前俯首听命，在软弱的人面前恃强逞能。所以，生而为人来到世上，你别无选择。

181

人一旦拥有了思想的力量，生命中就具有了无畏的勇气，所有的困惑顿然冰释，人生之路豁然开朗。诗人爱默生说："唯有在最深沉的黑夜中，才得以见最闪耀的星辰。"当陷于困顿逆境中难以自拔的时候，这句话正是柳暗花明的钥匙。

伟大的因果法则总是以不可置疑的力量向人们展示着命运的冷酷无情。每一个重要的人生拐点，总是有人流着悔恨的泪水，同时也有人满心欢喜。

我对朋友们说：要做就做到最好，要么就不做。世界上没有谁能阻挡你前行的脚步，所有的阻力都来自你自己。在一个满怀豪情、一往无前的人面前，世界扑面而来！

人们常常谈论关于如何成功的话题，大家说要勤奋、要坚持、要有目标。我说，这些因素当然是成功所必要的，但却不是最重要的。一个人若要成功，最重要的是看他是否时刻具有使命感，是否有能做自己的自由，是否有敢做自己的胆量。

如果没有长年累月的艰苦追求，不经历多年无声无息的不懈努力，没有长时间无法得到认可和赏识、长期忍受孤独和寂寞且不计回报的心理准备，就不可能最后登上杰出者的殿堂。

很多人活得十分卑微，只知道在本能的驱使下吃喝玩乐，从不知道克制和怀疑自己，一味盲目顺从并满足自己那些低俗的欲望和喜好，从来没有想过调整自己的格调与人生走向。他们似乎不知道，如果要活得有声有色，不仅要克制自己的欲望、压抑个人的喜好、放下自己的成见，更要在自己的心灵中建立起充满善行美德的品格，并让自己始终如一地遵循。

有人说，你们这些读书人真是太苦了，每天黎明即起，焚膏继晷，苦读冥思。我回答说，读书人勤于读书是吃苦，实在是不读书者的误区。读书成名的人，只有乐在其中的忘我与陶醉，哪里有苦？为崇高的理想而读，为增长学问而读，为学习本领而读，为淬砺志向而读，怎么会不是万般乐事？对于没有抱负、甘于平庸的人来说，读书才是苦差事，因为阅读没有什么目的，自然不会有如饥似渴的感觉了！

倘若没有明确的人生目标，做什么事情都会举棋不定。世界上最伟大的力量，是怀抱梦想、意志坚定、不懈追求的力量。因为任何一个胸怀远大抱负的人都是自己心灵的铺路者，他们沿着自己的路径一往无前，即使面对死亡的威胁也不会改变方向。最后世界上所有的艰难险阻，所有的崇山峻岭，都在追求者的面前溃不成军！

不论处于何种境地，都不能失去宽厚、正直与豪迈的品格，都要保持端正的品行，坚信善行最终会赢得回报。也许你暂时会有很多损失和委屈，但是最终你会发现，这是世界永恒的法则，这些品格都成了人生的巨大能量，将你带入真正成功的佳境，即使小人的诅咒也化为了温馨而美好的祝福。

182

能否做一个一生都目光炯炯、始终都激情澎湃、一天也没有过放纵与颓废、总是被世界感动着的人呢？我想是能够的。世界上有那么多的歧路，人间有那么多的诱惑，生活有那么多的迷惘，这正是神圣而不可推卸的使命！

有一句话是这样说的，世可欺我，我不欺心。如果我们都能做到有良知、有操守，人生自然就简单澄明，人间也是澄净的世界。

一个中年人最重要的是学识与风度。学识会让人充满智慧而赢得世人的尊重，而风度会使生命具有一种让人心仪、令人心折的优雅。巨大的财富与俊美的外表会一时征服人的感官，但渊博的学识与优雅的风度则会让人五体投地。

中年人最明显的特质是因为懂得了“生也有涯”的人生有限，而变得知足、老成，充满良知，生命因而具有了壮阔、厚重、坚韧的品格，具有了博大、稳健、安分的个性，变成了成熟、智慧、冷静的壮美风景。

富有远见和智慧的忠告是人生避开弯路不犯错误的灵丹妙药。无论对人还是对事，如果从公正出发、以善良为情怀、基于良知的真知灼见、抛弃成见和偏见，不论你的言辞和方式多么尖锐，也不会让人认为是攻击、诋毁和诽谤。同理，一味的、不加辨别的阿谀和吹捧，则是一个人走向毁灭的帮凶。

刘勰在他的《文心雕龙·知音》中说“操千曲而知音，观千剑而识器”，意思是在告诫我们，如没有演奏过千首曲子，你不会真正领悟音乐的奥秘；如没有观察过千种利剑，就不会真正掌握剑的精髓。由此我们就可以知道，一个人不论做什么事业，如没有经过千锤百炼，就不会取得成功！而那些取得了巨大成功的人，无不是经历了千辛万苦的追求！

常常听到有人说，谁是他的偶像。我说，一个人没有偶像，人生也许会陷于迷惘；但如果一个人一生都生活在追随偶像的阴影里，就绝对不会取得成功。面对失败其实一点也没有必要悲伤，因为你还处在山下的平地上，并无摔下的担忧，何悲之有？最可怕的其实是取得了巨大成功的人，因为已经处在了无限风光的险峰，众目睽睽，也是众矢之的，稍有不慎就有跌入万丈深渊的可能。所以最可怕的不是失败，而是成功。

“东施效颦”的故事，给人们的最深刻的启示是，美是不可模仿的。刻意的模仿只会弄巧成拙，只会贻笑大方。因为美不是简单的漂亮，而是深刻的修养。

我们的世界隐藏着无穷的奥秘，但每一个奥秘都有奇异的道路可以抵达，都有一扇门为好奇的探险者敞开，所谓曲径通幽。

183

一个人拥有美好的心境，总是从拥有了淡泊的心境开始的。淡泊会让人远离浮躁、欲望、诱惑、争斗，心如明镜。相反，奢华会让人掉入可怕的陷阱。淡泊给予人的或许很少，但是人生所必需的都有了；奢华给予人的或许很多，但人生最珍贵的也同时都失去了。

真诚与善良犹如宁静的湖水，美丽、淡泊、安详，与智慧一样闪耀着迷人的光辉。真诚待人显示的是心灵的晶莹，并不是为了换取真诚；与人为善显示的是心地的宽广，也不是为了换取回报。这才是真诚与善良的高尚。

当有人对你千方百计贬低甚至诋毁的时候，你完全不必反击或者愤怒不平，也完全不必为自己辩解或者想办法取得人家的谅解。因为这只有一个原因：你已经变得足够强大，甚至已经强大到别人无法追赶与超越。这个时候，不愿意服输的人就剩下了这唯一的方式，来取得自己心理的平衡。而你，这个时候如果采取宽容大度的心态，则是捍卫自己的最锋利的武器，因为这会让诋毁你的人更加无地自容。

法国大文豪雨果，年轻的时候立下一大宏愿：要让巴黎的名字改成自己的名字，雨果城。他为此理想而焚膏继晷地创作，15 岁在法兰西学院的诗歌会得奖，17 岁在“百花诗赛”获得第一名，20 岁因出版诗集《颂诗集》获国王路易十八的赏赐，40 岁被选为崇高的法兰西学院院士，并在 1862 年发表了百万言的《悲惨世界》。

小说发表之后，他因此而成为世界级的文学巨匠，被誉为“法兰西的莎士比亚”。最终，巴黎并没有因为他的巨大的文学成就更改名称。雨果的梦想没有成真，但在他逝世的时候，整个法国，举国为他送葬，葬于法国先贤祠。市长在悼词中这样说：巴黎这个城市，因与伟大的雨果联系在一起而感到无上光荣。

欧阳修曾这样评价苏轼：“读（苏）轼书，不觉汗出，快哉快哉！老夫当避路，放他出一头地也。”

当时的欧阳修是文坛领袖，他发现了年轻的苏轼时竟然有这样的胸襟！当时还有王安石、曾巩等一批年轻才俊在欧阳修的举荐之下，纷纷走上文坛，宋代一时人文繁荣。

一批年轻人在欧阳修的引领下出来了，他们取代欧阳修了吗？没有，欧阳修与他们一起，组成了宋代最璀璨的文学星空，相互辉映！而欧阳修因为容人容物的气度，得到了更高的尊敬与声望。

184

怎么才能成才？其实没有什么捷径和密码，大处着眼，小处着手，就足够。奇怪的是，绝大多数的人总是好高骛远，从来不屑于把每一天当中自己手边的小事做好。这些人永远不明白，手边的一件件小事正是宏伟大厦的一块块砖瓦。所以成功学家说，细节决定成败。

怀才不遇的情形是常有的，比如姜子牙遇见姬昌之前不过是一个贩夫走卒；百里奚拜相之前不过是一个饲养牛马的人；诸葛亮在刘备三顾之前也不过是一个乡村野夫。但很多人“怀才不遇”的痛苦却是一个伪命题，之所以总是“不遇”，实际的情况是，自己并不是一个真正的人才，不过是一个庸才的刚愎自用和自以为是罢了。

一些人抱怨得不到理解与尊重，自己的才干没有用武之地。这样的情形，其实自古以来并不少见，苏秦兄嫂的“前倨后恭”，走上绞刑架的苏格拉底，还有爱因斯坦、哥白尼，哪一个不是成功之前备受误解甚至羞辱的？最重要的是，你真的是最后佩六国相印的苏秦和发现了相对论的爱因斯坦吗？还是曾国藩的话说得好：

要得到尊重，唯有把自己变得足够强大。自己强大了，一切问题都不复存在。

或者退一步想，我们不是肩负神圣重任的布道者，自己的事情为什么要让所有人理解认可？所以重要的并不是自己得到多少理解，而是渴望得到理解本身的想法和纠结。想通了这一层之后万事释然，从容不迫，你就是一个举重若轻的智者了。

很多艺术家都不大注意外表的修饰，甚至不修边幅、浪迹江湖。所以艺术圈里那些在思想或技艺方面无法达到一定高度的人总是刻意模仿，以标新立异、不修边幅来标榜自己也是一个艺术家了。其实一个杰出的艺术家绝对不是靠标新立异成名的，人们也不会因为你的不修边幅就认为你是一个艺术家了。

时光一刻也不停息，如果不愿做落伍者，我们只有一个选择：与时间同行！上一个机遇没有赶上，也没有必要悲观，只要乘在时间的船上，就不会再坐失良机。

俄罗斯有一句谚语说：一个男人一生必须完成三个任务，盖一座房子，生一个孩子，种一棵树。孩子传承他的血脉，房子安顿他的家庭，树把他的根永远留在故乡。这三个任务都不难完成，可想想身边的朋友，还真的有很多人并没有完成，起码是没有在故乡种一棵树，自己的灵魂四处漂泊、无所归依。

时间是最公正的判官，在时间的天平上，一切的人和事最终都将大白于天下。你虚度了年华，荒废了光阴，时间最终会把你打入卑微者的行列。而敬畏每一寸光阴，每一天兢兢业业的人，时光则最终把他送上高贵者的天堂。所以中年以后，如果你一文不名，千万不要抱怨世界不公，那是时间在履行它庄严神圣的审判。

古人说："地薄者大木不产，水浅者大鱼不游。"建大功立伟业，自然要到辽阔的世界和壮美的山河，井底之蛙怎么能有机会见识宇宙苍穹？

185

孔子在《论语·里仁》中说："见贤思齐焉，见不贤而内自省也。"他讲的是借鉴成功者人生经验的重要性，告诫世人要向成功者学习。南宋批评家严羽在他的《沧浪诗话》中则说："学其上，仅得其中；学其中，斯为下矣。"他进一步告诫，即使你努力向成功者学习借鉴人家最珍贵的东西，也就能得到人家一般的方法。而如果你仅仅学习人家一般的做法，你得到的也不过是下等人的做事技巧而已。所以在生活中我们要做的是与高人交、与善者游、向强者学习，自己才会出类拔萃。

一个人的才华，不仅在于他渊博的学养，更重要的是他的远见卓识和对世事的洞察力。对于一个具有这些特质的人，如果他为了让普通常人接受，唯一的办法是避其锋芒、削足适履，这样的结果是让自己渐渐变为一个常人。相反，如果不畏人言、我行我素、特立独行、一往无前，当你到达事业的巅峰之后，所有的流言蜚语自然都销声匿迹，你的周围尽是仰望的眼睛。

我不知道别人活着的目的是什么，但我活着的目的只有一个：不辜负父母给我的宝贵生命！我始终坚信：我的人生，必有宏伟的远方与壮阔的未来！我从不故弄玄虚与装腔作势。因为我知道，时间最终将厚待矢志不渝的追求者，一分耕耘，一分收获，投机取巧者不会永远得势，生活最终都将水落石出。

所以我从来都不屑于辩解、装饰，只是循着自己的方向，默默前行。不论我遇到什么艰难险阻，遇到什么诱惑与杂念，我都会这样告诫自己:我不是为了到世间空走一遭而来，我来了，请你闪开!

苏轼说:“匹夫见辱，拔剑而起，挺身而斗，此不足为勇也。天下有大勇者，猝然临之而不惊，无故加之而不怒。”因为被羞辱而愤怒以对，这不过是平常之勇。面对无端的羞辱，自己能做到不以为意，保持一颗平静心，才是大胸襟。这让我想起一句话：对敌人最大的报复，是以德报怨。

有多少人在与人交往的时候，能设身处地常常为他人着想？相反的是，很多人总是为自己着想，甚至为了自己的私利，落井下石，栽赃陷害。所以高尚的人总是极少数。有多少人，总是能够遵从自己心灵的意愿，按照自己的兴趣，为自己而活？相反的是，大多数的人，总是为他人而活，活在别人的目光里。所以极少有人活得潇潇洒洒。

青年是一个让老年人羡慕，让中年人留恋，让少年憧憬的时段。伟人们说，青年是早晨八九点钟的太阳，是一个允许犯错误的年龄。所以我常常说：青年人可以失败犯错误，只要有抱负与远方；青年人可以有缺点与不足，只要努力学习与历练；青年人也不一定要多么成熟与沉稳，只有努力探索与思考，一切就都不算晚。

世界上极少有时刻保持理性的人，不冷静、冲动、浮躁是大多数人的常态，所以很多人总是在人生路上迷失方向，千百年以来“诸葛一生唯谨慎”“吕端大事不糊涂”才成为人们效仿、鞭策、激励自己的范例。

我始终坚信勤奋是成功的前提，所以一直努力忘我地走在为实现梦想而奋斗的路上。可常常有人这样说，世界的实际情况是：成功是极其偶然的，大多数人即便一生勤奋也不会成功，而且失败者的队伍要比成功者大得多！

我说：如果你不一生勤奋，你连那个偶然的机会也没有！

186

每一次讲座，总是会有几个青年人通过各种渠道与我建立联系，他们把自己的困惑告诉我。不论什么问题，我回复青年朋友们：不论过去你错过了多少机会，只要你开始用自己的脑袋思考未来，上帝就不会再让你错过！人生中最重要的不是事业的起点和手里的工具，而是对未来抱有信心。你每天与别人一样迎接太阳的升起，上帝不会剥夺任何人生活的权利，只要你对人生的未来不再悲观，你就一定会找到属于你的那一扇窗。

“草不谢荣于春风，木不怨落于秋天。”李白的这句诗常常让我陷入沉思。是啊，小草的绿色不必感谢春风；叶子的衰落，也不必怨恨秋天，一切都是自然的规律。

人生亦然，成功与失败，都不必感谢谁或者怨恨谁，那是你自己的咎由自取或者水到渠成。如果一定得有个说法，就去问你自己的每一天吧！

磨难是人性的砺石，一个人的魅力与品格与他经受的磨难成正比，经受的磨难越多，品格中优秀的份额就会越大。如果你渴望成为一个杰出的人，而又想不经受磨难，那是不可能的。一个没有经历过岁月历练的人，一个没有吃过大苦的人，一个没有独自承受过生活重压的人，只会是生活的平凡过客。

一个善于欣赏自然万物美景、善于欣赏他人优点的人，必定是一个心态阳光、心灵美好、内心丰富、人格健全的人；而一个人如果每天唉声叹气、怨天尤人、愁容满面，就应该去看心理医生了，因为你已经把自己置于生活的对面。

几乎每一天我都会遇到那些看起来很虔诚的文学爱好者或者书法爱好者，他们总是渴望我能传授给他们一些成功的秘诀。我从他们茫然的眼神里，就足以判断出他们不过是一些坐而论道、纸上谈兵的人。

一个人做成事的关键就是秉持初衷、不凑热闹、长期默默坚持的“定力”。很多人总是朝令夕改、心猿意马，想做成事就不可能了。“定力”的培养其实并不难。山东艺术学院的李忻峰教授给我讲过一个故事：他们刚考上曲阜师范大学美术系第一次上书法课的时候，教授要学生把凳子搬出去，站着写100个正楷字，而且一气坚持了30天。30天后，不让搬凳子了，也不再要求一定完成100个字，但是没有人再坐着写，也没有人不完成100个字，因为已经练成了一种“定力”，并成了一种秉性。李忻峰教授说，到现在他依然坚持每天站着写100个正楷字，那是他每天的“日课”。我常常对青年朋友们说，花30天时间练成一种“定力”，难道做不到吗？

生也有涯，时光有限，我始终警惕的，是把自己的精力投错了方向。幸运的是，我没有犯这个错误，我始终攥着我人生的纤绳，一旦发现有了偏差，我都毫不吝惜眼前的利益，及时进行修正，所以我的身影距离我最终的目标越来越近。我从不认为自己聪明过人，甚至很多熟悉的人智商远在我之上，他们只不过是把精力用在了相反的方向。

当摆脱了各种功利浮名和诱惑之后，心灵就进入了澄澈的宁静之境，那里有着无限丰富的精神宝藏。世界很热闹，但如果热闹占据了你时间的大部分，杰出者的殿堂里渐渐就不会再有你的位置。

所有伟大的人物都是躲在世界的一隅静观尘世热闹的人。他们的眼睛早已经穿过尘世的喧嚣抵达辽阔的苍穹。

187

东晋诗人陶渊明写了一篇《桃花源记》，描绘了一个没有阶级、自食其力、自给自足、和谐恬静、闲适安逸、人人自得其乐的社会。

无独有偶，1933年，英国作家詹姆斯·希尔顿在其长篇小说《消失的地平线》中也描绘了一个远在东方崇山峻岭之中的永恒、宁静、美丽的地方“香格里拉”。云南一个叫中甸的地方被当地的人们认为他们所在的这个地方就是作家笔下的香格里拉，所以他们把自己所在的这个地方改名为香格里拉了。

陶渊明笔下的桃花源千百年以来一直为人们所争论不休。但毫无疑问的是，我们每一个人的心中都有一个这样的桃花源情结，都渴望自己能够寻找到一方可以让心灵栖息的净土。不同的是，有的人找到了属于自己的桃花源，有的人一生都在尘世中挣扎。

一个人最重要的不是拥有财富的多少和职位的高低。因为不论拥有多少财富，迟早都会清零；不论到达了多高的职位，也用不了多久就会回到零点。

人生最重要、最恒久的是生命的格调！是每天听着高雅的音乐，每天读着最优秀的书籍，每天与一些最出色的朋友交游，谈吐优雅、情操高尚、品行高洁、胸襟开阔、目光如炬。更可贵的是，这种格调一旦养成就不会再失去，它融入了生命中，成了一种秉性、一种韵味、一种内涵、一种气质。即使你的生命结束了，这种格调，依然会在你的后代身上显现，成为一个家族的素养标签。

没有什么比淡泊超然的心更能让人获得幸福。拥有了权力，到达了高位，就幸福了吗？不是，头顶上高悬的利剑、难以填满的欲望时刻都让你如履薄冰、胆战心惊。拥有了财富，家财万贯，你就幸福了吗？不是，财富是世界上高速旋转的搅拌机，一刻也不会让你宁静下来，你再也没有时间享受宁静安逸的幸福了。获得了爱情你就幸福了吗？不是，穷小子的爱情最真诚，可是你却为过不上富裕的生活陷入烦恼，纯真的爱情会在财富面前无地自容。世界上只有一刻淡泊超然的心、只有那一分超越功名利禄的境界才具有伟大的力量，让你真正走进澄明的幸福之境。

常有青年人对我说，自己经历了难以承受的痛苦。我告诉他，没有什么比痛苦的经历更能淬炼一个人的意志与品格。如果你坚信自己是一个强者，自己是一条铁骨铮铮的汉子，就要学会把痛苦深藏在自己的心灵之底，然后昂起头颅，微笑着面对世界，用宽阔的胸膛拥抱生活，用爽朗的笑声感染所有的人！

一直把清高作为自己的修为方向，但从不把清高作为自己的标签。因为在我看来，清高是一种骨子里的优雅，是自己心灵的洁净，更是一种生命深处的雍容。我从来也不把那些没有什么学问与建树的人视为低级趣味，因为在我看来，当你瞧不起别人的那一刻起，你也就远离了修养和优雅，也就否定了自己的清高。更重要的是当你身处贫困的时候、位置卑微的时候，如果你依然有自己心灵的坚守、依然气若幽兰、依然心静如水，这是真正的清高，因为这样的处境会逼迫着大多数人失去底线。所以我一直敬重那些居于山林而坚守着心灵高地的超拔之士，就像魏晋时代的阮籍和嵇康。

常常想起“王侯将相，宁有种乎？”这句话。这句话语出《史记·陈涉世家》，意为“难道那些做王侯将相的都是天生的吗？”权势与高贵并非天生，更不是贵族的专利，普通人同样可以通过打拼以争取天下作为口号，号召穷苦百姓追随自己。这句话更多的是体现一个人的英雄气概，是大丈夫于天地之间成就伟业的豪气！一个人心里具有了这种豪气，还有什么能够阻挡你前行的脚步？

一直欣赏李白《将进酒》中的诗句：“天生我材必有用，千金散尽还复来。”对于自己的才华有这等自信，对于金钱财富有这等蔑视与不屑，人生豪迈如此，何处不是青山！

188

贝多芬说：“我要扼住命运的咽喉！”他真的履行了自己的诺言，在耳朵失聪之后，在寂静的世界里，创作出了世界上最伟大的乐章。命运就是这样，在不屈不挠的强者面前，总是俯首称臣；而在自弃自馁的弱者面前，却总是趾高气扬。

最可怜的人不是缺少财富的人，更不是职位卑微的人，而是没有朋友的人。朋友是困境中的助力，是深夜里的火把，是寒冷中的炭火，是孤寂时的相伴。每一个朋友，都会为你打开世界的一扇窗。因为有朋友，你的生活才会丰富多彩。见到过很多没有朋友的人，毫无疑问他们是这个世界上的孤家寡人。

其实结识朋友并没有什么秘密，所有的机缘都是因为双方的真诚。没有真诚，再优秀的人也会与你擦肩而过。

一个青年人一定要避免浮躁、骄傲、狂妄甚至不可一世。浮躁会让你陷于肤浅；骄傲会让你失去理智；而一旦出现狂妄的征兆，就是你人生毁灭的开始。人生的青年时期需要的是扎扎实实的苦功夫，是一砖一瓦的真本事。

对于一个青年人来说，最要不得的是沮丧与气馁，因为你处在人生的起点上，一切都可以从头再来！而一个中年人就不同了，人到中年，那些优秀的人已经到达山峰，你纵然再有万般豪情也不过是亡羊补牢。所以一个青年人一定要在这个金色的年华时段里，紧紧把握好自己的每一天。

189

一般传统的诗书之家，家训中少不了“吃亏是福”的条文。

古书中就有这样的一个例子：汉代有一个位至公卿的人，临终之时，家中后辈请他给后人留下几句遗训。他说：“后代只要学会吃亏，就可长远，无他言。”

古籍中更有这样的忠告：“何等为君子？但看每事肯吃亏的便是。何等为小人？但看每事好便宜的便是。”

吃亏是福，这是几千年的古训。可是看看我们的身边，有多少人依然为这几个字纠结？

自制力是一种非凡的美德。研究所有成功者的经验，自制力是他们共同的特征。陀思妥耶夫斯基说：“如果你想征服全世界，你就得征服自己。”一个人如果征服了自己的弱点，不再放纵自己的天性，每天理智地管理着自己的时间、兴趣、特长、思想、体力和心智，不仅会成为自己人生的主宰，而且一定也会成为世界的主宰。每一个人都有成功的可能，区别就在于有的人因为超强的自制力，把自己的优势放大到了极致；有的人因为缺乏自制力，随意地放纵了自己。

我们常常说做一个有教养的人，深藏不露、虚怀若谷、雍容大度、不张不戾、谈吐高雅。但我也这样想，当一个人从来不发火，更不会暴跳如雷，无论面对赞美还是诽谤，他的脸上总是挂着微笑，这样的教养让人钦佩，又或许是可怕的，你一定会想到这微笑的后面，也许有不寒而栗的用心。甚至这种平心静气的微笑，恰是对你人格的羞辱和轻慢，因为他用目光告诉你：你不是对手，他不屑于与你动手或者争论。

所以很多时候，我告诉朋友们：当你的身边都是彬彬有礼之士的时候，你的处境也许更应该引起你的警觉。

最近常常在网络上看到有人贴出康生、汪精卫、秦桧的书法。我想不论是谁，不论哪一个家庭的客厅书房，都不会悬挂这几个人的书法。不论是书法还是文学，首要的是一个人高尚的品格与善良的情怀。一个品格上站不住的人，多么高超的技法和才干，都不会为人敬仰。所以为人处世，品格的修养是第一位的，只有首先成为一个具有高尚德行的人，再有高超的技法才干，才会成为真正不朽的大师，否则具有再高超的技法都是枉然。

歌德说，你若失去了财产，你不过失去了人生的一点儿；你若失去了声誉，你就失去了人生的大部分；你若失去了勇敢，你就失去了人生的全部。

我们通常认为，人生的成功有很多要素，其实看看那些成功的人，他们身上最异于常人的是过人的、大无畏的勇敢。他们往往并没有超越常人的智慧与才干，也并不过于聪明，但他们都有舍生忘死的勇气！

易卜生说世界上最坚强的人，就是独立的人。雨果则认为，我宁愿靠自己的力量打开我的前途，而不愿求有力者垂青。

很多人常常渴望机遇，盼望得到贵人相助，其实什么都不如自己的努力最靠得住。机会也许会暂时给你一个平台；成功的人也许会暂时助你一臂之力。但是主宰自己命运的一定是你的智慧与能力，而不是昙花一现的机遇和所谓的贵人。

190

大约是因为人到中年，最近常常有同龄的朋友问我这个问题：下半生怎么过?

我知道有这种困惑的人一定是平庸无为、一事无成的人。

人的一生必定要在自己的青年时代确立自己的追求，这是人生的依托，也就是我们常说的事业，否则人生就会如水上浮萍，空虚无聊、居无定所。

但这种追求不能是短暂的，而应该是一生持续不断、始终如一的。还应该是独立自主的，不能依附于偶然的因素或者他人。你要在自己的家园扎根，种下自己的树，才会每年每月都茁壮成长，不会因暂时的风浪就失去方向，就束手无策。

如果你在自己的心灵家园里种下了自己的树，你就拥有了自己的宇宙，你就为自己建立了一个让自己安生的宅院，无论岁月还是风雨，都不可侵犯。

这样的人生不仅不会有困惑，而且会随着年龄的增加绽放更加璀璨夺目的光华。

艺术是浪漫的，但生活却是实际的。如果没有在实际生活中的得心应手、左右逢源，艺术的浪漫就是空中楼阁。具有艺术情怀的人，其中有些人总是不屑于实际的生活，甚至认为那是世俗。

这是大错特错了。一个人的才华，只有首先在实际的生活中得到检验，在实际的生活中取得了骄人的业绩，其艺术专长才有可能找到发挥的地方，也才会有艺术的浪漫。

现在人们常常谈到风险，告诫大家怀一颗防范之心。其实在我看来，风险对于弱者来说是灾难，而对于强者来说恰恰是机会。

任何一件事情都有两种结局，强者会调动所有的因素把不利逐步克服，最终取得满意的结果；而弱者因对风险充满畏惧而谨小慎微，缺乏大无畏的勇气和魄力，最后成为风险的奴隶。

坐享其成的事情基本不存在，但曲径通幽、化险为夷、柳暗花明的奇迹时刻都在我们的生活中上演。只知道追求浪漫，在实际生活中却一事无成的人，不是人们眼里的小丑，就是艺术圈里的疯子。

古人说："人为善，福虽未至祸已远；人为恶，祸虽未至福已远。"这话说的是，善行也许不会立即得到回报，但祸事肯定远离了。作恶也许没有立即得到惩罚，但福气肯定远离了。

其实道理是很简单的，当别人因为你的善行而得到裨益和帮助对你心怀感激时，你能没有愉快的心情？又有谁会加害一个总是充满善行的人？并且当得到裨益和帮助的人摆脱困境，甚至是事业辉煌之后，怎么会不饮水思源？当到了那时，你的人生怎能不会左右逢源？

因此，帮助别人其实是在帮助自己。这不仅是在为自己的未来埋单，你还会发现，你会收获一个强者的感觉，这种感觉会激励着你不断走向新的高度。

记住这样一句话：只要你在大地上撒下种子，你就一定会收获整个春天！

狂妄与无知是孪生兄弟，因为对世界的无知才会夜郎自大，才会不可一世。

聪明的人一旦犯了狂妄的毛病，挫折和阅历往往能够把他治愈。可一个愚蠢的人，不论多少良医也难以疗救，直至碰得头破血流、一败涂地。

真正的大才干往往是朴实无华的，因为他卓越的才华无须张扬就已经光芒四射。华而不实的是雕虫小技，一点小本领就不可一世。

一个人的才华是掩饰不住的，更是埋没不了的。真正的才干，迟早一定会大放异彩。

191

岁月尽可以像落叶一样飘逝，但怀念却可以追随着一枚深情的邮票，穿越迢迢的人生旅途，给你带来绵绵不绝的温暖，并化作一笔巨大的精神力量。

我们曾经在一起流泪，在一起欢笑，在一起共度寒窗苦读的时光，但是今天，那一切都变成了纯净的怀念。苍凉的岁月里剩下的只有美丽的牵挂与豁达。怀念是一种美丽的孤独，更是一首皎洁的诗，是一种幸福的惆怅，也一定会化为举杯相聚的欢畅。

有一个朋友对我说，当感觉到自己才刚刚成熟开始对事情不再冲动的时候，却发现自己已经走向苍老。其实这是一个错误的判断，不再冲动并不是成熟，这只不过是生理年龄上的麻木罢了。

成熟是人生困惑时的清醒，是利益攸关时的淡定，是遇到挫折时的自强，是对抱负信念的坚定。有的人虽然年轻，但是他的担当和冷静，他遇事恰到好处的把握告诉我们，这是个成熟的人。有的人虽然不再年轻，但是他的固执、偏见、人云亦云，遇事的犹豫不决告诉我们，这依然是一个幼稚的人。成熟的元素很多，但一定包括勇敢、担当、干练、从容、淡定，还有清醒与超然。成熟不仅是一种心态和修养，更是一种风度。

人们总是容易混淆热情与冲动，其实热情是心潮澎湃地追求自己的事业，是理智而清醒的不懈努力；而冲动是狂热、冒失、意气用事的代名词。三国时期的文学家李康有一段著名的话：“故木秀于林，风必摧之；堆出于岸，流必湍之；行高于人，众必非之。”

很多杰出的才俊，每当面对非议、嘲讽、嫉妒，常常以他的这段话来自勉，激励自己愤而前行。其实这从另一个方面说明了一个道理：越是杰出的人，受的委屈和误解会越多。不同的是，杰出的人会把委屈化作更强大的力量；而很多普通的人会因为受了委屈而消沉、沮丧，甚至一蹶不振。一个人一旦有了目标，就会产生巨大的动力激励着自己为达到目标而奋斗。

但也有一些这样的人，他们也在很年轻的时候，就确立了远大的目标，可当人到中年，奋斗了半生，他们却并没有离开原地，这一定是他们的目标选择错了。

并不是每一个目标都能够抵达，也不是每一个目标都适合所有的人。所以选择目标是智慧，改变目标则是更大的明智。

192

说谎的人总是会有的，这些人总是认为谎言可以永远欺瞒下去。其实事实的情形是，谎言根本不需要别人来揭穿。

还是让我们记住林肯的话：“你能够在某些时候欺骗所有的人，你也能够在所有的时候欺骗某些人，但是你不能在所有的时候欺骗所有的人”。谎言永远不是诚实的对手。

现在，由于网络的发达，名声的传播和扩大是越来越快了。所以“炒”这个词应运流行了起来，也得到一些投机者的认同。但真正的名声绝对不是“炒”起来的，是人格魅力的辐射，是功于当代、泽被后世的善行，是在一个或多个领域的杰出贡献，是为绝大多数人所敬仰的卓越品质。这才是真正的名声，那种跨越时间与空间的崇敬。

耶稣在外游历了多年以后，回自己的家乡布道。开始，人们并不了解他的家世，都为他渊博的知识和深邃的智慧而折服。但是后来当人们知道他原来就是附近村子里那个木匠的儿子，所有的崇敬都大打折扣，甚至很多人认为他的思想不过如此。

耶稣因此说：“先知不被故乡悦纳。”这也从另一个方面告诉我们：拥有大智慧的人就来自于普通人中间。或者说，我们每一个人都可以超凡脱俗，都可以成为一个拥有智慧的人。所以不要瞧不起任何一个人，今天他很普通，但是明天就说不定。或者说，他已经是一个不凡的人，只不过暂时隐藏在普通人当中。

193

崇拜一个人至少说明你还有追求。崇拜常常能唤起一个人火热的激情，但崇拜又很容易让人陷于盲目，甚至妄自菲薄。所以当一个人成为你崇拜的偶像时，你需要的往往不是学习偶像成功的秘密，而是检视自己的崇拜是否盲从。因为成功者的道路和经验往往不可复制。

人们常说："时势造英雄"，这话其实只对了一半。一个杰出的英才，遇到一个施展才干的时代而成为英雄；一个平庸的庸才，不论什么时候也不会成为英雄。越是遇到困境和磨难，一个英才越会显示出不屈不挠的英雄本色。而庸才，只会在困难面前退缩倒下。

对于每一个人来说，最公平的有两个权利：时间和思考。不论多么伟大的人物，他拥有的时间也与最普通的人不差分毫。而思考同样公平，没有任何人剥夺阻止你思考。思考产生智慧，一个懂得利用时间又睿智的人，怎么能不走出浩荡的人生？

一个人很难正确估量自己，所以古希腊的哲学家在两千五百年前就提出了一个最著名的提醒："认识你自己"，并把这句话镌刻在庄严的神庙门楣上。了解自己不易，但有两点是我们不难把握的：不妄自尊大，也不妄自菲薄。因为妄自尊大不仅会使你成为孤家寡人，会让你找不到自我，也会让你失去所有的朋友；而妄自菲薄会让你失去起码的自信而陷入迷茫。

普通人与杰出者的区别在于杰出者的先见之明，他们总是能够见微知著，也总是能够防患于未然。

194

先见之明就是一个人的洞察力。这种能力来自于一个人的智慧，更来自过人的胆识和勇气。远见并不仅是看问题的远见卓识和先见之明，还包括遇事的沉着冷静，做事的从容不迫，大无畏的勇气和人生路上的一往无前。人生最忌鼠目寸光和胸无丘壑，这样的人难成大器，因为他的人生中缺少远见。

我一直喜欢杜甫《望岳》中的“会当凌绝顶，一览众山小”这句诗。有了这样的胸襟，就必定会有过人的胆略，也必定会在自己的每一个人生关口具有超凡的先见之明。

有人问我：什么是深刻和浅薄？

我说，在我看来，对世界心存敬畏、对他人懂得尊敬、对未来充满信念并每一天都在扎实地向目标靠近，就可以说是一个深刻的人了。而总是夸夸其谈、自以为是、蔑视他人且在哪一个领域都并无建树，就是一个十足浅薄的人。

有意思的是，在我们身边，深刻的人一般并不总是表现出深刻；浅薄的人却总是在刻意掩饰自己的浅薄。

我一直记得丘吉尔的一句话：“英国在许多战役中，都是注定要被打败的，除了最后一仗。”

同时一直激励着我的还有一个人，他一生参加了 52 次各种竞选，前 51 次都失败了，但最后一次他竞选成功了，成了美国总统，他是林肯。

我常常在为读者签名的时候签这句话：太阳每天都会升起。

有时候也这样签：你同别人一样拥有灿烂的明天。

我想，任何一个人，不论你遭遇了多么艰难的处境，不论你遇到了什么样的厄运，如果你能记得这两句话，并用来鼓舞自己，你就给自己埋下了希望的种子。

如果拥有了人生的希望，你的意志就不会再被摧垮。

让我们记下诗人的这两句诗：

花蕾问大地：希望在哪里？

大地回答说：你就是希望！

195

世界上没有不可能的事，没有来不及的行动，只要你立即从现在开始坚持不懈，就一切都不算晚，你就一定会看到奇迹的发生。即使你错过了一些良机，即便因为你的行动产生了一些不好的结果，但这都不要紧，只要你重新开始。失败的人一定是自暴自弃的人。

有一个让我感动了很多年的印度故事：一个士兵被命令枪杀一个僧人，就在他即将扣动扳机的刹那，僧人对士兵说，请你等一下。士兵刚一犹豫，僧人腾空而起，瞬间又盘腿落地，圆寂了，士兵不需要再承担杀死僧人的罪名了。

原来，佛教的教义中有一条：杀死僧人者将要堕入地狱。这位得道高僧不想因为自己让这个无辜的士兵承担恶名，提前死了。

这些年以来，每当自己面对仇恨、陷害、敌视的时候，我的眼前总会浮现出这个故事，我总会想，与那位得道高僧的大悲悯情怀相比，世间有什么不能原谅和放下？

曹操准备接见一个西域使者，担心自己相貌不美有辱国体，就让一个相貌伟岸的大臣扮演自己，而自己则以侍卫的身份站在一旁。

接见结束了，有人问使者对曹操的印象如何。使者说：曹操虽然相貌堂堂，但站在一旁的侍卫则更有英雄气概和王者气象！

由此可见，一个人的魅力，自然相貌并不起决定性的作用，腹有诗书气自华，重要的是内心的修养和气度。

没有人不希望得到赞誉，恰如其分、符合实际的赞誉也会成为一个人生活的激励与动力。但对赞誉过分的渴望，却是人生致命的陷阱。因为如果一个人每天都在追求和在意他人的赞誉，身边就必然会出现曲意逢迎的阿谀之徒，自己很容易陷在虚荣之中难以自拔。

黄山谷说："三日不读书，便语言无味，面目可憎。"在我们的生活中，不要说三日，就是一旬、一月不读书的也大有人在。所以我们常常见到那些俗不可耐、面目狰狞的人就丝毫也不奇怪了。

一个读书的人，面目温润，目光深邃，像和煦的春风，总是会给人们带来春天般的温暖。

196

当列车启动，当轮船起航，当游子离家，我们目送过多少次朋友与亲人的远行？目送过多少伤怀的离别，又目送过多少老人的离去？

可你是否有过，目送一个春天的结束，目送一个秋天的远去？

你又是否有过，目送自己一段经历的结束，一段岁月的消失，几许年华的逝去，或者一场演出的落幕？

当把目送作为自己的一种态度、一种情怀、一种取舍的时候，你自然就拥有了生命的达观与超然，世界就尽在你的掌握之中！

有一个人，半生已过，一无所成，就去拜访当时美国伟大的作曲家杰斯文请教他成功的秘诀。杰斯文告诉他：那非常简单，只要知道自己的需要，然后照这个需要努力下去直至达到目的。

其实，这就是我们常说的坚持。“坚持”二字，说起来容易，坚持一段时间，或者三年五年，都不是难事，但如能为一个目标坚持一辈子，就真的不容易了。大多数的人浅尝辄止，半途而废，而且总是这山望着那山高。

每一天都在为一个目标而努力、坚持，不成功，上帝都会发笑。

文学家与普通人的区别在于，他们不仅把自己的生活当成艺术，也总在千方百计了解其他人的生活，并以诗意的眼光，看待世界的每一个细节。

在一个文学家的眼里，即便看到一朵花开，也能感觉到蓬勃的春天；纵使是一枚落叶，也是萧萧的秋意；纵然是在书斋嚼一枚茶叶，心中却已是万里云山。

197

土地的美德让人敬畏。

人生在土地的怀抱里，在土地上耕作劳动，获取生长的食物，等待衰老之后，又埋葬在土地深处，归于尘土。还有什么比每天与土地在一起更崇高的事业?

任何的污泥浊水，土地都容纳了；多么罪大恶极的败类，土地也给他留着一席之地；卓越的英才，土地给他施展抱负的用武之地；

平庸无能的凡人，土地也让他找到生活。只要站在土地之上，就没有什么可以畏惧。

生命诞生和消失，来了又走了。新的王朝来了，又消失在历史的长河之中。凯撒大帝、拿破仑、沙皇、亚历山大、秦皇、汉武，不论多么伟大的英雄豪杰，最后都归于尘土。但是大地依然，江河依旧。

在土地面前，时间和历史也显得苍白无力。

198

牛顿的一生基本都是在实验室里度过的。每次做实验基本都是通宵达旦，直到实验完成为止。

有一次，牛顿的一个朋友来访。牛顿告诉助手，他要与好久不见的朋友共进午餐，并且安排厨师炖公鸡招待朋友。

牛顿让助手陪朋友聊天，自己去实验室继续做实验。

朋友很高兴，就在客厅里耐心等待。但当厨师把公鸡炖好了，也到了午餐的时间，助手到实验室喊了他三次，牛顿都因为沉迷于实验中，没有出来。

朋友实在饿得等不及了，助手也说不好再去打扰牛顿的实验，于是他们就不再等牛顿，把炖好的公鸡吃了。

过了一会儿，牛顿疲惫地走出了实验室，匆匆地来准备与朋友共进午餐。他走进餐厅，发现了桌子上吃完还没有来得及收拾走的鸡骨头，就似乎恍然大悟地对朋友说：噢，我忘记了，我们已经吃过了，那你先走吧，希望你以后有机会再来。

说完，牛顿就与朋友握别，然后又扭头走进实验室，继续进行自己没有完成的实验。

这就是牛顿，他常常因为实验忘记吃饭、忘记睡觉，所以才在科学的世界里取得了伟大的成果。

一个人要想干好一件事情、成就一番事业，就必须全神贯注、专心致志、心无旁骛地追求自己的目标，任何的浅尝辄止都一定会半途而废。

199

世界不是什么，只是我们的眼光！明白了这一点之后，你就可以让自己的内心变得强大起来，强大到以自我为中心，坚信自己就是整个世界，对什么都可以从容若定。

子曰：“笃信好学，守死善道。危邦不入，乱邦不居。天下有道则见，无道则隐。”孔子的这段话让人不敢苟同。如果一个世界上没有了恶，又怎么会有善行的光芒？如果一个世界上没有了罪人和奸佞小人，圣人又怎么让人神往？如果没有了恶魔，仁慈的上帝又在哪里？

所以不能逃避，也不要总是以不同流合污的心态处世，正因为善恶同在，正因为小人与圣人同在，世界才是和谐而优美的。

绊脚石和垫脚石其实往往是同一块石头。我相信这样的话：动机决定一个人做什么，能力决定一个人的成败，人生态度决定一个人是否出色。

很多时候，苦难就像一只砂轮，你被磨得粉身碎骨，还是被磨得闪闪发光，取决于你本身的材质。

阻挡人们前行的往往并不是远处的大山，而是藏你鞋子里的一粒沙子。

世界上并不存在万无一失的机会，存在机会就同时存在风险。如果你畏惧风险、担心失败，你就不会得到机会的眷顾；而你如果不惧风险，机会的天平就随着你努力的程度逐渐向你倾斜。

我常常对朋友们说，当你常常生活在悔恨当中的时候，当你渐渐没有梦想的时候，就说明你已经衰老。这与年龄无关，有很多年龄很大的人依然被梦想燃烧着努力前行，他们的心理预期早已经超越了实际的年龄。他们的年龄虽然老了，但是意志不衰，这样的人必定会到达世界的巅峰。

而有很多年纪轻轻的人，年龄不大却人生迷惘，没有梦想，精神萎靡。这样的人其实已经老了，是衰老的老，未老而先衰。这样的人很多，看看我们身边那些无所事事的人、目光灰暗的人、唉声叹气的人，不都是这样的人吗？

200

很多人一生都在想着无法做到的事情，对于眼前的小事不屑一顾。那些虚无缥缈的大蓝图尽管宏伟，但是因为做不到又产生痛苦，因为痛苦而怨天尤人，进而抱怨命运的不公，大发怀才不遇之慨。

其实没有一个成功的人是痴心妄想的愚人。他们的人生词典里最重要的词条是力所能及，每天把自己手边的一件件小事做到精益求精，最终这些每天的小事、小成功累积成宏伟的成功大厦。

现在有很多的荣誉来到我的面前，我宁可得不到应该属于我的荣誉，也要拒绝那些不属于我的荣誉。因为我知道对于荣誉来说，最重要的是实至名归，这样的荣誉才会焕发耀眼的光彩。而虚假的荣誉或者并不权威的荣誉，用不了多久就会水落石出，到了那样的时候，一个人人格尊严的坍塌会让所有的声誉扫地。

况且我还知道，保持荣誉比得到荣誉要困难得多，所以对于荣誉，我更多的是恐惧而不是光荣。

而且现在的荣誉有很多并不服众，许多荣誉的设计有重要的欠缺，这使得荣誉本身被大打折扣。

我们常常说要为自己的人生寻找出口，其实当一个出口来临的时候，也是你进入了人生另一个入口的时候。人生一个新的过程总是在不经意之间开启。

我们说不要偏离人生的主流，就像大海的航船不能偏离主航线。可奇怪的问题是所有的新大陆、所有未曾经发现的神奇岛屿，都一定是航船偏离了主航线的结果。所以，在有些时候，不要责怪那些看起来误入歧途的孩子，说不定他会有惊奇的发现。

关于爱的诠释，有很多种答案，其中有一个答案为人们所熟知：在午夜的寂静时光中，我手捧一本喜爱的诗集，而此刻有一个人对我默默注视。

我对青年朋友们说：这不应该是爱的最确切表白，相爱不应该仅仅是彼此的凝视，而应该是两人向同一个方向眺望。

相爱中的青年人多半是把对方当作一个完美的人，所以当发现了对方的一些小小的瑕疵之时，精神意志立刻就天崩地裂一般地坍塌了。

其实世界上没有完美的人。我们的任务不是去寻找一个完美的人，而是努力以完美的眼光欣赏一个不完美的人，把对方的瑕疵和缺点都看作完美不可或缺的因子。如果有这样的人生态度，世界就阳光明媚，完美就无处不在，相爱的人是这样，朋友之间亦然。

201

很多朋友对我说，你真是幸运，很多人生的机遇都被你撞上了。我不以为然，我说，我们每一个人大体都是一样的，都遇到过很多的机会，不同的是很多人与大好的机遇擦肩而过。因为人生中的很多机会总是以苦难的形式出现，大多数人却被苦难吓破了胆子望而却步。其实它们都是人生转折的天赐良机。

而我却一直有这样的个性，越是面对苦难越是绝不低头，一定要把人生问个水落石出。当我毅然决然地与命运展开搏斗，没有多久我就发现，原来苦难的背后，却是我人生的锦绣前程！

其实，成功的道路没有秘密，也没有捷径，不过就是凡事用心、不随意、不放纵、不浅尝辄止。你若用心，整个世界都会为你让路。

判断一个人的品行，通常是看他对社会、对他人所做出的贡献，这自然是毫无疑问的。但还有另外两个标准：看他如何对待已经没有能力帮助他的朋友，看他如何对待已经没有能力反击他的敌人。这样的两个标准甚至比看他为社会做出了多少贡献还要重要。

检验自己是否富有，有一个标准，就是看当你失去了所有的金钱财富以后，你还剩下什么。有很多人当失去了金钱财富之后，立刻变得四面楚歌，甚至就连一个朋友都没有。这样的人纵使有万贯家财，其实依然是一个贫穷的人，一个精神的侏儒。而有的人虽然没有多少金钱财富，却拥有巨大的社会声望，其一言一行都受到社会的关注与拥戴。这样的人是精神的巨富，拥有和失去金钱与财富已经不再重要。

202

一家企业请我去做一个关于幸福生活的讲座，我为大家设计了这样一些题目：

你能每天称赞两个以上的人吗？你能做到像你希望别人应该为你做到的那样对待他人吗？你能够记住见过的朋友们的名字吗？你能记住他们的生日，并在当日清晨第一个送上祝福？你时刻都相信奇迹必将在你身上发生吗？你是否相信所谓的一夜成名或者一夜暴富，都是骗人的谎言？你能否做到把痛苦与忧伤埋在心底，自己独自承担？

另外，你是否常常在早晨去看壮丽的日出？如果能登泰山看云海的日出，去海边看大海的日出，就更是另外一种境界了。

你是否常常在傍晚去看西天的晚霞？看霞光万道的日落？

我说，幸福没有什么秘密，如果你能回答了这些问题，你就一定是幸福的！

舌头的力量很多时候超过子弹和刀剑。很多杰出的人都知道语言是一门高深的技巧，一句伤人的话语也许会被别人记恨一辈子，不论你怎么解释，后果可能更加糟糕；而一句赞美的话也许会让你结交一个一辈子的朋友。最起码的是，不要让自己的话扫别人的兴。所以驾驭自己的语言是一门大学问，要学会让自己的语言向别人传递善意与友爱，而不是误解和中伤。

假如你对一件事情知之不多或者没有真知灼见，你采取沉默是最佳的选择。因为这个时候你如果发表意见，暴露的恰恰是自己的无知。沉默，不会有人认为你浮浅；而别人一旦认为你无知，再赢得尊重就不可能了。

我常常想，假如我每天都能够让遇到的一个人开心快乐，不管这个人是熟悉的人还是陌生的人，那么若干年之后，我的身边就会拥有无数真诚的朋友。

同样，假如我每天都能够帮助一个人，不管是熟悉的人还是陌生的人，即使这种帮助仅仅是举手之劳，那么若干年之后，我生活的地方将是友善与爱的海洋。

任何一个人都希望被欣赏，因而，如果你能够以欣赏的眼光看待生活中的每一个人，你会发现你的世界里尽是鸟语花香。

我从来不渴求得到别人的帮助与施舍，常常为自己的智慧和勇气而祈祷，为自己坚韧的信念而欢欣鼓舞。

我对青年朋友说，一旦你决定了要趟过面前的河流，就不要再犹豫，更不要在探讨河水的深浅上浪费时间，而是勇敢地走都河水中去，渡过它，然后你就是一个无坚不摧的幸福的人了。

203

最近与一个青年朋友聊天，谈到如何了解把握自己。

我们很多人常常因为拿那些很有成就的人与自己比较，所以总是贬低自己。其实我们每一个人都是世界的唯一，别人是别人，你是你，大家之间并没有多少可比性。别人再轻易成功的路，你做起来，可能就是另一种情形了。同样，你驾轻就熟的事情，别人做起来也可能是难上加难。

有一句俗话说，鞋子是否合适，只有自己的脚最清楚。世界上没有最好的人生道路，只有最适合自己的路，而哪条道路最适合你，只有你自己最清楚。

永远不要让时间从你的指尖轻轻溜走，因为你失去的不是时间，而是生命。生命中的每一分时光，都值得你用心去度过。如果你不放任时间溜走，就把机会留给了自己。任何事情的转机，都不会在你彻底放弃之前结束。

做事成功的秘密，很多时候，其实决定于另辟蹊径的智慧。

2008 年北京奥运会结束后，2009 年第十一届全运会（山东）开幕式又成为街谈巷议的焦点。北京刚刚开完奥运会，大师级导演张艺谋执导的奥运会开幕式堪称世界一流，而山东搞全运会开幕式的设计，还会有谁的能力超过他？

这时，有一个人说：“好办，两分钟就能解决问题。”

大家都以为这人在开玩笑。不料他却认真地说：“北京奥运会开幕式肯定有 A、B 两个方案我国近年也不可能再举办奥运会了。把北京奥运会开幕式的 B 方案直接拿过来，再加上些具有山东特色的元素，不就是很好的全运会开幕式方案吗？”

大家纷纷表示赞同。果然，十一届全运会结束后，社会上对这届开幕式好评如潮。

令人绞尽脑汁的问题迎刃而解，山东不费吹灰之力，奥运会的备选方案也发挥了功用，一举两得！

2011年，美国前国务卿基辛格带着新著《论中国》出访北京，顺便拜访了他老朋友我国前外交部长李肇星。当他把这本600多页的英文书赠给李肇星时，不无调侃地说："李，这本书的作者并不伟大，但你要是能看完它，一定会成为伟大的读者。"

李肇星接过这部书，实话实说道："我恐怕难以从头到尾读完，但会仔细阅读我关注的部分，争取当半个或四分之一个'伟大读者'。"

两个外交家之间的智慧把一个普通的我们普通人之间常常发生的故事，演绎成了一个智慧而美好的佳话。

复旦大学自主招生时，老师对学生出了一道题目。这个题目，必须满足两个条件：第一，要让现场评委老师回答不出来；第二，必须要有唯一的标准答案。

很多学生出的问题都被评委们一一化解了。试想，哪一个高中水平的考生有能力出一个难倒众位大学教授评委的问题呢？

但有一个考生独辟蹊径。到了他回答的时候，他很镇定地对评委们说："老师们，请问你们知道我祖父的名字吗？"

听到这个考生的问题，所有在场的人鸦雀无声！是啊，一个有唯一标准答案的问题，一个评委老师们果然都回答不上来的问题！

很多人说，这个题目是另辟蹊径的经典。它告诉我们，在知识的考场上，没有人可以站到最后，风景总在奇异的地方。

生活中的智慧无处不在，只要我们勇于思考，只要我们能够时刻提醒自己另辟蹊径，路就在脚下。

204

几乎所有的人都讨厌对手，也都希望对手远离自己或者消失。但智者却不这样认为，他们会把对手视为可敬的邻居，因为只有对手才最了解他们的弱点，从而激励着自己不断突破与进步。所谓孤独求败，杰出的人都希望有一个强大的对手。

平庸的人才没有对手，因为他不会阻挡任何人的脚步。

当遇到困境或者不幸的时候，我最瞧不起的是这样叹息的人：“为什么倒霉的总是我？”

这些人永远都不知道，世界上所有的人都相差无几，大家都有过遇到困境和不幸的时候。只不过不同的是，别人是把不幸深深埋进了自己的心底，然后向快乐和幸福进发。

有很多时候，遇到一些朋友在打牌、聊天、发呆。他们常常这样说：百无聊赖，打发时间。

我说：打发时间最好的办法是投入工作。数学家陈景润有一次对他一个失眠的学生说，失眠就是不缺觉，最有效的办法是赶快起床投入工作。

一个人一旦把所有的时间都利用起来投入自己的事业，就不仅是生活会变得充实起来，漫长的时间也就不会再使你百无聊赖，而是变得十分宝贵。

这种习惯一旦养成，成功的大门就对你敞开了。

有很多人总是想着某一天得到一个有力者的垂青。

世界上有一个重要的悖论：那些最具创造性的人才，很难用常规的方法去发现和造就，尤其艺术领域的惊世之才，往往都不是科班出身。

这很容易让我们理解：常规的人才管理制度，对于人才的发现与培养，起到的甚至是阻碍的作用。

所以不论是社会还是个人都不要轻易地判断一个人怎么样，这样的例子在世界各地的各个领域都不胜枚举，很多学非所用的人最后都脱颖而出，成了另一个领域的尖端人才。

这也给了青年人一个巨大的启示：你正在做的专业或许并不是你的专长，但对于你生命中的每一个智慧的闪光，都不要轻易地放过。

法国大文豪雨果曾经在自己的作品中说："我宁愿依靠自己的力量打开我的前途，而不愿意求有力者的垂青。"而英国历史学家费劳德说得更好："一棵树如果要结出果实，必须自己要在土壤里扎下根。一个人也是如此，只有自己站稳了，依靠自己，才有能力改变命运。"

是的，世界上没有谁会把大好的机遇转让给别人，也没有人会心甘情愿把好事让给他人，成功与失败都取决于你自己。

年轻人的身上就应当要有英雄主义的豪迈与气概！谁都不免一死，但死在疆场则是一个年轻人的壮烈荣誉。

斯巴达的国王说：年轻人就是斯巴达的城墙，他们的矛尖，则是斯巴达的边界。这与成吉思汗的话如出一辙：我的疆界在我的马蹄上！斯巴达的士兵，还有一句话至今响彻云霄：他们从来不问“来了多少敌人？”只问“敌人在哪里？”

英雄主义永远不会过时，它是一个民族永恒的精神大纛！

205

有一个叫“马太效应”的词经常出现在报刊上，这个词来源于美国科学家和史学家默顿。他第一次用“马太效应”概括一个现象：对已经有相当声誉的人，社会总是给予越来越多的荣誉；而对那些还未出名的人，则不认可他们的成绩。这就像《马太福音》里说的：凡有的，还要加给他，叫他有余；没有的，连他所有的也要夺过来。所以人们将此称之为“马太效应”。

也就是说，一个杰出的人总是要经历不被承认甚至被压制这个阶段的，这是人才的铁律。一个人才总要经历“马太效应”的考验，最后才能通过自己的坚韧和毅力，以令人信服的成果彰显于世。

其实，中国的孟子早在2000年以前就发现了这个真理，他的“天将降大任于斯人也，必先苦其心志，劳其筋骨，饿其体肤，空乏其身，行拂乱其所为，所以动心忍性，增益其所不能。”就是对这个现象最智慧的诠释。

知道了这个理论，如果你相信自己是一个杰出的人，当人生中遇到讥讽、嘲笑、打压，就不要灰心，过了这个阶段你的人生才是一马平川。

206

没有冒险的精神，没有猎奇的心态，很多机会就不会属于你。

我们知道，佛罗里达州是美国东南部的一个州，位于东南海岸突出的半岛上，东濒大西洋，西临墨西哥湾，仅次于阿拉斯加州居美国第二位。“佛罗里达”源于西班牙语，意为“鲜花盛开的地方”。

可是谁先发现命名的佛罗里达?

在几百年前，曾经有一个传说风靡欧洲：在地球的另一端，有一眼泉叫不老泉，第一个尝到泉水的人，将得到财富、名誉和再生的机会。但这眼泉究竟具体在哪个方位，没有人知道。而伴随着传说的还有一种说法，寻找不老泉会经受很多苦难甚至会付出生命，泉水旁有毒蛇守护，有雄狮站岗。

然而这个传说还是吸引了很多欧洲的探险家，其中西班牙探险家利昂就是一个无所畏惧的人，他决定去寻找不老泉。他的家人朋友都劝阻他不要冒险，他们说很多人都没有找到还丧了性命。可是利昂坚决前行，他说：冒险去寻找，也许会失败，但是如果不去冒险，就永远不会有成功的机会。

他告别了家人和朋友，从西班牙起航，穿过大西洋，经过无数的惊涛骇浪，最终到达了当时还没有名字、后来被他命名的佛罗里达这块美丽的地方。他是第一个发现这块土地的人，看到半岛上到处开满了鲜花，他就称这里是“鲜花盛开的地方”。

那个传说中的不老泉他没有找到，但他却因为第一个到达、发现这里而名扬欧洲，不仅被誉为人类伟大的航海家，也获得了巨大的财富和名誉。

从来不会有一个人在绝对安全的保障下成就一番伟业，这是冒险的全部内涵，也是冒险的魅力。

207

古语说：“山骞不崩，唯石为镇。”意思是说：“山岳表面上的泥土虽然经常脱落流失，但是它却不会崩倒，因为它的主题部分是坚硬的岩石。”

人亦然，只要内心强大，不论身外发生什么样的变化，你的心依然坚如磐石，你就永远不会被打倒摧毁。

我们常常从很年轻的时候就开始了在专长方面的刻苦历练，但却往往忽略了品行的修养。其实在世界上不论你从事什么行业，你的专长不是第一位的，第一位的是品德和操守。

所谓品学兼优，艺德双馨，再有专长，如果品德低下，你不仅成不了大师，而且专长也不会得到发挥，往往最后连常人都不如，沦落到为人所不齿的人。只有具有高超的专长，又有高尚的品德，才会成为世人所崇敬的一代宗师大家。

最近研究书法，不要说古人，就是当代也有不少为人所不齿的人书法功底十分了得。比如康生、汪精卫，就连能看到的寥寥几帖，其水平也显然是一流，但在中国，谁家又愿意把这两个人的书法悬于自己家的厅堂呢？没有好的德行，专长也失去了价值。

康熙用人就强调把德放在第一位。他在亲政的前几年，多次与担任讲官的大学士讨论用人之道。康熙十一年八月，十九岁的他让自己的侍讲官、大学士熊赐履讲用人。熊这样说的：凡取人以品行为本，至于才气，各有不同，但用其长，不求其备。天地无弃物，圣贤无弃人。

熊赐履的话是说，德行的标准是统一的，而才气各有各的不同，对人的使用，要择其优势而用，如果品行优异，对专长就不可求全，全人是没有的。

康熙进而又询问“有治人无法制”的问题。熊赐履说：从来就没有完美的万能之法，只要找到了合适的人，品行端正，他自然会灵活运用，把法规用得恰到好处。如果人找错了，品行不端，法规策划得再好，也不会把事情办好。陛下只要留心寻找品学兼优的人才，朝廷的制度就会在执行中渐渐完善，就一定会实现天下大治。

康熙从大学士那里学习了很多东西，对此他开诚布公谈论自己的领悟：自己用人先观人心术，其次再看其才学。一个人如果心术不正，便有才学亦弃之不用。

正因为康熙的正确用人观，在康熙亲政初年，一大批德才兼备的人脱颖而出，朝廷形成了人才济济的局面，造就了一代盛世。

208

最近讲座的时候，我常常谈到一个词：内圣外王。我告诉大家：当你对世界、对他人需要得越来越少的时候，你就越接近成为一个完美的人了。更进一步的是，如果你不再要求世界或他人给予你什么，而是对世界和他人的贡献越来越大，对世界的进步、对他人的生活发挥的作用越来越大，你则是一个伟大的人了。

有很多幻想着左右他人的人，其实一个人如果连自己的言语和行为都左右不了的话，就谁也左右不了。因为你只有认识了自己，才能认识人生的真谛，进而才会了解他人和世界。

苏格拉底说：“美德即是知识，无知即是最恶。”这话说对了一半，无知肯定是罪恶的源头，但拥有知识的人却不一定品德高尚。比如英国的哲学家培根，他是英国现代哲学的开山鼻祖，而且是世界级的散文小品大师，但却品格卑劣。

我们都羡慕拥有智慧的人，其实智慧并不是拥有多少人生与生活的技巧和方法，而是认识到自己的无知并进而成为一个自知的人。一个自知的人就没有什么可以迷惑与阻挡他。

所以苏格拉底说:“我平生只知道一件事，那就是我一无所知。”哲学家为人类摆了一个深奥的迷魂阵，其实他不是一无所知，而是再也没有什么问题可以困惑他了。

常常有人问我这个问题:为什么他遇到的痛苦比谁的都大?

我说，我敢肯定，如果我们把所有人的痛苦都放到一起让你重新选择，你一定还是愿意选择属于你的那一份痛苦。因为问题是我们永远不了解别人的痛苦有多大。

看看我们的身边，你以为你经济拮据，但比你贫穷的大有人在?

你以为你的孩子不优秀，看看那些脑瘫儿、弱智的孩子、聋哑儿有多少?

你以为你的职位卑微，可是你看看大街上匆匆走过的人群里，你是卑微的吗?

我们以为别人都是幸福的、富裕的、平安的、祥和的、快乐的、圆满的、完美的。不，每一个家庭、每一个人都有自己的问题和痛苦，只是我们只了解自己，而对于他人熟视无睹。

我始终坚信，自己一定能够到达世界的远方，自己一定能够实现最初的梦想，自己时刻都生活在幸福当中，天下所有的人都是我的亲人和朋友。

我还相信，我没有恶意的对手，即使有人生的对手，那也是另一个自己，是我的对面，是让我用来参照的镜子。

我发现，很多人每一天都浑浑噩噩，并不知道今天一天的价值，更不知道自己一生的意义在哪里。所以每一天都是得过且过。

人的一生，犯错误，尤其是年轻的时候犯错误，是不可避免，也是可以原谅的。但如果在同一个地方再犯同样的错误，就不可原谅。

我告诉这些朋友：一个人的生活如果没有经过深思熟虑的省察，就是没有价值的。

相信这句话：最优秀的人就是你自己，你的身上时刻都被阳光照耀。

209

一个青年人拜在大师门下，夜以继日地刻苦学习，从读书到交友、写作、研究、言谈举止甚至日常生活，模仿大师的一切，没有多久就累得筋疲力尽，却又感觉并没有学到多少大师的精髓，大师依然是光彩照人的大师，自己依然还是默默无闻的自己。

相反的是，他发现同时来的另一名同学，并没有像他那样唯大师马首是瞻，似乎也没有他那样刻苦模仿，但是进步却很大，多次得到大师的嘉许。

他很苦闷。大师看出了弟子的心事，就对他说：我感觉你就像一个急匆匆赶路的人，似乎前面有很珍贵的宝贝等待你去拿。

他说：是啊，我知道智慧之光在前面，我要披星戴月地去追赶智慧。

大师说：你怎么知道智慧就一定在你前面呢？你见到过蝴蝶，你越是追赶，它跑得越远；你停下脚步，它反而会回到你的身边，围绕着你的周围翩翩飞，甚至落在你的肩膀上、头发上、胳膊上。

弟子幡然大悟。他自言自语地对大师说：智慧无处不在，很多智慧就在人生的转角处，在我们的身后，它需要的是我们停下脚步，静心聆听。

大师颔首而笑。

没有多久，这个弟子就脱颖而出，不仅学习领会到了大师的智慧，而且超越了大师成为一代宗师。

这个人就是古希腊最著名的哲学家苏格拉底的弟子柏拉图，他后来成为西方客观唯心主义的创始人。

210

很多人生的智慧就隐藏在我们的周围。

一件事情做得非常糟糕，你的亲人突然离去，你与最好的朋友分道扬镳，你似乎感觉世界就要坍塌了，你以为自己成了世界上最倒霉最不幸的人，你没有了一丝活路。

这个时候最简单的办法其实就是，你不要去想这件事情，坚决地说服自己忘掉它，不要再沉浸在沮丧的情绪当中。

也许仅仅是几天之后，你会发现世界依然如故，阳光依然每天照耀着你的家门，你还有很多朋友，人们并没有抛弃你，你的处境并不像你想象的那样糟糕，破碎的生活只是暂时的，生活依旧美好而充满希望。

一次讲座的时候，有一个读者说，他读过很多书，但是却没有感觉到那些书对于自己的人生有什么帮助，感觉阅读白白浪费了时间。

我说，你错了，那些阅读得来的知识都已经融入你的生命中，成为你的素养和能力。素养和能力，你自己看不见，但所有认识你的人却一目了然。这就如你从出生开始吃的食物，食物吃掉了，不是浪费，它们都变成了你强健的体魄。

有一句泰国谚语说："经验是一把梳子，秃顶之后才能得到。"

这是一个非常深刻的启示。珍贵的经验往往是这样，当我们已经失败之后，当我们不再需要它的时候，它才来到我们身边。

但经验依然有它巨大的意义，我们可以借它警示未来的自己不再犯同样的错误，可以给他人以有益的启迪，可以给后人留下智慧。

世界并不全是我们的，成熟与不成熟的界限是妥协，当一个人知道在什么时候放弃，他就是一个心智成熟的人了。

211

看一个人的品位，要看他在读什么书，看他关心什么问题，最重要的还要看他身边是否有几个“有分量”的朋友。如果身边连一个“有分量”的朋友都没有，这种人是不可能有什么出息的。因为这说明，没有一个杰出的人欣赏你。所谓见贤思齐，身边连一个效仿的榜样都没有，怎么可能有更高的未来？

世界上有很多事情我们都可以做，而且不论何时开始都不算晚，但夜深人静的时候，仔细想想，你有哪一个事情做好了？你有哪一个事情做到了众人仰慕、引为骄傲？

老舍先生曾经说：“字纸篓是我的密友，常往它里面扔弃废稿，一定会有成功的那一天。”

老舍先生一生扔了多少废稿不得而知，但他最终写出了自己宏伟的文学大厦，如果不是因为自杀，在他去世的那一年底，就会获得诺贝尔文学奖。

任何一个从事写作的人，都会有无数次扔废稿的经历，都会有不被世人认可的过程，有的人扔了无数次，也许下一次就不用再扔了，但如果忍耐不了长期被冷落的寂寞，放弃了，所有的废稿也就不值一文。不过文学道路上总有坚韧不拔的一些人，最终他们所有的废稿都变成了一个作家的光辉历程。

什么时候才可以坚定地说自己已经足够强大？那是你内心中已经建立起足够的自信。而自信包括两个因素：一个是对自己优势的确信不疑，另一个是对自己缺点的接纳！

212

有人说，童话都是骗人的。这话不对，我们每一个人都可以把自己的日子过成童话。如果一个人相信自己生活在童话的世界里，他的人生就永远充满希望，也永远不会陷入绝境。

如果认为童话都不过是欺骗小孩的把戏，可以确信的是，这样的人遭受了生活的重创，而且已经一蹶不振、心如死灰。

童话的魅力就在这里，世界要靠我们的双手去创造，但童话却让我们始终保持着美好的憧憬。

我常常想，如果我的内心深处是广袤无边的森林，我每一天都在神秘的密林中探险、猎奇、寻找自己的秘密，生活中的那些俗不可耐与狗苟蝇营又与我有什么瓜葛？

也许有人认为我是成功的，也许有人认为我还不够，但这重要吗？我在自己的森林里快乐地漫游，哪里顾得上别人的赞美或者叹息！

有人为自己没有成功而痛苦。我说，这不是最大的痛苦，最大的痛苦是到了最后你发现，自己的落后是因为没有倾尽全力。你本来可以的，你有那个机会，你也有那个能力，只要再努力一把，你就可以抵达。但最关键的一步，你松懈了，你错过了。

还有什么比意识到这一步更深重的痛苦？

你看那些杰出的人物，他们在成功之前都在做什么？他们对于外在的世界充耳不闻，他们也不在意别人的眼光和议论，他们只是安静地埋首在自己的世界里，把自己的人生当成一块璞玉，每一天精雕细琢。

他们都是人生的精工巧匠，把自己的每一分钟都打磨得玲珑透亮。他们面容安静祥和、说话从容缓慢，似乎对什么都不着急。

但突然有一天你却发现，似乎在你的不经意之间，他已经把自己变成了一块绝世的美玉。

任何一个壮阔的世界，也都需要从容不迫。急功近利，没有未来。

每当看到那些拿着刀枪、匕首、棍棒搏杀的人，我都投以不屑。

生命当然是需要武器的，武器是生命安全的屏障。但一定要那些致人死命的东西来防身吗？

不，我记得一句话：对敌人最深的报复是原谅。当你变得十分强大，当你可以不费吹灰之力就能把敌人打垮，你采取了饶恕和谅解，这会让一个敌人无地自容。

崇高的声望、善良的美德、博大的胸怀，这都无疑是生命最重要的武器。这些武器不仅可以保障自己，而且能够庇佑我们的世界。

当一个人狂妄到不可一世、骄傲到目空一切，以为凭一己之力可以翻手为云、覆手为雨的时候，你告诉他：请你做一件最简单的事，这件事除了你之外，任何一个人都可以做到，把你扛到自己的肩上！

这句话会让任何一个人猛然醒悟。世界上有很多事情是不可为的。我们每一个人都有不可逾越的局限。

如果明白了这一点之后，我们就应该做一个懂得分寸、懂得尊重的人，凡事知道设身处地，凡事知道留有余地。因为我们自己的能力是有限的，我们是世界的一员，能够做好自己就已经很了不起。

常常听到有人说：我的负担很重，老人、孩子、工作、生活，哪一样都不轻松。说这话的时候，我们可以品味出他心情的沉重和忧虑，当然还有对未来的惶恐。

有谁在生活中没有负担？只不过有的人把负担当成不可逾越的大山，而有的人则把所有的负担都卸在了自己那双能担当一切的手上。

只要有一双手，负担就不是阻碍前行的大山，而会变成人生之路上一个个美丽的驿站。

离自己最近的地方常常路途最远。我们走遍千山万水，漂泊天涯，去敲成功的门扉，可是最后我们却惊奇地发现，那扇门就在我们的隔壁，甚至自己的心灵深处就是伟大的内殿。

这一刻我们已经超越了所有的尘世繁华，面对苍茫世界发出由衷的感叹：“原来，你在这里！”

我们一直都在渴望一场轰轰烈烈的相会。不论相会的时刻是否遇到，只要愿望一直存在，相会就不再重要。

多少人连相会的希望都没有过，那样的人生是多么苍白!

213

在这个世界上，有的人从出生的那一天起就在不停地构筑着用自己的名字囚禁起来的牢笼，不断地削弱自己的个性，不断地熄灭自己的激情，不断地掐死自己的理想，努力把自己囚禁得越来越深，努力让自己成为一个人人都看不见的黑洞。

最后人过中年突然发现，自己一生精心打造的锁链不过是用来捆绑自己的绳索，自己不过是做了自己一辈子的囚徒。

如果你让自己变得简单，向他人敞开心扉，你的周围就没有了陌生人，世界上也就没有了对你紧闭的窗口。

世界就这么简单，你简单的时候，世界就没有了复杂。而且你会发现，那些艰难的思索，那些困惑的迷局，那些人世的沧桑，都距离你越来越远。

有人总是千方百计用各种漂亮的言辞，希望以此打动别人，赢得信任。我说，这就大错特错了，越是这样越会增加别人的防备和戒心。

赢得信任的唯一方法是你的真诚，而表达真诚的唯一方法是设身处地，是放下自我为他人着想。

而事实的情形是，当你为他人着想的时候，别人也在为你着想，你的世界因此而左右逢源，春光明媚。

青年人总是以为光阴是无限的，虚度了还会再有，所以从来不知珍惜。

当我到了中年以后，我庆幸自己没有浪费过一刻的光阴，我一直把每一天的时光握在自己的掌心，细心地打理着自己光阴的园圃。所以现在我看到自己的园圃里开满了奇花异卉，还有累累的果实。

所以当我看到无数同龄人每一天都在抱怨、叹息，我知道他们是做了光阴的奴仆。

齐白石的人生信条是“每天画五张画，不能一日闲过”。他每天坚持创作五幅以上，所以一生留下了四万多幅作品。过九十大寿的那一天没有时间作画，于是次日晨起他没有吃饭就走进画室，创作完五张画才吃饭。饭后又如往常一样再进入画室创作五幅，然后欣慰地对家人说：“把昨天的闲过补上了！”

没有什么比光阴更加公正！你荒废慢待了它，就一定会得到它的惩罚；你掌握了它，它就一定会让你收获。

有多少人一生都在自己的心灵深处流浪？虽然你哪里都没有去过，你看起来也有自己的家园，但事实上你一辈子都魂无所依。你不过是尘世海洋的一叶浮萍随风而逝，居无定所。

当我青年的时候，突然间有一天领悟：应该避免高谈阔论，应该把每一天时间都变得实用而有价值。当夜深人静的时候，检点自己的一天，应该有所得。

我就这样要求自己，看到别人在那里滔滔不绝地空谈的时候，我就悄悄地回到自己的一隅或者自己的内心，继续自己扎实的行程。

我从来都把我的痛苦说得轻描淡写，因为我知道说得再重也是无济于事，也许会暂时引起别人的同情，但是最终一切都要靠自己。

春天走了还会再来，月亮亏了还会再满，花儿谢了还会再开，只要梦想在，一切都会再来。

我一直都认为我们的生活中总是充满了美好，即使在出了问题的时代里，依然有美好的瞬间、美好的故事、美好的人值得我们回忆。

我把一切都撇在了后面，我只把目光投向远方，我翻山越岭一味前行。因为我知道，只有在世界的前方，才会有大好的前程。

214

人常常为外物所左右，使自己的本领大打折扣，这也就是我们说的定力。做什么事情，都要有自己的定力，不受环境和他人的影响。庄子说“物物而不物于物”，说的就是这个道理。他的意思是说，一个人只有能够驾驭外物而又不为外物所左右奴役，才会“尽其所受于天”，把自己的天资和才能完全发挥出来。

这样的定力需要长期的历练才能养成。围棋、射击和射箭的选手是最需要这种定力的，所以我们可以看到在比赛中，这些选手几乎都是脸上没有什么表情变化的人，这是因为他们早已具有“临大事必有静气”的定力了。

人们往往追逐昂贵和奢侈，华屋和美食，追求很高的职位和财富，但是到头来却发现不仅没有得到，而且给自己带来无穷的烦恼。因为愿望实现不了，目的达不到。

其实人生中我们最重要的是合适，是一种自己能力能够达到的合适，你所希望的一切，你都可以经过努力实现。这个时候，你会感觉世界的一切都是为你而设，你遇见的所有人都是朋友和同道，你所处的环境和谐而美满。

其实古人早就明白了这个道理了，所以才有“削足适履”这个典故，才有“欲壑难填”这个成语。

215

人生最大的悲哀，莫过于发现自己的生命竟然毫无意义，每一天都在毫无价值地重复昨天的自己，人过中年，一事无成！

而更大的悲哀还在于，你发现原来不屑一顾的同伴，还有被你轻易地就击败的对手，却都紧紧握着自己命运的纤绳，早已经闯荡出一片灿烂的世界。

生活有一个神奇的现象：你生命中遇见的每一个人，你将来必定都会重逢。因此一个智者把每一个生命中的遇见都看作世界给自己的意味深长，看作世界的暗示，加倍地珍惜。但是，有的人却相反，要么轻易地错过，要么熟视无睹。

无论是对这个世界充满火一样的热情，还是对生活万念俱灰、心灰意冷，其实都是人生的真实。你喜欢，世界依然；你愤恨，世界也依然。更进一步说，你活在世上或者你决绝地离开世界，世界依然如故。

我们看到很多那些本来已经取得很大成就的人，因为自己的固执己见，因为自己以为高洁的不同流合污，采取极端的方式愤然离世。人们议论了几天，有不平，有惋惜，但过不了多久，你周围的世界就恢复了本来的按部就班，你的决绝没有丝毫意义，而且很快就被人们彻底忘记。

所以不要把自己看得那么重要，对于世界来说，谁都微不足道。

太阳每一天都会走进暮色，但又一定会在第二天从朝霞中升起！

我常常为太阳的伟大而震撼不已，它可以照亮整个天空大地，让光芒洒满山川万物，让整个世界生机盎然；但它又可以委身于一泓清泉，一棵小草，钻进一颗小小的露珠。

我也常常感动于月亮的宁静和明媚，它安静地把清辉洒满大地，为世界带来无边的浪漫和柔情，但它又像一个待嫁的女子那样安静，那样不争。

不论错过了什么，都不应该哭泣。因为错过了太阳，还有繁星。

大地无言，世界寂静无语，但当我们静下来，我们就能够从这寂静中聆听到巨人的足音。

生活在一刻不停地前行。最重要的是不要让自己成为世界的一个过客，而是成为你的主宰。

一个人越接近崇高就越是谦卑、含蓄、虚怀若谷。

秋天的黄叶飘飘洒洒地落入大地的怀抱，它完成了自己一个季节的壮丽。如果我们每一个人都能够坚信自己的生命是世界的一个奇迹，那么我们就一定会成为世界的一个风景。

很多人抱怨世界缺乏公正，抱怨生活欺骗了自己。其实是他自己把世界看错了，自己被眼前的私利遮蔽了眼睛。世界没有变，浩浩荡荡，一往无前。

世界没有什么不可能，只有目光短浅者的浅尝辄止，只有弱者的无能为力。

人最可怕的是为自己建立起牢固的堤坝，其实这是把自己与世界隔离开来，是为自己筑了一个坚固的囚笼把自己囚禁起来。

胸怀坦荡，敞开心扉，世界自会扑面而来。

216

我们总渴望有一双如炬的眼睛注视着自己的行程，总渴望有一双有力的双手拉着自己前行，总渴望有一种巨大的力量在身后推动着自己。这是错了，没有这样一个人。一生中推动着我们的，只有我们自己。

奔向哪里，只能问自己的眼睛；能走多远，只能问自己的双脚。

有多少人能够静下来聆听自己的足音？

山川无语，大地无言，自己的脚步声，像庄严的天籁，从故乡走向远方。这样的声响让你激动不已，也让你心潮澎湃。

世界有一个伟大的定律，它总是耐心地等待着那些失败的人、那些走了弯路的人甚至那些犯下了不可饶恕的滔天罪行的人，最后归于正途，与胜利者同赴凯旋的盛宴。

所以失败了不可怕，犯罪也不可怕，只要你幡然悔悟，世界总是会给你从头再来的机会。一旦你的人生步入了正途，世界的另一个定律又显现出来它的能量：后来者居上！用不了多久，你就迅速地超越了那些曾经的先行者，你甚至成了领军人物。

当你处在了这样的境地，你会发现，你原来那么在意的、担心的他人的成见、世人的非议，都烟消云散。你的所有的挫折和污点，都成了值得颂扬的经验。

世界上有很多人总以为很多事情今天错过了，明天还能继续做；也总以为今天错过的人，明天还会遇见。

不会。今天错过的事情，明天再见已经面目全非；今天错过的那个人，也许你再也难以遇见。

这就是我们的世界，明天的太阳与今天全然不同，明天的你与昨天的你截然不同，明天的那个人也已经不是昨天的人。

日子不是一天一天的复制和叠加，而是一个个不同台阶的累积。

所以把握当下，抓住眼前的这一刻，是所有成功者的信条。昨天走了，不论是昨天的时间还是昨天的人和事，就已经与你永诀，永不再来。

每一个人的记忆深处，都会有一条外婆家泛着粼粼波光的小河，外婆家的歪脖子枣树，外婆家堆满草垛的园子。他们一遍一遍地重复着出现在记忆里，在午后的暖阳里，在雨中的氤氲里。即便我们走向了远方，我们在莱茵河畔散步，在秦淮河中徜徉，在密西西比河边眺望，也比不上外婆家的小河让自己留恋和神往。

那旧日的故事是你心灵的陪伴，那亲爱的故人是永远的思念。即使走遍天涯，你的心灵永在归去的路上。

可是我们的孩子，我们在都市长大的孩子，再也没有了故乡可以思念，再也没有了外婆家的小河，他们的心灵哪里安放？

217

有很多朋友说我太容易满足了，又总是看事情较好的一面，对谁都没有敌意，更无防人之心。所以也许就错过了得到更高职务的机会，也许就错过了拥有巨额财富的机会，也许就会上当受骗。

我说，我始终认为我们的世界是因果关系，有什么因，就有什么果，你种下什么，你就会收获什么。如果我没有害人之心，别人为什么害我？如果我没有欲望，怎么会有欲壑难填的困惑？如果我善待一切，别人为何不善待我？

我还认为，事情都有两面。不好的一面，你戳穿它，它存在；你不揭穿它，它依然存在。

说到高洁，有人说是冰山上的雪莲，有人说是深涧中的奇花，也有人说是初春绽放的白玉兰。其实在我看来真正的高洁是“出淤泥而不染”的荷花，在污泥浊水中亭亭玉立，那样的高洁才真正摄人心魄！

所以佛的手中总是捧着一朵莲花；而佛的身下也是以莲花为座。

千百年来，宋人周敦颐的《爱莲说》是描写莲的经典：“予独爱莲之出淤泥而不染，濯清涟而不妖，中通外直，不蔓不枝，香远益清，亭亭净植，可远观而不可亵玩焉。”“莲，花之君子者也。”

把莲花比喻为花之君子，真是再贴切不过的了。

现在常常听到一些人说，我的天资多么聪颖，我有多么高的文学与书法艺术禀赋，所以才会有今天文学与书法方面的建树。

我很少辩解说明什么，因为那没有必要，但我要说的是：亲爱的朋友们，你见过人世间有哪一件事情是可以轻松、潇洒地就能够获得的？你想过我几十年如一日的坚持吗？你也不一定知道我每一天凌晨起床做日课的情形吧？你想象得到一个人几十年朝着一个方向勤奋不辍的毅力和意志吗？

如果说我真的有艺术禀赋的话，我承认的是我的坚持、我的意志、我的勤奋、我的怀抱，其他没有。

当然，如果说禀赋，有一种也可以算是我的禀赋：我对于自己的选择无怨无悔，每一天都乐在其中，我的心里从来没有过苦。

人世间没有比“擦肩而过”再令人痛楚的遗憾了。人到中年就会慢慢发现，世间的一切似乎早有安排。面对已经变为成长痕迹的历历往事，怅然，慨然，但都已经不能改变。你唯一能做的，就是欣然接受那一段段时光里的无奈和沧桑。

危机是一个危险，但同时又是一个机会，而且这两者中间的取向，完全决定于你自己。对于一个大无畏的人来说，危机是生活重新洗牌的千载难逢；对于一个胆小怕事的人来说，危机就是万劫不复的深渊。

有很多时候，外在的帮助也许会暂时使你摆脱困境，但也往往会让你更快的走向衰弱，因为它会扼杀掉你自己为自己尽心尽力的进取心和原动力。人性中一个重要的规律是，无微不至的呵护、高屋建瓴的指导、严谨的监督之下，这样的人会逐渐丧失自己的判断力、决策力，渐渐走向平庸、无能以致不可救药。只有来自你内心的力量，才会真正将你拯救出人生苦海。

人与人之间不论是大人物还是小人物，也不论是弱者还是强者，无论是贵族还是平民，最大的差别就在于意志的力量。你只有具备了一旦确定目标就所向无敌、一往无前的勇气和决心，才能做成任何事情，这是无法估量的一种品质。没有这个品质，所谓才华、环境、机遇，都是一句空话。

最优秀的人也会遭遇挫折，也会遇到失败。但失败对于一个强者来说，恰恰是最好的训练，它会激发一个内心强大的人不断克服弱点，寻找最佳的捷径，焕发出自己内心最大的能量，在知识、意志、智慧、方法上不断向前迈进与超越。

这是一个无可比拟的征服的过程，这个过程将使一个人变得无比强大。这个时候，原来遭遇的失败和挫折都成为人生珍贵的财富，成为生命中的光荣。

所以，中国古人几千年以前就总结出了这样的断语："自立者，天助之。"

有一个朋友对我说：在我看来，你总是能够腾出时间来做你想做的任何事情。这对于很多人来说，几乎是不可能的。可对于你来说，似乎总是有时间，也有机会。我感觉你似乎把你所有的时间都利用起来了。

朋友又说，你似乎总是热气腾腾，周身充溢着饱满的热情和斗志；走到哪里就会给哪里带来光芒；你的内心似乎总是潜藏着朝气蓬勃的能量。

还有朋友对我说过：你似乎总是在不断否定自己，不断超越自己，不断为自己开辟出新的领地。很多人即使在一个领域也没有干出什么名堂，但你在若干个领域都有声有色。

我回答朋友说，我并没有什么过人之处，我不过是不浪费时间，把自己一小段一小段的空闲时间都让有意义的事情填满了。

我说，我不过是一个能够依靠自己的力量抵挡各种诱惑的人，比如，我也有条件和能力去旅游、休闲、娱乐、狩猎、享乐，这些对于很多人来说都是极具诱惑和吸引力的，可是我很少去，因为我的追求是过一个文人的生活。

重要的是，我总是不甘于自己在从事的领域平庸无为，不是生活所迫，也不是一定要出人头地，这是一种天性，我总是力求做到最好。

其实我知道，吃苦耐劳的人大有人在。但以我的经验和理解，很多人的劳动并没有实际的意义，尽管也很勤奋和辛劳。而且这样的情形十分普遍。

这就是方法的问题了。克服掉贪图安逸、放纵享乐，是简单的事；找到并驾驭适合自己的、可以用之一生的方法，则是高超的智慧。

当然，在所有的领域中，个人奋发向上的辛勤实干是取得杰出成就所必须付出的代价。任何一种杰出成就的取得都必然与好逸恶劳的懒惰品行无关。

所以不论在哪个领域里，我们可以轻易地看到，芸芸众生者多，出类拔萃的人总是凤毛麟角。

218

我常常告诫青年朋友们要珍惜自己，珍惜自己的责任，珍惜自己的担当，珍惜有限的时间，珍惜来之不易的友谊，更要珍惜已经取得的成绩。

一个人来到世间，在社会和家庭中负有责任，这不是负担，而是一种崇高的荣誉。试想如果谁都不需要你，还有什么比这更大的无奈和耻辱？一个社会中没有你的位置，一个家庭中有你没有你无关紧要，你眼看着身边的生活热气腾腾却只能袖手旁观，你眼看着自己的家庭蒸蒸日上却毫无贡献，还有什么比这更让人失落？

因此，我说，当你在社会中做出了巨大的贡献，社会给你一种褒奖，那只是荣誉的一种。更大的荣誉，是你承担着重大的责任！

有了这样的认识，我们就应该常常以自己有责任为荣，以自己有担当为骄傲，以自己对社会、对他人有贡献而倍感崇高。

有时候，对于社会的贡献或者自己的担当，不一定就是那种具有重大影响力的，即使是一个小小的贡献，也足以让我们欣慰。

比如，有一位音乐家，在晚年的时候写回忆录。他回忆了自己一生中创作的几百首歌曲，感觉都没有什么值得骄傲的。但有一件事却让他很欣慰。有一天他在大街上正准备过马路，这时候一个小女孩走到他的身边，用很信任的语调对他说：爷爷，你可以带我过马路吗？

音乐家很高兴，同时站在一起等着过马路的有很多人，这个小女孩选择了让自己带她，说明自己的气质和形象让这个小女孩信赖，这是一种巨大的信任。

音乐家在回忆录中详细记述了这件事发生的过程、细节和当时的心理活动。他说，回忆自己的一生，感觉没有另外一件事让自己这样刻骨铭心。人生中还有什么比获得信任更崇高的！

我认识一位铁路道口管理员。城市的边缘有一条运煤炭的专用铁路线，每天傍晚六点运煤炭的火车经过一次。他的工作是在火车将要来到的前五分钟放下隔离杆，火车过去之后再抬起来。每天如此，月月如此，他已经干了十几年了。

有一次我与他聊天，问他是否对自己的工作感到枯燥无味。

他立刻反驳我，而且明显带着一种“你怎么问这样的问题”的情绪。他说：我一直都感觉自己的责任重大，自己的工作关系到很多人的生命，还有什么比这更重要的工作？

我立刻也为自己的认识感觉羞愧，是啊，还有什么人命关天更崇高的责任？

所以不论我们处于什么位置，不论事情是否重要，只要我们做的事情是有意义的，就是崇高的。

也许有人认为这是一种自负或者自怜，不是，自负是自以为是的刚愎自用，自怜是无所事事的孤芳自赏，不会赢得任何人的信任和荣誉。

我们的生命每一天都在成长，而伴随着成长的，第一就是责任与担当。担当重任的历练，不仅会让我们走向成熟，获得信任，更会让我们走向崇高的荣誉。

219

《世说新语》中有一个故事：东晋名士殷浩与桓温齐名，桓温常有竞心，每每要与殷浩比较高下。桓温问殷浩："你和我相比，谁强些？"殷浩回答道："我与我周旋久，宁作我。"

这是什么意思呢？

东晋时的桓温与殷浩自幼就是好友，但是两人又各不服气，成人以后各有建树。桓温战功赫赫，升任到大将军，而相比之下，以清谈家知名的殷浩就差了不少。桓温是强悍的实权派，靠武力建业，而殷浩是颇有名士风度的清谈一流，言辞过人，属于文人从政。但当时的人都把他们俩比作是管仲、诸葛亮。桓温总想压倒殷浩，后趁着殷浩北伐失败的契机，上疏将他贬为庶人。桓温甚为得意，就问殷浩：现在与我相比，你不行了吧？来学习我，努力向我看齐，做我这样的人吧。

殷浩听了桓温的话之后，平心静气地说：我和我自己打交道已经很久了，我还是宁可做我自己。

汪曾祺先生很欣赏这句话，晚年的时候说："我与我周旋久，宁做我。我与我比，我第一。"

汪曾祺先生在一篇文章中对此的论述更加精彩：杜甫不能为李白的飘逸，李白也不能为杜甫之沉郁。苏东坡的词宜关西大汉执铁棹板唱"大江东去"。柳耆卿的词宜十三四女郎持红牙板唱"今宵酒醒何处，杨柳岸晓风残月。"

“我与我周旋久，宁作我”这样发聋振聩的文字，足可以让任何一个思考者凭栏沉思。我们有多少人在做自己喜欢做的事？有谁能够沿着自己认定的路在一直往前走？有谁能够不羡慕他人，不仰人鼻息，不刻意模仿别人？

谁都有自己的优势和长处，你羡慕他人，按照他人的路走，就是放弃了自己的长板。

我想，古希腊的哲学家苏格拉底那句著名的发问“我是谁”说明哲学家也一定是在作这样的思考。

在我们的世界上，每一片树叶都不相同，每一个人都是独特的自己，珍惜自己，把自己做好了，我们就一定会成为世界的“独一无二”。

220

我们常常说到静思。古人说，每临大事必有静气，才会正确抉择，避免错误。

其实静思就是不断省察自己。佛陀经过 6 年的修行而悟道，开始了他的传教生涯。但他并没有忘乎所以，而是每一年都会在雨季的 3 个月中隐居静思，在 9 个月的传道时间中，每一天又必定有 3 次静思的时间。他说，一个人假如一天没有三次的自我省察，是不可能保持理智的清醒的。

这与曾子的“吾日三省吾身”有异曲同工之处。曾子的意思是，每一天都要从三个方面省察自己，与友交是否诚信，为人谋是否忠诚，老师讲的知识是否牢记了。其实这也是让自己从静思中保持清醒的头脑。

我有一个日本朋友大竹，他是一个公司的高级职员，在下关的郊外有一所乡间别墅。别墅里有个200平方米的游泳池和很大的花园。他每天下了班以后都会开车到乡间别墅去。他先到自己的花园当中赏花、浇水、施肥，在短时间内使自己由一个现代社会职员变成了一个大自然中的人。然后他到游泳池里，在那里游泳、洗热水澡，让自己的身心彻底放松平静下来。

接下来他会穿上棉质的衣服，到一个什么摆设也没有的、十分简洁明了的房间去，坐在榻榻米上，静静地倾听风铃的声响，凝视风铃的坠穗在风中摇曳的样子。而后，他会沏一杯茶，严格按照日本茶道的步骤，慢慢啜饮品尝茶的芳香和韵味，慢慢琢磨茶道的深邃和悠远，从中领略人生的品性和境界。

在这整个过程当中，他几乎不与人交谈，一切都在和谐的宁静中进行。他说，他感觉自己从进了别墅的那一刻起就暂时与世俗的生活告别了。在洗浴、游泳、听风铃和品茶的过程当中，自己渐渐进入了沉静的状态里，心胸开阔起来，视野里一片明朗，不论多么困难的问题都有了清晰的思路。

我随他到他的别墅去的时候，他告诉我，他正有一个重大的问题要做决断。我说，为什么不找朋友一起商量拿拿主意呢？他说，不，争论是争论不出什么答案来的，只有把一切的杂念都忘却，端起这一杯茶来，从茶的宁静和悠远中才会顿悟到清晰的思路和办法。

我问他，每一个日本人都是这样吗？他说，是的，这是我们解决问题的方式。

我们的古人说过“宁静致远”。意思是，在宁静中才可以得到智慧。但我们的国人当中很少有像大竹那样把这些智慧的精髓应用到自己的生活之中。我们现在选择的决策方式多是无休无止的争论，很多人在一起激烈的辩论甚至争吵。无数的时间和机会，就在不知不觉当中失去了。

选择静思吧，在静思中聆听自然的天籁，寻找生命的真谛。

221

一位慈善家的话很值得我们深思，他说，今天世界任何地方的灾区不会因为你捐出的一点点钱发生变化。关键是你捐出了钱，你自己发生了变化，世界才有可能发生变化。

是的，如果世界上的每一个人都变成了一个善良的人，一个有德行的人，一个有操守的人，一个乐于为他人着想的人，我们的世界还会有邪恶、丑陋和灾难吗？

公益不应该仅仅是富人的秀场，而应该成为所有人参与的善行。

一些青年人刚刚进入社会往往很看重社交的作用，认为多熟悉一些人就会在事业和生活中左右逢源，所以一天到晚忙着辗转于各种社交场合，对于自己的学识和专长反而并不看重。

我说，这是错误的认识。你如果有价值、有专长、有才华，不需要社交也会有人愿意与你交往。如果你是一个没有什么专长的人，认识了再多的人也是枉然，即使有了机会也不会有人把机会给你，因为人们知道你不会胜任。

人生路上，我们都是孤独的旅客。不要抱怨没有人关注你，不要责怪别人不帮助你，谁也没有那个责任和义务。如果明白了这一点，学会了独自面对和担当，你就是一个宠辱不惊的人了。

这也就是古人说的“不以物喜，不以己悲”。

很多艺术家都是对国家民族有着深深忧患意识的人。这是一个艺术家所必需的情怀，一个人如果没有家国情怀，只是一味地躲在象牙塔里自娱自乐，再高的艺术造诣，也不会成为人们所景仰的艺术大师。

心理学家们说，21 世纪的关键词是“忧郁”。现在看来，这个命题是有些道理，很多各个领域的顶尖人物也患有“忧郁症”，甚至以自杀了断。这些年以来，我们不断从媒体上看到那些精英人物自杀的消息。

其实我以为，患有“忧郁症”的人，根本的问题是迷失了人生的方向。因为人生没有了方向，生命的天空才会被阴云遮蔽。

迷失了方向就像旷野里迷途的羔羊，只会在野草中打转而寻不见归途。

从忧郁中走出来，最好的办法就是忘却过去的一切，以坦荡的胸怀，面对未来。

站在朝霞满天的晨风中，面对冉冉升起的太阳，眺望着大自然的山川美景，哪里还会有忧郁？

雷厉风行，大家都知道，但真正一辈子都雷厉风行的人是极少的。

成功的人一定都是雷厉风行的人。说做就做，想到就做，绝不拖延，绝不把现在就能做的事情拖后到明天。

在我们的生活中，很多事情如果现在不做，第二天就已经完全不同，甚至永远都没有了做的机会。

抓住生活中的每一个机会，把每一个来到身边的事情做好，每一天满面春风，成功的大厦里一定有你的位置。

222

深秋出门散步，总是会有一些“衰落”“惆怅”“悲凉”的情绪的，即便是不远处，会有手风琴的声响，从人行道上传来。看到小径上的片片枯萎的黄叶，任何一个诗人都没有办法制止自己的伤怀，秋已经深了。

从我们汉字的构造也可以窥见古人对于秋天的描述：一个“秋”

字，下面一个“心”字，就是“愁”字了，也就是说，“愁”就是秋天的心境。所以中国的文人骚客悲秋的诗句留下来的最多。“心绪逢摇落，秋声不可闻。”“秋风秋雨愁煞人，寒宵独坐心如捣。”“行吟坐啸独悲秋，海雾江云引暮愁。”虽然也有杨万里“秋气堪悲未必然，轻寒正是可人天”和王勃“落霞与孤鹜齐飞，秋水共长天一色”的壮美诗句，但落脚一个“愁”字上的总是要多得多。

到山冈上，放目远眺，季节的变化层层而来！火一样的红叶铺天盖地，一直延伸到山顶。柿子树上的叶子都掉落了，但鲜红的柿子依然悬挂枝头，不惧风霜。这个时候的山坡真是五彩缤纷！

平原上的秋色与丘陵地区总是不同，平原上更多的是收获的喜悦、播种的欢心；丘陵地区的秋更多的是千山草黄、万木凋零、落叶萧萧的苍凉气象。

深秋的阳光表面上是温暖而安静的，可从来是靠不住的，一阵凉风吹来，灰色忧郁的日子呼啦啦地就来了。

然而，秋天里最重要的特色还是“秋高气爽”！苍穹蔚蓝、天高云淡、万里澄澈、大雁南飞，看到这些，任何的惆怅也会顿然远去。

秋天里唯一饱满艳丽盛开的是菊花。说秋天是菊的季节，是丝毫也不为过的！不用太多，庭院里如果有几株菊花，红色的，白色的、紫色的、黄色的、绿色的、粉红色的，岂是一句争奇斗艳可以形容的。

任何一个城市的公园里，这个季节都会举办盛大的菊花展览，济南的趵突泉菊展已经持续了几十年，成了这个城市最重要的盛事。相信其他的城市也是，把精心种植的菊花集中到一起，命一些奇异的名字，菊花就不仅是自然的花，而具有了一种文化的内涵和意义了。

对于丘陵地区的人们来说，秋天最重要的收获是苹果、板栗、橘子、核桃、山楂；而对于湖畔的渔民来说，秋天则是收获螃蟹的时节。“秋风响，蟹脚痒”，螃蟹个大肉肥，蟹黄满满。几天前我去辽宁的盘锦参加笔会，那里最著名的“稻田河蟹”正是时候，三两左右一个，肉肥黄满，真是一等的美味。

天气预报说，后天有雪，温度就是零下了。我知道冬天就要来了。

223

要说风雅，能有谁超过南北朝时期的钱塘名伎苏小小？她只活了 23 岁，但却以一首写绝恋人约会风情的《同心歌》，引得千百年以来的文人墨客无限的膜拜与向往。

苏小小常坐油壁车，她的《同心歌》是这样的：“妾乘油壁车，郎骑青骢马。何处接同心，西陵松柏下。”朴素无华但真挚感人的文笔，把千年的恋情风景写尽。

唐朝的白居易、李贺，明朝的张岱，近现代的曹聚仁等都写过关于苏小小的诗文。有的文学家甚至认为苏小小就是中国版的茶花女。白居易诗云："若解多情寻小小，绿杨深处是苏家。""苏家小女旧知名，杨柳风前别有情。"清代诗人袁枚对苏小小的仰慕更是无以复加，随身携带私章一枚，上刻"钱塘苏小是乡亲"。一个早夭的伎女，1500多年来始终拥有着让历代文人墨客的仰望，这又怎是一句风雅可以盛下?

我们常常谈到导师。我觉得，当下导师已经沦为一个虚妄的假设。现在青年人做的事情，我们完全明白吗?他们做的很多事情，他们的思想，我们已经不懂。他们不再认真聆听我们的劝告。而且当我们在不厌其烦地详细阐述自己的观点时，也多半会被他们视为古董、老脑筋。

所以意识到了这一点之后，我们要做的，是完成自己的自我救赎，完善自己的人格，也许这才是最明智、最受青年人尊敬的做法。

我们理智地让开自己的位置，礼貌地把路也让给青年人，我们的心情不用再紧张地担心世界会发生什么，而是以期待的目光和心情看着青年人大显身手。这个时候我们会发现，世界阳光明媚，所有的担忧只是我们的庸人自扰和无病呻吟。

224

最近，我在很多场合谈到"十年"这个话题。我说，中国古人多次用到“十年”来解释世界的很多现象：“十年树木”“十年磨一剑”“十年寒窗”等，这是一个足以改变一切的时间距离。

读书能够改变人生的走向。说小了是让自己有知识，有学问，知书达理；往大了说，读书其实是一个时空隧道之门，它可以让你从一个世界传送到另一个世界。

在大学里讲座，我对青年学子们说，你们寒窗十年之后坐在这里，往大了说，是报效国家、建功立业；往小了说，其实就是让自己在成年以后，拥有更多选择生活方式的权利。

不能坐在这里的你们的同龄人，基本就没有更多的选择权了，他们要被迫谋生，而且要从最基本的体力劳动开始。

还有更高一层的解释，你们可以让自己感到自己的生活有意义和价值，你们的那些同龄人基本就没有机会思考人生意义的问题了。

我说，很多人之所以没有成功就是因为没有认真地沉下心来——不要说十年，五年也没有——在一段时间里潜心把自己真正热爱的事业做实、做精，只是忙于寻找捷径和经验，最后一无所长，肯定也就一无所成。

在一次笔会上，有人得一张画。可他感觉那幅花鸟画的空白处太大，就对我说：您是书法家，请您在空白之处再写一首诗吧。

我对他说：收藏字画要学会读画，观察欣赏一幅画要懂得除了看画家的写实处，更要看留白处，留白是一幅画神韵不可或缺的部分。甚至留白往往是一幅画神韵最见空灵的地方，最明媚阔朗之处。

朋友明白了，他点头同意。我说，画家这幅画本来是很空灵的，如果我在那空白处写一首诗，画就真的废了。

我们的人生也是这样啊，如果我们把自己的一分一秒都填满，我们哪里还有时间检讨和思索，而人生的智慧不正是我们空白转弯处领悟思索的结果吗?

那些人生的空白之处也恰是我们的空灵之处啊。

225

我们常常说到遇见，说到机缘，想到古人说的“近朱者赤，近墨者黑”，这是说人生当中的相遇是多么重要。

以《哥德巴赫猜想》《地质之光》《祁连山下》《生命之树常绿》等名篇享誉文坛的散文家徐迟先生讲过他自己青年时代的一段经历。1932 年 1 月，刚刚 20 岁的徐迟入燕京大学借读，而此时，已经以诗集《繁星》、小说集《超人》驰名，在文坛声名鹊起的冰心恰好任教燕京大学。

徐迟先生动情地回忆说，那时候，冰心先生开了一门叫作“诗”的课，一周上一个小时，讲英国的浪漫主义诗人雪莱和拜伦，也讲湖畔诗人华兹华斯和柯勒律治。当时，漂亮年轻的冰心先生刚刚生下第一个孩子，她每次上课都推着一辆婴儿车，腋下夹着一本精装的英文诗选集，在燕山大学的校园小路上，在未名湖畔的林荫下，哼着儿歌，轻轻地从宿舍走向教室。

徐迟先生说，这景象毫无疑问是当时燕京大学最美丽的风景，比冰心先生给学生讲的诗还要浪漫。

每一次冰心先生推着婴儿车走进教室，把婴儿车放在讲台一侧，然后走上讲台，打开诗集，为大家读一首诗，然后开始讲解和分析。徐迟多年以后还这样回忆:“这是一门多么美丽的课程啊!听着冰心老师的这门诗歌课，我们中的不少人后来都成了诗人或诗歌研究者……”

人的一生中，这样的相遇是不多的，更可以说是一种机缘，一种幸运。有这样美丽的际遇，真的是徐迟先生说的，你想不成为诗人都难。

在我们的生活中亦然。我们每天与一个朝气蓬勃的人在一起，我们的人生就不会有颓废、懈怠；每天与一个正能量的人在一起，我们就不会有消沉、怨恨；每天与一个善良情怀的人在一起，我们的人生中就自然充满良知和善行；每天与读书人为伍，你的人生中自然书香弥漫。

相反，如果你每天与一个怨天尤人的愤青在一起，你必然也渐渐沦为一个处处不平的愤青；每天与一个不求上进的人在一起，你必然也会渐渐丢失掉一个青年人最珍贵的进取之心和人生锐气。

226

一提起“创作”这个词，大家似乎就认为这是艺术家们的专属，作家创作文学作品，音乐家创作乐曲，书画家创作美术作品，篆刻雕塑家创作篆刻雕塑作品。

其实我们每一个人都应该把自己当作艺术家，而我们也都完全可以成为自己生活的艺术家。

比如，一个家庭妇女为自己的孩子精心做一件小肚兜，缝一件小花棉袄，绣一双小虎头鞋，或者展示自己的厨艺做一顿可口的饭菜，这难道不是生活的创作吗？

比如，一个农民精心管理种植一块菜园，经过自己的管理收获了很多蔬菜和粮食，难道这不是一个农民的创作吗？

比如，一个父亲为孩子精心做了一件小木枪玩具，一个母亲为女儿扎了两个好看的小辫子，这难道不是生活的创作吗？

比如，一个教师精心准备了一堂课，学生们听得津津有味，学到了新的知识，这难道不是一个教师的创作成果吗？

创作不是艺术家们的专利，是人人皆可以为之的事。关键的是我们每一个人都要把自己当作创作的主人翁。

试想，如果我们每一个人每一天清晨醒来都首先去想，我今天要在自己的生活中创作出什么作品呢？我们的世界会是什么情景？我们每一个人又会是什么心情？

那样的话，谁还会说我们的世界不是一个艺术的世界，我们的生活不是艺术的生活，我们每一个人不是生活的艺术家？

是的，我们每一个人都可以成为生活的艺术家！

227

常常遇见那些生活落魄的人，或者生意失败，血本无归；或者官场不顺，心灰意冷；或者情场失意，低落消沉；或者名落孙山，前途迷惘。

这样的时候我总是告诉来到我面前的朋友：你依然与所有人一样可以欣赏灿烂的晚霞，一样拥有每一个日出，一样可以欣赏苍穹明月、江上清风啊。

更重要的是你健康的体魄仍在，你的精神意志仍在，你的朋友仍在啊。而这恰恰是你东山再起的基础啊。

想到这一层你会豁然开朗：你与世界上的其他人相比，你什么也没有缺少。

你会发现你只是做出了一次错误的选择，你只是失去了一次成功的机会，你只是走了一段弯路，你完全可以从头再来！

这就是世界的法则：假如我无法改变结果，那么我完全可以改变自己对结果的态度。当我没有能力避开，我就坦然接受。

事实上在我们的世界里，没有人是一帆风顺的，只不过你不了解别人的经历和痛苦罢了。没有谁总是把痛苦写在脸上，你认为自己暗无天日的时候，你的朋友正经受的苦难可能比你严重得多。

228

我现在常常听一些人说，什么人之所以能成功是因为他自幼就是一个天才，他有着一般人所没有的聪慧头脑。

我想告诉朋友们的是，所谓天才就是这样的一些人：他们有远大的梦想和壮怀，他们有锲而不舍、坚韧不拔、不达目的誓不罢休的意志，他们具有每一天自我激发的能力。

对于一个没有成功的人来说，“天才”这个词往往成为聊以自慰的借口和托词：我之所以没有成功是因为父母没有给自己一个聪慧的天才脑袋。

所以我说，不要相信什么天才，天才是不存在的，没有谁不靠自己的艰苦努力就可以成才。

有朋友问我，怎么看不见你有生气的时候？你总是能心平气和地看待人和事，可世间有那么多的不平，请你告诉我，你是怎么忍耐的？怎么控制自己的情绪？

我说，我没有控制情绪，我也没有刻意地忍耐什么，我没有感觉有什么不平需要忍耐啊。

生活中总是有这样的人，总是叹息“往事如烟”，总是哀叹“人生如梦”，总是沉浸在灰色的世界里。我们每一天的眼前的这一刻，瞬间之后就成了往事，就成了记忆，且不可改变。而我们唯一可以把握的就是这一刻啊！把眼前案头的这一幅字用心写好；把手边的这一篇短章写好；把你手头的一件件小事做好，你就拥有了你的一生，也就拥有了整个的世界。

我画了一幅竹，很多朋友，甚至一些专业的画家朋友说，你画的竹秀美而灵动。我又画了一株兰草，朋友们又说，你的兰草修长而洒脱。我写扇面，用细细的狼毫，写在烫金的扇面上，朋友们说，扇面真是美极了，典雅飘逸而安静。有朋友就对我说，有的人画丑石、病梅，写拙字，你的作品无论画还是字，特别是你的散文，怎么都是美和雅呢？我说，我没有思考过这个问题，没有过画丑还是写美的取舍，我看到的世界都是美的世界，我遇到的花草都是美的花草啊！

我的新书《人生都可以如诗如梦》出版了，很多朋友问我：人生的意义是什么？我告诉大家，人生的意义就是你选择了你喜欢的生活，并把这种生活变成了现实。你的一生不是为谋生活命而奔波，而是每天走在追求的路上。

我最喜欢的两首诗，一首是宋代杨万里的《桂源铺》："万山不许一溪奔，拦得溪声日夜喧。到得前头山脚尽，堂堂溪水出前村。"我年轻时读到这首诗，把它写到各个日记本的扉页上激励自己相信未来，相信自己终究会有锦绣前程。

另一首是中年以后读到的，东晋诗人陶渊明的"纵浪大化中，不喜亦不惧。应尽便须尽，无复独多虑。"告诫自己以宽阔的胸襟看生活、看自己、看世事。

前一首是我青年时代的座右铭，后一首是我中年以后博客与微信的关键词，都是我人生的向导。相信读懂了这两首诗的朋友会与我一样，不论在人生中有怎样的经历，都可以放下，都可以云淡风轻。

有很多原来交往的人最近接连出事，一个中学同窗主政一方，政绩本来还是不错的，但是因为经济问题锒铛入狱。一位大学的师弟，本来是一家教育媒体的资深媒体人，没有想到也因为包装一个学校而受贿入狱。

这让我想起了一个人的话，那是富兰克林说的：一般人的最大缺点是常常觉得自己比别人高明。“法网恢恢，疏而不漏”的道理是谁都明白的，为什么还会犯这样的大错？太相信自己的聪明了。

自以为聪明的人往往是没有好下场的，世界上真正聪明的人，是老实、诚恳、谦逊的人。

一切都是咎由自取。你的卓越、成功和骄傲是你自己辛勤付出的结果；你的劫难、万劫不复的错误也源于你自己的内心，而且没有人为你分担。

屠格涅夫说：自尊自爱，作为一种力求完善的动力，却是一切伟大事业的渊源。假如我们每一个人都能时刻记得这句话，并以此为立身之本，自尊自爱，我们的人生哪里还会有迷惘，哪里还会有灾难？

谁不能主宰自己，谁就永远是一个奴隶。苏格拉底的这句话说得太好了，我们每一个人都要努力做自己心灵的主人。

229

我常常为“置之死地而后生”这句话激动不已，因为从很年轻的时候我就发现，人类世界里几乎所有的成就都是逼出来的，所有那些杰出的人物都曾经深陷绝境。所以当我也曾经面临绝境之时，我丝毫也没有惊慌，我知道我波澜壮阔的人生，即将开启。

常有人问我：你这样努力为艺术目标而奋斗，你想到达哪一个目标呢？我说：我们读一部精彩的小说，我们看一部英雄寻宝的电影，吸引我们的是什么？不是最后的结局，而是其中曲折离奇、惊心动魄的过程。我没有思考过最后的结果怎么样，我沉浸在为梦想而努力的欢欣之中。

人的一生变化的是知识和经验。知识和经验会随着人生阅历的增加而丰富起来。但你的聪慧、才智、胆略、悟性，都不会变。可为什么有的人换了环境，时间不久，人生就脱胎换骨、大放异彩？这容易让人想起蜀国的庞统，本是治国相才，却让他当县令，所以不得志。一旦换了环境、换了人生的平台，其雄才大略立刻有了用武之地。所以做自己喜欢的事，寻找适合自己发展的环境，找到自己施展才干的平台，是人生中最重要的。这个时候你不仅会感觉如虎添翼，更会想到舍我其谁！

英雄一定是成功者吗？不对，历史上很多英雄都是失败者，比如项羽。

秦王朝被推翻后，项羽和刘邦为争夺帝位，进行了数年战争，在近五年的楚汉战争中，项羽由强大转为弱小，最后中了韩信的十面埋伏，被刘邦的军队围在垓下，他只带着几十人突围，逃到乌江边。乌江亭长本来准备了好了一条小船，可以渡他过江返回故乡，并且告诉他，故乡的人等待他回来称王东山再起。但是，他长叹说："天之亡我，我何渡为！且籍与江东子弟八千人渡江而西，今无一人还。纵江东父兄怜而王我，我何面目见之。纵彼不言，籍独不愧于心乎？"

他对亭长说："吾知公长者。吾骑此马五岁，所当无敌，尝一日行千里，不忍杀之，以赐公。"接着让骑兵皆下马步行，持短兵接战。一个人就独杀汉军数百人，最后自刎而亡。

项羽的这几句最后的浩叹，可以说是天下英雄最悲壮的写照。当年带着八千故乡子弟过江逐鹿中原，现在仅仅剩下自己，有什么脸面见家乡父老！宋词人李清照《夏日绝句》"生当作人杰，死亦为鬼雄。至今思项羽，不肯过江东"，更是把一个失败的英雄名传千古。

成功了的刘邦，后来做了皇帝；失败了的项羽，自刎而死。但两人都尘封在了历史的烟尘之中。今天看来，项羽的英雄地位甚至远远高于刘邦，成为英雄的代名词。

因为皇帝有几百个，而项羽这样的英雄两千年来尚无人能出其右。

230

很多人最近接连出事，他们大多都是早就发达了的。我知道他们有一个共同的特点，都自以为是很聪明的人。在他们的眼里，别人都是傻子，世界也是。所以他们由开始的耍小聪明渐渐发展到对世界失去敬畏。

其实，世界上真正聪明的人，是那种对世界具有真正的洞察力，目光如炬而又老实的人。

自以为聪明的人从来都没有好下场，古今中外，没有例外。

我们的古人早就看到这一点了，3000 年前《易经》的精髓“天行健，君子以自强不息；地势坤，君子以厚德载物”说的就是这个道理。成功没有他途，只有自强不息的勤勉与奋斗。人世间的最高原则没有别的，就是忠厚、诚恳、真实的品德。

世界没有捷径，人生也没有假如。投机的结果只有一个，就是无可挽回的万劫不复。当你以为能够把世界玩弄于股掌之中的时候，你正成为如来手中的泼猴。

怎么才能深刻？我说，你学会孤独了吗？你有没有常常独处，躲开世人的目光，与自己的心灵交谈，听听自己内心的声音，让自己陷入沉思？以及你是否学会了不再急于表白什么，不再急于证明什么，不再努力渴求他人的理解与认同？如果你总是渴望着自己做的事情得到别人的理解与赞同，把自己的价值建立在别人的价值观上，那么你就还是浅薄的。我就是我，一路前行，矢志不渝，目光如炬，整个世界都在脚下，如此，你就是一个深刻而大无畏的人了。

常常有朋友问我是怎么度过长期寂寞的时光。我告诉朋友们：寂寞是一个成功者必须经历的阶段，正是这个阶段淬砺一个人的意志品质与学养。有的人忍受不住寂寞的孤独，去寻求俗世的热闹，而沦为一个庸俗之人；有的人把寂寞作为一个个通向未来圣殿的阶梯，享受着那份舍我其谁的孤独，一步一个脚印地走过一寸寸光阴，最终越过寂寞的终点，敲开成功之门。

我一直有一个绝不妥协的原则：每一天的凌晨 4 时起床，到早晨 8 时，这 4 个小时，只属于我自己。在这个时间段里，读我喜欢的书，思考我愿意思考的问题，写我愿意写的文章，临我喜欢的书法名帖，绝对不在这个时段中应付差事，更不在这个时段里做违心的事。几十年下来，每天 4 个小时里做自己，到今天我欣慰地告诉我的朋友们，一个人如果每天有几个小时做自己喜欢的同一件事，你将毫无疑问地站在这个领域的制高点上。

一个人生活在世上，如果没有能够独居的处所，是可悲的。这个处所不一定是华屋广厦，即使是山间茅屋、乡野土房、小城陋室，都是一样的，重要的是当你走进这个处所，就不会有人来打扰，就与世界暂时有了距离，就可以走进自己的内心，静静谛听来自心灵深处的声音。

沉默的力量是可怕的。当一个人从喧嚣的生活中消失，当一个人坐在世界的对面，当一个人完全沉静下来，他就慢慢穿过了世界的一道道屏障，抵达了心灵的最深处，也抵达了真理的门前。沉默下来，这是走向深刻、走向彼岸的唯一的道路，但可悲的是，大多数人选择了浮躁和热闹。

真正的痛苦来自惨痛逆境的顿悟，一旦化为人生的智慧，就会变成坚不可摧的力量。所以真正懂得痛苦价值的人就不会视痛苦为不幸，而会加倍珍惜那份经历，时刻警示自己的未来。

231

我现在常常听到人们说我质朴，无论是我日常的为人处世，还是我的文学或者书法作品。

我想告诉朋友们的是，质朴不是一种伪装，更不是一种刻意，它是一个文学家、一个具有了极高文化素养的人最本质的品格。

我崇尚质朴，我认为质朴是一种博大的简洁，是一种丰富的平淡，是一种深刻的从容，更是一种没有丝毫矫饰的谦逊，是真正的虚怀若谷、大道如简。

我追求文学作品的质朴，拒绝所谓的华丽与浓艳，我认为质朴的文字才能够确切地表达我对世界的思考。我也追求书法作品的质朴，拒绝怪异和花里胡哨的取巧，我认为只有质朴的作品才能够最直接地展现笔墨的意趣之美。

夸夸其谈或者故作高深，甚至狂妄的不可一世，并不是真正的深刻，只会更加暴露你的无知和浮浅，只会贻笑大方。

不论是谁都曾陷于难以自拔的矛盾，有过难以决断的纠结，更有过犹豫与彷徨的疑惑。我常常说，生活中的很多问题是永远解决不了的，很多矛盾是没有办法理清的。可当人到中年以后，我们却会发现那些难以解决的问题、难以抉择的矛盾，都消失在了时间的河流之中，那些问题已经不存在了。所以这些年来当我遇到解决不了的困难时，我就把它交给时间，自己以轻松的心情再另辟蹊径。

一个写诗的人如果没有哲学的清醒和深度，诗句就必然流于肤浅和空泛，不过是一些分行的、故作深奥的文字。诗必须有哲学的深刻，其文字才能抵达世界的彼岸，抵达读者的心灵，倾听到历史的回声。

哲学是对人生终极意义的思考，是对世界根本问题的拷问，所以一个文学家首先应该具有哲学的素养，甚至应该是一个哲学家，才能写出对世界和人生深刻洞察、启迪心智的文字。

稻盛和夫说：真正的善良有三层，最低层是让自己快乐幸福，不成为社会问题，也不成为别人的问题；第二层是行有余力，成为一个解决问题的人，能帮助别人成长，并在这个过程中获得快乐；最高层次是只为自己而活，而他人则在你的成就中自然获益。

我常常参加一些公益活动，也常常做一些力所能及的捐助。我这样认为，我的公益和捐助对于被捐助者和社会也许改变不了什么，但却可以改变我自己，重要的是我成了一个有益于别人、有益于社会的人。我常常想，这也许是慈善、义举和公益活动最重要的价值所在。如果我们的世界，我们的身边，每一个人都这样去做，我们的世界哪里还会有邪恶？

232

人生中有很多事情是不能较真和纠正的。有时候，越是较真越加难堪，越难以收拾；越是想纠正，反而会犯更大的错误。

尤其对于亲人，对于身边的人，更是如此。郑板桥先生写下“难得糊涂”的警句自勉，足见他对于人情世事的领悟之深。过于较真的结果，是把本来模糊的矛盾明确了，把本来是一笔糊涂账、完全可以一笔勾销的纠纷又记录在案，变成不可饶恕的仇恨。

较真的结果也许是你自己都不愿意看到的：本可以一笑了之的事情成为人生不可饶恕的罪过，本来可以重归于好的关系变得不可调和，周围的世界让你变得剑拔弩张。

所以“得过且过”这个词，在我们做事的时候切记要远离，但在我们处理人际关系的时候，却可以是一种人生智慧。

郑板桥是康熙秀才、雍正举人、乾隆元年进士，为“扬州八怪”

之一，其诗、书、画世称“三绝”，其诗情、才情当世无出其右。

他最著名的对联是“室雅何须大，花香不在多 ”；“删繁就简三秋树，领异标新二月花。”

最著名的警句自然首推那句妇孺皆知的“难得糊涂”。他本是个聪明绝顶、通今博古的一代文豪，却写出“吃亏是福”“难得糊涂”“聪明难，糊涂难，由聪明而入糊涂更难”等书法作品，可见他领悟人生的大智慧、大境界。

有一个他与小偷之间的故事可以看出他不凡的才情：郑板桥辞官回家，“一肩明月，两袖清风”，惟携黄狗一条，兰花一盆。

有一天深夜天冷、月黑、风大、雨密，板桥辗转不眠，适有小偷光顾。他想如高声呼喊，万一小偷动手，自己无力对付，佯装熟睡，任他拿取，又不甘心。

略一思考，翻身朝里，低声吟道：“细雨蒙蒙夜沉沉，梁上君子进我门。”

此时，小偷已近床边，闻声暗惊。

继又闻：“腹内诗书存千卷，床头金银无半文。”

小偷心想不偷也罢。

转身出门，又听里面说：“出门休惊黄尾犬。”

小偷想，既有恶犬，何不逾墙而出。

正欲上墙，又闻：“越墙莫损兰花盆。”

小偷一看，墙头果有兰花一盆，乃细心避开，足方着地，屋里又传出：“天寒不及披衣送，趁着月黑赶豪门。”

郑板桥一生画竹，尤以咏竹的诗见长。其一《竹石》流传极广："咬定青山不放松，立根原在破岩中，千磨万击还坚劲，任尔东西南北风。"这首诗既点出竹之"处境"，更直接说出竹之贞定，经得起各种磨难考验，俨然是个顶天立地、昂然不屈的烈士，令人望之生敬。

另一首《题画竹》也别开生面："画竹插天盖地来，翻风覆雨笔头载；我今不肯从人法，写出龙须凤尾来。"前二句写画竹的气势，后二句则双写人与竹的"择善固执"及不从俗流、不为俗物的个性。

板桥辞官之后回到扬州，书画大名已成，世人趋之若鹜，他自定润格，规定凡求其书画者，应先付定金，并作润例，颇为风趣："大幅六两，中幅四两，书条对联一两，扇子斗方五钱。凡送礼物食物，总不如白银为妙。盖公之所赠，未必弟之所好也。若送现银，则中心喜悦，书画皆佳。礼物既属纠缠，赊欠犹恐赖账。年老神疲，不能陪诸君子作无益语言也。"

本来是不便明言的事，但到了板桥先生这里，变得分外可爱，足见他的率真。

233

有读者问我：为什么哲学家说人生是一个悲剧？

我说：人类的历史不是一个悲剧，因为一个时代走错了道路，下一个时代往往会吸取前车之鉴，引以为戒，接受教训，避免犯同样的错误，灾难也往往就不会重演。

可人却不同，人生没有假设，也没有改正的机会，选择错了道路，犯了错误，往往就不可收拾，岁月不会给你从头再来的机会。所以人生就注定是一个悲剧。

有人说：不对，谁都有机会重新开始。

我说：那不是重新开始，仅仅是亡羊补牢。你经过了惨痛的失败之后再重新开始，但你失去的岁月永不再来了。

所以对于每一个人来说，时刻警惕的，是不要犯大错，不要走错了路。因为一旦踏上了人生之路，时光就不可逆转。

很多人一生一事无成，那是因为他选择了一条不适合自己的道路。在一条不适合自己的道路上，纵然付出百倍的努力，也是徒劳的枉然。

有的人最终成为人类世界杰出的人物，虽然是因为他付出了艰辛的努力，但更重要的是他选择了正确的道路。

很多时候我们往往会陷入人生的困惑。人是重感情的动物，如果一个人不讲感情，则会被人视为冷血动物一样的毫无人性；可如果一切从情感出发，则会让自己陷于软弱可欺。

没有人不追求完美，可完美的事物与完美的人都是不存在的，过于追求完美则会出现遗憾的烦恼。

因此，我们必须学会接纳遗憾与欠缺。世界上没有完美的人和事，但可以有完美的心态。

不论是那些初出茅庐的青年人，还是没有什么成就的中年人，都常常谈论命运。出师不利，说自己命运不济；人生失意，就说自己命运不好。

其实，命运是什么？就是一个人的人生借口或者人生托词。自己看错了方向，选错了道路，努力不够，所以才没有成功，才人生失意。但一句命运不好，就把这些本来属于自己的过错都掩盖了。

这是一个人生失败者堂皇的理由，虚伪的台阶，也是一步步逐渐走向颓废甚至堕落的向导。

这个时候，这些人往往是渴望一份理解、一份同情、一份尊重甚至是一份援手。

其实，很多人生失意的人不知道，当自己一败涂地之后，这个心态只会让他的痛苦更深。他完全可以有另一个态度让自己赢得尊严：勇敢面对和承认自己一手造成的结局，不推诿过错，不怨天尤人，理直气壮地担当。

一旦有了这样的胸襟，困境往往戏剧化地转变了，自己的人生因而有了另一个出口。

而一个强者或者一个取得了杰出成就的人，从来不会谈论命运。因为，他们始终把自己的人生握在掌心，始终是自己人生道路的舵手。一帆风顺，他们会认为是自己的努力得到的回报；人生挫折，他们会审时度势，寻找自己的不足，亡羊补牢，重新再来。

中年以后，笑傲世界的一定是做事严肃、认真、扎实，对人生和世界充满敬畏的人。而失败的人，一定是投机钻营、总妄想不劳而获之辈。

234

最近在一次文学讲座上，有一个读者问我：鲁老师，我坚持写诗、练习书画，可总是有人冷嘲热讽，我怎么办？

我对这个青年人说：我在年轻的时候与你一样，也坚持写作、学习书画，也有很多不同的议论。可是现在，这些议论都没有了。你知道为什么吗？

青年人说：老师，你已经是知名作家了，当然不会有了，有的只是羡慕和赞美。

我说：不对，议论也许还有，重要的是那些议论我已经听不到了，因为他们已经距离我非常非常遥远，他们依然在我出发的地方徘徊，而我已经抵达山顶！

所以，明白了这一点以后，你要做的就是但丁说过的话：走自己的路，让别人去说吧。但重要的是，你要一直努力走到山顶。如果你半途而废，如果你败下阵来，你就不仅会被人家看轻，还会永远真就成了人家的谈资和笑料。

常常想到潜质这个词。

当走过了大半人生路程、有了丰富的人生阅历之后，我们会发现，其实我们自己做事的能力、忍受苦难和屈辱的耐力、处于灾难时的精神意志，是连自己也不敢想象的。

事情过后，甚至才会有很多的后怕，自己当初竟然陷于那样恶劣危难的处境，一旦挺不住就会万劫不复，可自己却幸运地坚持住并挺过来了。

以及做一件后来想想几乎不可能完成的任务，自己竟然就凭着一己之力，竟然就很圆满地完成了。

其实，道理是很简单的。有一句话是这样说的：困难没有你想象的那样大。还有一句话：你的潜力，只有做了之后你才能知道。

我常常想，那些伟大杰出的人物，都是这样的一些人：临危不惧、意志坚韧、相信自己，他们一旦选定了目标就一往无前，把自己的潜质都挖掘出来了，所有的困难也就都被自信踩在了脚下。

我想，古人是早就发现了这个秘密的，所以有“置之死地而后生”“大难不死，必有后福”的断语。而司马迁先生《报任安书》中的“盖西伯拘而演《周易》；仲尼厄而作《春秋》；屈原放逐，乃赋《离骚》；左丘失明，厥有《国语》；孙子膑脚，《兵法》修列；不韦迁蜀，世传《吕览》；韩非囚秦，《说难》《孤愤》；《诗》三百篇，大底圣贤发愤之所为作也”，正是对一个人潜质最精彩的描述。

人适应环境的能力和忍耐苦难的力量是异常惊人的，一旦把自己置于那样的处境，爆发出来的力量，不可限量。

所有没有成功的人，也就很容易找到答案：怀疑自己的能力，犹豫不决，畏惧困难。一句话，就是自己把自己吓倒了。

每一个人都有不可预料的潜质，它隐藏在生命最深的地方，只有当生命几乎就要陷于绝境之时，它才会被激活、被唤醒，然后爆发出不可遏制的能量。

在生活中，有很多人常常遇到这样的情况，多年不见的同学、同事甚至是儿时的玩伴，人家已经功成名就，而自己依然故我。面临此境，自己大发人生感慨：他怎么取得了这样的成就？想当初，他各方面都不如我啊！

很简单，人家一定是把自己的潜质都发掘出来了，而你却相反。

一个朋友说，他已经几年没有去旅行了。

我说，不对，你说的旅行仅仅是指到风景名胜去看风景。其实，旅行的方式有很多种，去看风景名胜是一种一般人都能做到的旅行，去没有去过的地方，了解那些奇异别样的风景。

而旅行的方式还有很多种，其中最重要的，是心灵的旅行。到自己的心灵深处，探究自己心灵的秘密，了解自己的心灵家园里那些连自己都没有看到过的风景。

到书中进行阅读的旅行。那些经典的名著，那些影响了无数人的名篇佳构，都是文学家留给人类的宝贵财富。阅读他们，到他们的书中旅行，就等于让自己走进了他们的思想家园，走进了他们的客厅书房，去聆听他们的智慧。

还有一种重要的旅行，是找一些闲暇的时光去自己的故乡。故乡是人生的来路，是我们一步步成长的地方，循着成长的轨迹，去那些早年摸爬滚打的村头小巷、那些沟沟坎坎、林下塘边，探访那些经历了各种酸甜苦辣的故旧，你会收获到难以言说的温暖。

旅行，并不仅是看风物，我们还有阅读，还有心灵，还有家乡。

235

我们大多数人都认为这个世界缺乏公平，尤其是成年以后，当面临生活中的诸多机会和困难时，更会意识到世界对有些人是偏爱有加，而对自己则是吝啬无比。其实没有什么可以抱怨的，世界就是不公平的，从我们一来到这个世界，不公平就已经注定。有人出生在帝王之家，有人出生在贫寒之家，这样的不公平随处可见。

但正因为有了这样的不公平，我们的世界才充满了诱惑，充满了挑战，充满了惊险的趣味。因为当我们意识到存在这样的不公平之后，我们就开始了为争取公平而进行的抗争与奋斗。所有的寒窗苦读，所有的十年磨一剑，都是对追求公平的注脚。这个追求的目标，我们通常称之为抱负。

但很多人虽然意识到了这种不公平，却没有去努力奋斗，或者沉沦堕落，或者成了怨天尤人的愤青。

生在富贵之家，甚至生在帝王之家，有时并不是福音，王子与公主最后沦落街头的例子并不少见。生在贫寒之家也并不是坏事，贫寒子弟最后功成名就的故事比比皆是。

因此，所谓公平都是相对的，也都是可以随时转换的，关键还是我们对待世界的态度。

但世界有一种对谁都不偏不倚的公平：种瓜得瓜，种豆得豆。一分耕耘，就有一分收获。理解了这一层之后，所谓的公平，就有了全新的意义。

我很相信这样一句话：任何一个成功的人，他的内心深处，一定埋藏着一段屈辱的人生经历。所以当我们看到一个人光芒万丈的时候，应该去到他来的路上，探寻他的经历，从那里寻找成功的秘密。

有人认为，一个人获得了成功，就为自己的人生寻找到了归宿。其实不是，成功的人之所以与常人不同，就是因为他具有这样一种天性：他从来也不满足于已经探明的东西，永远不会止步不前，永远不会安于现状，他永远走在尝试和探索的路上。

我常常把大诗人桑恒昌先生的一句诗作为提醒自己的座右铭：为了实现自己的理想，一条路走到黑，然后继续再往黑处走。

成就越大，与普通人的共同之处越少。

因此，一个成功的人即使他的成就已经为世所公认，他依然是孤独的。他一定会受到误解、冷落甚至嘲讽。因为绝大多数的人不会理解他，也不会认同，他们会抓住他过往的一些曾经让他备受屈辱的细节津津乐道，甚至会发酵式的传播。

而这种遭遇恰恰是让成功者走向更加辉煌的历练。

236

电视剧《人民的名义》里有一句经典的台词:如果你不做坏事，就没有人能坏你的事。这话发人深省，是的，如果我们问心无愧，又何惧之有？实际上，老百姓千百年前也总结出来了:不做亏心事，不怕鬼敲门!

现在常常被问到这样的话题：怎么才能成功?

我说：你知道你曾祖父的名字吗？你知道你邻居家正在经历的艰难吗？你有一个可以做一整年的严密规划吗？你能够每天为同一件事情持续地发力吗?

如果你不知道，你没有，那么答案就显而易见了。如果你知道，你正在这样做，那么你已经接近成功的窗口。

我们常常看到这样的一些人，他们每天昂首挺胸地走在春风里，目光如炬，似乎从来不计较眼前手边的一些小麻烦和小得失。我对青年朋友说，原因很简单，因为他们有远大的目标，他们的眼光看的是千里之外，哪里会注意到眼前的沟沟坎坎呢?

相反，如果一个人对于人生的目标定位太低，或者根本没有什么目标，自然目光如豆，就会每天斤斤计较于一些鸡毛蒜皮，自然每天怨天尤人，自然每天庸人自扰。

阳光来自太阳吗？一个心灵阴暗的人天天在太阳下面，也不会让他的心灵充满阳光。而一个心态健康的人即使天天处在暗室，依然心有阳光。

阳光来自我们的知识、学养、态度，具备了这些素质，我们的身心才会光彩照人。

有一句话说得好：假如成不了心态的主人，就必然沦为情绪的奴隶。

能够每天做自己的人是很少的，很多人都是每天要么重复自己，要么重复别人。

很多时候，求人是自讨没趣。因为轻而易举的帮助对于你一定没有什么意义和价值。而能够改变你命运的机会，没有人会给你。这样的机会你只有通过自己的努力才能够得到。所以一个人尤其是年轻的人，就应该在很年轻的时候树立这样的理念：万事求自己！

237

汪曾祺是当代作家、散文家、戏剧家、京派作家的代表人物，被誉为“抒情的人道主义者”“中国最后一个纯粹的文人”“中国最后一个士大夫”。

但汪曾祺先生年轻的时候，曾经遇到过一段窘迫的日子。他从西南联大毕业后沦落上海，找不到合适的工作，没有了经济来源，生活十分困难，就给自己的老师沈从文先生写信诉苦。沈从文先生十分生气，回信斥责：“你有一支笔，怕什么！”

这话今天读来依然让我震撼！想想在26年前，我青年时代离开故乡时，与父亲告别，父亲担心地说："你去大城市发展，如果找不到工作，怎么吃饭？"

我坚定地对父亲说："我有一支笔，怕什么！"

一支笔，是啊，那是一个有志青年敲开成功之门的钥匙，是一个文化人找到金山、金矿的路径，不仅可以养家糊口，而且可以抵达天堂！

其实沈从文先生这样斥责自己的学生汪曾祺是有理由和底气的，因为他自己的青年时代也正是靠一支笔闯荡京城，为自己找到饭碗，并最终走出自己的辉煌世界来的。

沈从文仅仅有高小毕业的文凭。他12岁就被送到军中学习军事，到了15岁就已经作为一名正式的军人转战湘西的丛林了。

1922年夏天，20岁的沈从文决定离开湘西的丛林到北京当作家。他告别了军队，搭上了去北京的列车。来时军需处给他的27块钱，还没有到北京就花光了。在武汉，一位军人借给他10块钱，到了北京的时候，他摸摸身上仅剩下7块钱了。此时他的大姐沈岳鑫和姐夫田真一正在北京，他就去找他们。姐夫问他：你怎么到这里来了？沈从文说：我来寻找自己的理想。姐夫十分惊诧：寻找理想？什么理想？沈从文说：想读书，写文章，当作家。姐夫听完十分钦佩，很赞赏地说：很好，很好，人家带了弓箭药弩到山中猎取虎豹，你赤手空拳带着一脑壳幻想，仅仅带着一支笔，来北京做这份买卖。我告诉你，既为信仰而来，千万不要让信仰失去！

因为你除了它，什么都没有。

姐姐和姐夫不久就回湘西了，年轻的沈从文，就开始了他在北京仅仅依靠一支笔为寻找理想而闯荡的人生历程。

他首先报考了燕京大学二年制国文班，但他仅仅高小毕业的文化水平，考试时一问三不知，人家连报名费都退给了他。同班考试的人和老师对他说，你赶快回家吧，这做学问的事不是想做就能做的。而更可怕的是，此时他的经济来源完全断了，他陷入了生活困境。他责问自己，我怎么才能实现我的信仰呢？考不上我就自学，没有饭吃就卖卖报纸，帮别人做小工，我总之是不能退缩。他在银闸胡同租了一间由储煤间改造而成的、又小又潮的小房子，房子仅能放下一张小床和一张小木桌，沈从文称为“窄而霉小斋”。因为房子很小，他微薄的收入除了吃饭还可以应付得了。他很高兴，相信自己又可以为了自己的信仰而奋斗了。他白天去京师图书馆读书，傍晚去街头卖报，晚上在自己的斗室里伏案写作。北京的冬天很冷，他没有条件生火炉，就坐在被窝里写。尽管艰苦的生活和恶劣的条件对于只有 20 岁的沈从文来说困难太大了，但那个神圣的信仰在鼓舞着他，激励着他，使得他不仅没有被困难吓倒，反而苦中有乐。他读了很多书，写了很多文章，但文章投出去却都如石沉大海。

这样的状况持续了两年时间。他开始怀疑自己，自己真的不是搞文学的材料吗？他给当时的知名作家郁达夫等人写信，备述自己对文学的信仰和苦苦追求的艰辛。不料他的信还真的引起了郁达夫的注意，当时已经名满文坛的郁达夫去那个小房子里看望了几乎濒临绝境的沈从文。这个湘西青年对文学的信仰和生活的艰难强烈地震撼了郁达夫，他回去立即写成了那篇著名的《给一位文学青年的公开状》。自此，中国文坛上一段传世佳话产生了，一位世界级的文学大家开始走上文坛了。郁达夫的关注使得天资聪颖、生活阅历丰富，又有了一定文学积淀的沈从文很快名满京华。很多年以后，沈从文在回忆自己的那段经历时告诫后人说：一个人只要有坚定的信仰，各种生活的困难就不足为虑了。

图书在版编目（CIP）数据

倾听生命的低语 / 鲁先圣著 . —上海：上海文化出版社，2019.4

ISBN 978-7-5535-1542-7

Ⅰ . ①倾… Ⅱ . ①鲁… Ⅲ . ①随笔 – 作品集 – 中国 – 当代 Ⅳ.①I267.1

中国版本图书馆 CIP 数据核字（2019）第 060775 号

出 版 人：姜逸青
策 划 人：贺鹏飞
责任编辑：何智明
特约编辑：时音菠
装帧设计：灵动视线

书　　名：倾听生命的低语
作　　者：鲁先圣
出　　版：上海世纪出版集团　上海文化出版社
地　　址：上海市绍兴路 7 号　200020
发　　行：上海文艺出版社发行中心
　　　　　上海福建中路 193 号　200001　www.ewen.co
印　　刷：三河市中晟雅豪印务有限公司
开　　本：640 × 960　1/16
印　　张：25.5
印　　次：2019 年 6 月第一版　2019 年 6 月第一次印刷
国际书号：ISBN 978-7-5535-1542-7 / I.582
定　　价：39.80 元
告 读 者：如发现本书有质量问题请与印刷厂质量科联系　T：010-85376178